Hemelen

Van Marion Pauw verschenen eveneens
bij Ambo|Anthos *uitgevers*

Drift
Daglicht
Zondaarskind
Jetset
Gulzig
De wilden

Marion Pauw

Hemelen

Ambo|Anthos
Amsterdam

MIX
Papier van verantwoorde herkomst
FSC® C110751

ISBN 978 90 414 2486 0

Omslagontwerp Roald Triebels, Amsterdam
Omslagillustratie © Tetra Images / Getty Images
Foto auteur © Leonie Broekstra

Verspreiding voor België:
Veen Bosch & Keuning uitgevers n.v., Antwerpen

Voor Alain, mijn jonge god & ouwe gek ineen

MAANDAG

Men neme:

Een oude matras
Een leegstaand kantoorpand
Waglerin 3
Whisky
Een archiefkast

1

Het had logisch geleken om bij Willem af te spreken. Goeie ouwe Willem, het menselijk equivalent van Zwitserland, en bovendien in het bezit van een ruime eetkeuken. 'Bij mij kunnen we lekker rustig praten,' had hij aan de telefoon gezegd. Zowel Marloes als Lot slaagde erin dit als een belediging te zien, daarin leken de halfzussen dan weer wél op elkaar.

Lot arriveerde een halfuur te laat bij de villa, die veel mensen wanstaltig zouden noemen, maar waar Willem zelf heel trots op was. Het huis was opgetrokken uit okerkleurig, overduidelijk kunstmatig oud gemaakt baksteen, met hoge ramen en een overkapte entree alsof het de ingang van een vijfsterrenhotel betrof. Een echt statement-huis, zo had de architect het ontwerp destijds aan Willem verkocht.

Marloes' poederblauwe Fiat 500 met open dakje stond uiteraard al keurig geparkeerd op het grindpad. Er was geen krasje, geen vlekje op te zien, alsof hij rechtstreeks uit de showroom was komen rijden. Lot onderdrukte de impuls om met haar sleutels een mooie, rechte streep over de zijkant te maken. Ze deed haar best om zelfverzekerd naar de voordeur te lopen, voor het geval er iemand uit het raam keek. Al op jonge leeftijd had ze geleerd nooit haar zwakheid te tonen aan haar oudere halfbroer en halfzus.

Hanneke deed open. Ze droeg – zoals altijd, eigenlijk – een gezellige bloes in pasteltinten en had blijkbaar niet door dat een van de knoopjes open was gesprongen, waardoor er een huidkleurige beha zichtbaar was.

'Lot!' riep ze overdreven verheugd uit. 'Lang niet gezien. Wat zie je er goed uit, ben je afgevallen?'

Lot was zeker niet afgevallen, simpelweg omdat ze te neurotisch was om ooit aan te komen. Maar dit zei Hanneke nou eenmaal altijd tegen haar vriendinnen om hun een goed gevoel te geven. Het was Lot niet duidelijk of Hanneke zich niet bewust was van de gespannen familieverhoudingen, of er gewoon voor koos om te doen of er niets aan de hand was. Daarom glimlachte Lot maar zo warm als haar onwillige gezichtsspieren toelieten en liet ze zich bezoenen door de oudroze gestifte lippen.

'Kom verder,' zei Hanneke met een overdreven handgebaar. 'We waren al op je aan het wachten.' Ze leidde Lot door de natuurstenen gang naar de eetkeuken.

Marloes en Willem zaten aan de grote tafel, met koffie en appelgebak (speciaal voor de gelegenheid door Hanneke gebakken). Lot bleef staan. Heel even leek ze weer op het onzekere kind dat ze ooit was; ze schuifelde onhandig met haar voeten en richtte haar blik op de grond. Daarna rechtte ze haar rug en keek ze Marloes en Willem hooghartig aan.

'Dag Lot,' zei Marloes met een ijzige stem. Ze was nog meer op haar moeder gaan lijken dan de laatste keer dat Lot haar had gezien. Hetzelfde verongelijkte gezicht met het dikke, kortgeknipte haar als van een deurmat. Al was Marloes' haar auberginekleurig geverfd en dat van haar moeder een jeugdig blond dat haar bejaarde lichaam niet meer kon waarmaken.

'Lot,' zei Willem met de stem die hij ook gebruikte bij speeches op personeelsfeestjes. 'Fijn dat je er bent. Ga zitten.'

'Koffie?' nam Hanneke het naadloos over. 'Gebak?'

'Iets sterkers graag.'

'Wijntje?'

'Heb je geen whisky?'

Hanneke wierp een vragende blik op Willem. 'Ik geloof van wel,' zei ze toen.

'Met ijs, graag.'

Hanneke liep de keuken uit om de fles te halen. Willem, Marloes en Lot zaten een moment zwijgend in het niets te staren. Toen

Hanneke terugkwam met de fles, was de opluchting voelbaar.

'IJs wilde je toch?' kwebbelde Hanneke terwijl ze de vriezerdeur opendeed. Een enorme vriezer met genoeg ruimte om een halve koe of een niet al te groot lijk te verstoppen. 'Bij ons drinkt niemand sterkedrank, maar toevallig hadden we nog een fles liggen.' Ze sloeg luidruchtig de ijsblokjes uit de plastic vorm op het aanrecht.

Nadat ze het glas voor Lot had neergezet en ging zitten, bleef het opnieuw een tijdje stil.

'Zo,' zei Willem uiteindelijk. 'We moeten het over pa hebben.'

Even keken Marloes en Lot elkaar per ongeluk aan, maar ze wendden hun ogen snel weer af, Marloes net iets sneller dan Lot.

'Het gaat niet goed met hem,' vervolgde Willem. 'En daarom wilden Marloes en ik even met je zitten. We vinden dat hij zich de laatste tijd nogal vreemd gedraagt.'

'Vreemd is niet het goede woord,' zei Lot. 'Asociaal, zou ik eerder zeggen.'

'Laten we nu niet ons hoofd breken over de juiste formulering,' zei Willem snel. Willem de redder, Willem het braafste jongetje van de klas. Hanneke knikte instemmend; ze had zelf niet door dat ze dat deed bij alles wat haar man zei. We kiezen in het ongunstigste geval een partner die ons op de kwellingen van het verleden blijft drukken. In het gunstigste geval kiezen we een partner die compenseert wat we in onze jeugd hebben gemist. Lot had het eerste gedaan. Willem het laatste.

Lot zei niets, maar voelde haar kaakspieren aanspannen. Ze nam snel een slok van de whisky. Smerig spul.

'Nu heeft Ron niet bepaald een geschiedenis van verantwoordelijk gedrag, maar zoals hij nu bezig is, vraag ik me af of we er rekening mee moeten houden dat er iets anders aan de hand is,' ging Willem verder op een toon alsof hij dit had ingestudeerd.

Er viel een stilte.

'Zijn gedrag zou kunnen duiden op beginnende dementie,' voegde Marloes eraan toe.

'Wat denk jij?' vroeg Willem aan Lot. 'Jij ziet hem misschien wel het meest.' Omdat Marloes gekwetst keek, voegde hij er snel aan toe: 'Omdat jij fulltime in de zaak werkt, bedoel ik.'

'Ik denk niets,' zei Lot stug.

'Maar je zult toch niet ontkennen dat het raar is dat hij al dat geld uitgeeft aan prostituees?'

'Hij doet research.' Lot nam een grote slok whisky en keek Marloes met een valse glimlach aan. 'Naar lokstoffen.'

'Naar lókstoffen?'

'Precies. Hij wil een crème op de markt brengen waarmee lelijke oude mannetjes zoals hij in de smaak vallen bij de vrouwtjes.'

'Zullen we deze discussie nu niet voeren?' vroeg Willem. 'Dat lijkt me meer iets voor op kantoor. We hebben het nu over Ron privé.'

'Dat is toch juist het probleem?' zei Lot. 'Er is geen privé-Ron. Hij sleept al zijn privéaangelegenheden de zaak in. Wat dat betreft snap ik niet waarom we dit bij jou thuis bespreken, en wat Marloes hier doet.'

Hanneke keek schichtig van de een naar de ander. 'Iemand nog koffie?' vroeg ze toen maar snel.

'Lekker, schat,' zei Willem. Hij wendde zich tot Lot. 'Marloes is natuurlijk wel aandeelhouder, en ze is net zo goed zijn dochter als jij.'

'Ze heeft een minderheidsbelang. Vijf procent.'

Marloes haalde diep adem. Ze had zich overduidelijk voorgenomen zich neutraal op te stellen, hoe onredelijk haar halfzusje zich ook zou gedragen. 'Je hebt toch zelf ook wel door dat het heel slecht gaat met de zaak,' zei ze. 'We zaten natuurlijk al in zwaar weer door de crisis, maar als Ron ook nog eens tonnen aan prostituees gaat uitgeven...'

'Tot op de dag van vandaag bijna tachtigduizend euro,' zei Willem. 'Het wordt iedere maand moeilijker om de salarissen uit te betalen. Deze maand gaat het nog net, maar volgende maand hebben we een probleem. Ik heb Herman al naar al onze leveranciers laten bellen om uitstel van betaling te vragen. Het gaat helemaal mis als Ron zo doorgaat.'

'Waarom hoor ik dit nu pas? Dit soort dingen hoor jij toch tijdens de managementvergaderingen te melden?' vroeg Lot.

'Ik wil geen paniek in de zaak.' Willem voelde dat hij zijn geduld begon te verliezen. 'Dat snap je toch wel?'

'Je wilt geen paniek? En daarom heb je Herman alle leveranciers laten bellen?'

'Herman is uiterst discreet, zoals je weet. Hij zou nooit iets doen om onze familie te schaden.'

'En onze leveranciers, zijn die ook discreet?'

'Laten we het gesprek alsjeblieft bij pa houden,' zei Marloes. 'Want inderdaad, Lot, dit soort dingen bespreken jullie maar op de zaak. Waar het om gaat, is dat Ron moet stoppen met zijn idiote gedrag. Hij is toch veel te oud voor deze onzin?'

'We moeten onderzoeken of we hem kunnen uitkopen.' Willem keek hen een voor een nadrukkelijk aan, ook Hanneke. 'Er is nog iets wat ik jullie moet vertellen.'

'En dat is?' vroeg Marloes.

Willem schraapte zijn keel. 'Weten jullie nog dat er tien jaar geleden een bod kwam, maar dat Ron de zaak niet wilde verkopen?'

'Ja...' Marloes leunde naar Willem toe. Het schoot door Lot heen dat haar houding iets kunstmatigs had, alsof ze een actieve luisterhouding imiteerde.

'Nou, ik wil niet voorbarig zijn, maar... er wordt aan ons gesnuffeld.'

'Gesnuffeld,' herhaalde Lot sarcastisch, maar niemand lette op haar.

'Op de golfbaan hoorde ik dat er binnenkort weleens een nieuw bod zou kunnen komen, van een andere grote partij.'

'Leuk dat je dit nu pas aan mij vertelt,' zei Lot. 'Wat was mijn functie ook alweer? O ja, directeur. Hanneke, heb je nog een whisky voor me?'

Terwijl Hanneke opsprong alsof ze het record bijschenken moest verbreken en Marloes haar halfzusje afkeurend aankeek, zei Willem: 'Er is nog helemaal niets zeker. Gesnuffeld, zei ik toch.'

'Het wordt toch niets zolang Ron nog grootaandeelhouder is,' zei Marloes zuur. 'Dat hebben we de vorige keer gezien.'

'En al helemaal nu bekend is dat pa iedere maand een substantieel deel van de omzet in bordelen uitgeeft. Daarom moeten wij het er als kinderen en aandeelhouders eens goed over hebben wat we met pa aan moeten,' zei Willem.

'Vind jij pa niet verward?' vroeg Marloes aan Lot. Haar toon was opeens heel anders, bijna slijmerig. 'Valt het jou niet op dat hij dingen moeilijk kan onthouden, zich niet meer goed kan oriënteren, niet meer op de juiste woorden kan komen?'

'Heb je dat lijstje uit je hoofd geleerd?'

'Werk nou even mee, Lot,' zei Willem. 'Jij wilt toch ook wat het beste is voor de zaak? En voor pa zelf, natuurlijk. Straks gaat het nog helemaal mis. Krijgt hij schulden bij de verkeerde mensen. Loopt hij een nare ziekte op. Ik noem maar wat.'

Het was weer twee tegen één, zoals het altijd al geweest was. Mooi dat Lot niet mee ging werken. 'Het valt mij juist op dat pa bijzonder vitaal is. Energiek. Helder. Waarschijnlijk omdat de leidingen zo goed worden doorgesmeerd de laatste tijd.' Ze nam een slok uit het glas dat Hanneke met angstogen voor haar had neergezet. De whisky brandde in haar keel. 'Vind je het erg als ik hier rook?'

Hanneke en Willem wisselden een blik. 'Natuurlijk niet,' zei Hanneke. 'Ik heb misschien nog wel ergens een asbak.'

'Ik wist niet dat jij rookt,' zei Willem.

Lot stak een sigaret op en inhaleerde diep.

'Je kunt toch niet beweren dat hij helder is als hij iedere nacht in bordelen rondhangt,' zei Marloes fel. 'Waar ben je mee bezig? Aan wiens kant sta jij eigenlijk?'

'Ik heb hem vrijdagmiddag nog gesproken. Hij was zeer goed te pas. Hij zei nog iets over jou. Wat was het nou ook alweer? O ja, dat je steeds meer op je moeder gaat lijken.'

'Er valt niet met jou te praten,' zei Marloes. 'Ik zei toch dat het zo zou lopen, of niet, Willem?'

'Lot, toe nou, werk nou even mee,' zei Willem.

'Waaraan? Dat we pa dement laten verklaren en hem laten opsluiten in een verzorgingshuis?'

'Je kunt toch niet ontkennen dat hij raar doet de laatste tijd?' zei Marloes verontwaardigd.

'Hij is altijd raar geweest. Wat zeg ik, hij is altijd al een klootzak geweest. Een enorme klootzak met een hoofdletter K. Een waardeloze vader ook, en een waardeloze echtgenoot.'

'Lot,' zei Willem weer. Hanneke legde haar hand op zijn arm om hem te laten weten dat ze helemaal achter hem stond. 'Wees nou redelijk.'

'Ik bén redelijk, Willem. En weet je wat ik vind? Marloes heeft helemaal gelijk. Het is mooi geweest met alle bullshit. Het wordt tijd dat pa gaat hemelen.'

'Wat zeg je?' vroeg Marloes.

'Je hoorde me wel. Hemelen. Het wordt tijd dat pa gaat he-melen.' Ze nam een laatste slok en zette met een klap het lege whiskyglas neer. Daarna liep Lot de eetkeuken uit.

In de hal botste ze bijna tegen Max op. Max zat al drie jaar thuis nadat hij was gezakt voor de havo. Volgens Hanneke was hij een gevoelig kind dat nog niet wist wat hij wilde. Voor de rest van de wereld was hij gewoon een nietsnut die niet veel meer deed dan blowen en slapen. In het halfduister stond hij daar, slechts gekleed in een boxershort. Lot wilde niet laten merken dat ze van hem schrok.

'Je mag niet roken in huis,' zei hij bij wijze van groet.

'Wordt het niet tijd dat jij een baan zoekt?' antwoordde zij.

De sigaret doofde ze in een plantenbak waar een winterharde palm in stond.

2

Uit onderzoek is gebleken dat mensen die een achternaam hebben die ook als voornaam wordt gebruikt, een grotere kans hebben om rijk en beroemd te worden. Deborah Harry, Ralph Lauren, James Dean, Michael Jordan en ja, ook Ron Casper heeft zijn hoogtijdagen gekend, waarin hij regelmatig op televisie te zien was en, nog belangrijker, waarin iedere hormonale puber een potje Casper-anti-acnelotion op zijn of haar nachtkastje had staan.

Niet dat hij was geboren met een zilveren lepel in zijn mond. Zijn vader werkte bij een kweker, zijn moeder verdiende wat bij door kleding te verstellen. Zijn grootouders waren landarbeiders. Zijn overgrootouders ook. Het zag er niet naar uit dat Ron Casper iets anders te wachten stond dan zijn leven lang ploeteren, totdat zijn gewrichten vroegtijdig versleten waren en zijn huid gelooid.

Omdat tijdens de laatste twee jaar van de Tweede Wereldoorlog de scholen gesloten waren, kon hij pas op zijn achtste naar de eerste klas. Hij was klein voor zijn leeftijd en zei zelden iets. Het grootste deel van de dag staarde hij uit het raam. Omdat niemand last van 'm had en zijn cijfers in orde waren, lieten de leerkrachten hem maar met rust.

In de zesde klas zat Ron op een regenachtige oktoberdag te kijken naar de dikke regendruppels die op het raam uit elkaar spatten. Meester Witholt, die net was aangesteld op school en nog niet op de hoogte was van het laisser-fairebeleid rondom Ron Casper, vroeg streng: 'Waar kijk je naar, jongen?'

De jongen schrok op. Het was de eerste keer in tijden dat een leerkracht zich rechtstreeks tot hem wendde. Omdat hij diep in gedachten verzonken was geweest en geen idee had hoe hij zo snel de omslag moest maken naar communicatie, barstte hij in huilen uit.

Meester Witholt had de heftige reactie van zijn leerling niet ingecalculeerd. Hij was geen kwaaie pier, hoogstens een meester die de kinderen daadwerkelijk iets bij wilde brengen. Hij legde onhandig zijn hand op Rons schouder en zei: 'Rustig maar, jongen. Er is niets aan de hand. Ik vroeg alleen waar je naar zat te kijken.'

Ron, alweer een beetje bijgetrokken, wees naar een regendruppel en zei: 'Wanneer is het geen water meer?'

'Hoe bedoel je?'

Toen Ron niet meteen antwoordde, dacht meester Witholt na over wat de jongen met die vraag bedoeld zou hebben. Ondertussen waren sommige andere kinderen alweer aan het praten. 'Stil!' brulde Witholt door de klas. 'De jongen heeft een interessante vraag gesteld.' Hij wendde zich weer tot Ron Casper en zei: 'Bedoel je dat wanneer het vriest, het water ijs wordt, en wanneer het kookt, het water verdampt?'

'Nee,' zei Ron. 'Als de regendruppels tegen de ruiten slaan, spatten ze uiteen in kleinere druppels. Nu vraag ik me af of er een moment komt waarop de druppels te klein zijn om nog water te kunnen zijn.'

'Dat is een interessante vraag,' zei meester Witholt. Hij keek Ron Casper onderzoekend aan. Er viel niets bijzonders aan hem te ontdekken: een mager jongetje met een wit gezicht, lichtelijk ondervoed door een eenzijdig dieet van witte kool en aardappels. 'Wil je het antwoord echt weten?'

De jongen knikte.

'Eén molecuul is de kleinst mogelijke verschijningsvorm van water. Zie je, als je een molecuul opsplitst, dan krijg je atomen, maar die hebben andere eigenschappen dan water.' Omdat Ron Casper met gefronste wenkbrauwen naar het raam bleef staren, zei Witholt: 'Ik leg het je na schooltijd wel uit.'

Johannes Witholt was een fanatiek amateurbierbrouwer. In zijn schuur had hij een kleine laboratoriumopstelling waarmee hij naast het bierbrouwen allerlei scheikundige experimenten deed. Dit tot groot ongenoegen van zijn vrouw, die iedere avond tevergeefs wachtte tot hij naar bed zou komen om haar zwanger te maken. Maar als een ware scheikundige was Witholt geobsedeerd door zijn proeven. Niets stemde hem zo tevreden als het oplossen van een probleem waar hij al weken mee rondliep.

In Ron Casper meende hij iets van zichzelf te herkennen. Ook hij kwam uit een kansloos milieu. Dankzij ingrijpen van de bovenmeester destijds had Witholt naar de hbs gekund en een opleiding tot onderwijzer kunnen volgen. Hij nam zich voor om er hoogstpersoonlijk voor te zorgen dat Ron Casper zijn talenten volledig zou kunnen benutten.

De jonge Ron en meester Witholt brachten voortaan iedere week enkele uren door in de schuur, waar meester Witholt de jongen basisprincipes van de scheikunde leerde. Samen deden ze scheikundige experimenten, waarbij ze tot twee keer toe bijna de schuur opbliezen.

'Kijk, jongen, bij de chemie lijkt het allemaal zo logisch en overzichtelijk.' Witholt zei consequent 'sjemie' in plaats van 'chemie'. 'Je gooit suiker in je thee en de suiker lost op. Je moeder doet een blik met beslag in de oven en je krijgt een cake. Maar het verfijnde chemische proces, daar komt een precisie en toewijding bij kijken die weinigen aan de dag kunnen leggen. Maar het allerbelangrijkste is fantasie. Zie je, de meeste chemische processen zijn ontdekt omdat iemand bedacht heeft om het uit te proberen.'

Ron Casper liet ieder woord op zich inwerken terwijl hij gretig de stukken melkchocolade wegwerkte die mevrouw Witholt altijd voor hem klaarzette. Inmiddels was hij uitgegroeid tot een niet onknappe jongeman van een meter zeventig, maar hij ontwikkelde wel een hardnekkige acne, al is het verband tussen chocolade en puisten nooit wetenschappelijk aangetoond.

Na de middelbare school vertrok Ron naar Delft om scheikunde te studeren. Hij koos voor fytochemie, de leer van chemische processen in planten. Niet eens omdat dit vakgebied hem het meest interesseerde, maar omdat het de richting was waar hij het minst van wist.

Ron Casper werd ingedeeld in een multidisciplinaire onderzoeksgroep om de bioactieve componenten van groene thee te identificeren. Hoe meer hij leerde over de ontstekingsremmende eigenschappen van de polyfenolen die in ruime mate aanwezig zijn in groene thee, hoe meer hij geobsedeerd raakte door het idee om zelf een lotion te ontwikkelen tegen zijn acne. De zwavelcrème die hij gebruikte verminderde weliswaar zijn puisten, maar droogde zijn huid ook zodanig uit dat die schilferig werd. Bovendien hing er continu een doordringende lucht om hem heen, waardoor hij niet in de buurt van meisjes durfde te komen. In groene thee meende hij een vriendelijker alternatief ontdekt te hebben.

Hij begon te experimenteren met verschillende formules, met zichzelf als proefpersoon. Eerst gebruikte hij een tijdlang kompressen met geconcentreerde groene thee. Hij merkte na een tijdje dat zijn huid rustiger werd en de schilfers verdwenen. Zijn acne werd ook een stuk minder, maar was nog steeds niet helemaal weg. Hij voegde andere ingrediënten toe, zoals zink en melkzuur. Een halfjaar nadat hij was begonnen met zijn experimenten, restten er alleen nog wat vage littekentjes op een verder egale huid.

Ron Casper zag een gat in de markt. Hij maakte zijn scheikundestudie niet eens meer af, maar verhuisde terug naar zijn geboortedorp om vanuit de schuur van meester Witholt flesjes Casper-anti-acnelotion te produceren. In de weekenden reed hij op zijn brommer langs cafés waar veel jongeren rondhingen. Degenen met puisten gaf hij een gratis flesje. Ze bestelden bijna allemaal na zodra de proefmonsters op waren.

Met zijn gave huid kreeg Ron Casper meer zelfvertrouwen, al ervoer hij nog steeds een grote drempel om meisjes aan te spreken. Behalve als ze acne hadden en hij een mogelijkheid zag om zijn lotion te verkopen.

Het was mevrouw Witholt die hem uiteindelijk ontmaagdde. Mevrouw Witholt, die al die jaren kinderloos was gebleven en had moeten aanzien hoe haar man al zijn vrije tijd opofferde aan de 'sjemie', had altijd een zwakke plek gehad voor de jongen. Nu Ron vierentwintig jaar oud was, met het lichaam van een jonge god en het enthousiasme van een pas bekeerde Jehova's getuige, besefte ze dat ze misschien al die tijd seksueel naar hem had verlangd.

Toen haar man weer eens verdiept was in een of ander experiment, vroeg ze Ron haar te helpen. Ze ging voor hem staan in de bijkeuken en trok langzaam haar kleding uit. Te verbijsterd om weg te lopen bekeek de jongen de show met een droge mond en een dwingend gevoel in zijn kruis dat hij voornamelijk kende van het masturberen 's nachts.

'Toe maar,' had mevrouw Witholt gezegd. 'Je mag me aanraken.'

Omdat Ron Casper nog steeds niet reageerde, bracht ze zijn handen naar haar forse borsten.

Het was het begin van een relatie die anderhalf jaar zou duren. Tijdens deze affaire moedigde mevrouw Witholt hem aan om vooral ook te oefenen met andere meisjes. Maar Ron Casper was verliefd geworden op mevrouw Witholt en zag er nog steeds tegen op om vreemde meisjes aan te spreken.

Omdat hij het maar niet leek op te pakken, koppelde mevrouw Witholt Ron aan haar nichtje Riet. Riet was de oudste van de drie dochters van haar zus en had op haar zesentwintigste nog nooit een vriendje gehad. Ze was niet onaardig om te zien, niet onaardig in de omgang, niet onaardig op welke manier dan ook, maar niemand leek haar te zien staan.

Ook Ron reageerde lauw toen hij aan haar werd voorgesteld. Hij had gehoopt dat Riet wat meer op haar tante zou lijken, al kon hij dat haar natuurlijk niet vertellen. Ze wisselden wat beleefdheden uit. Tot fysiek contact kwam het die eerste keer niet. Er volgden meer afspraakjes, waarin ze geforceerd converseerden en Ron haar probeerde uit te leggen wat een vanderwaalsverbinding was.

Na vier maanden vroeg Ron haar ten huwelijk. Niet omdat hij verliefd op haar was, maar om mevrouw Witholt een lesje te leren. Hij had eerst háár gevraagd om meneer Witholt te verlaten om met hem te trouwen. Zij was daarop in lachen uitgebarsten. Verblind door zijn gekrenkte ego was Ron meteen doorgereden naar Riet en op zijn knieën gegaan. Met de ring in zijn handen die hij voor mevrouw Witholt had gekocht.

Riet zei ja, al had ze zo haar twijfels. Ron Casper leek niet bovenmatig in haar geïnteresseerd, ze kon zich niet eens herinneren of hij haar ooit had gevraagd hoe het met haar ging. Maar ze begreep wel dat haar kansen om een geschikte partij te treffen met de dag afnamen, en bovendien begon Ron een leuk inkomen te verdienen.

Wat er in de eerste huwelijksnacht gebeurde, had Riet echter nooit kunnen bedenken. Haar Ron bleek een uitstekende minnaar te zijn die haar vakkundig keer op keer tot een hoogtepunt wist te brengen.

Riet was altijd een beetje angstig geweest voor seks, bang gemaakt door haar moeder, die het altijd had over 'het lijden dat wij vrouwen nou eenmaal moeten ondergaan'. Dat er zoiets bestond als een orgasme, was een grote verrassing.

Ze werd een andere vrouw. Ze moedigde Ron aan om zijn Casper-anti-acnelotion in grotere hoeveelheden te gaan produceren. Het kapitaal om een fabriek op te zetten maakte ze los van een oom aan vaderskant die een klein bedrag had verdiend op de beurs. Ze stuurde de lotion op naar damesbladen en zorgde ervoor dat Ron op de radio kwam.

Binnen een paar jaar was de fabriek winstgevend en was Ron Casper een graag geziene ondernemer, met een stralende Riet aan zijn zijde. Beiden waanden zich onoverwinnelijk. Maar alles veranderde toen Riet zwanger werd van Marloes.

Kort gezegd gebeurde er dit: Ron wilde niet meer. De gedachte dat hij bij haar binnen zou dringen terwijl er een baby in haar buik groeide, vond hij onverdraaglijk. Na enkele huilbuien, smijten met servies en dreigen met een scheiding, legde Riet zich bij haar lot neer en ging ervan uit dat na de bevalling alles wel weer goed zou komen. Maar spuugchagrijnig werd ze er wel van.

Ron zelf liep de hele dag rond met een zwaar gevoel in zijn ballen en kon zich daardoor moeilijk concentreren op zijn werk. In eerste instantie zocht hij contact met mevrouw Witholt, die inmiddels de vijftig naderde en in de menopauze zat. Zij wees hem af. 'Laat mij in godsnaam met rust. Je kunt iedere vrouw krijgen die je wilt.'

'Maar hoe dan?' riep Ron gekweld uit.

Mevrouw Witholt hief ongeduldig haar handen. 'Desnoods zeg je: "Dag mevrouw, mag ik u beminnen?" Het maakt niet uit wat je zegt, snap dat dan. Als je maar iets dóét.'

Gedreven door woede om de afwijzing van mevrouw Witholt sprak Ron Casper de eerste de beste vrouw aan op een haringparty.

'Ik wil je,' zei hij, op een vrij botte manier ook nog.

Ze deden het op het toilet. Pas toen drong tot Ron door dat vrouwen versieren veel makkelijker was dan hij altijd had gedacht. Een paar complimenten, enkele nonchalante aanrakingen, en zijn roem en rijkdom deden de rest.

Na de geboorte van Marloes hoopte Riet dat het weer goed zou komen. Maar het lukte Ron nauwelijks meer om opgewonden te raken van het geboortekanaal van zijn vrouw. Bovendien ging hij liever buitenshuis achter de vrouwen aan dan dat hij thuis boven de wieg ging hangen.

Een paar jaar later werd Willem geboren. Even hoopte Riet dat haar man wat meer aandacht zou kunnen opbrengen voor een heuse stamhouder. Maar nog steeds bleef Ron zonder uitleg avonden weg en stond Riet er in haar eentje voor. Als ze te veel klaagde en vragen stelde, kreeg ze te horen dat ze een zeikerd was.

Toen Marloes bijna tien was en Willem zes, verscheen Johanna op het toneel. Later veranderde ze haar naam in Nana, omdat ze dat beter vond passen bij haar kunstenaressenimago, maar op het moment dat ze in Rons leven verscheen, was ze nog Johanna.

Zodra Riet haar zag, wist ze dat het mis zou gaan. Natuurlijk, ze was niet gek. Ze had heus wel een vermoeden wat haar man uitspookte en had zelfs al eens een eierstokontsteking opgelopen door een onbehandelde chlamydia-infectie. Maar tot nu toe had ze nooit het gevoel gehad dat haar man haar zou verlaten.

Tot Johanna dus.

Johanna was een jonge laborant met lang bruin haar. In een laboratorium zou je dat eigenlijk vast moeten binden, maar zij droeg het altijd los. Ook had ze de ruimvallende witte jas die haar door het bedrijf was verstrekt bij de taille ingenomen en vijftien centimeter korter gemaakt. Die droeg ze dan met blote benen. Omdat ze meestal blokhakken aanhad, stak ze een kop boven Ron Casper uit, maar dat leek hem niet te deren.

Tot nu toe had Ron zijn buitenhuwelijkse activiteiten ook buiten het bedrijf gehouden, maar voor Johanna maakte hij een uitzondering. Binnen een maand ging de witte jas uit, en de rest van haar kleding ook. De jonge Johanna werd genomen op een roestvrijstalen laboratoriumtafel, te midden van de erlenmeyers, verfijnde meetapparatuur, centrifuges en destilleerkannen.

De affaire bleef niet lang verborgen nu Ron Casper iedere dag lange lunchpauzes nam om zijn jonge minnares te bevredigen. Het hele bedrijf sprak er schande van, maar geen enkele werknemer voelde zich geroepen om er iets van te zeggen.

Niemand weet waarom Riet besloot op een warme julidag haar man een ijsje te brengen. De receptioniste probeerde haar nog tegen te houden. 'Zal ik niet even melden dat u er bent? Gaat u alstublieft zitten, heb even geduld.' Maar Riet was niet meer te stoppen en liep met de vastberadenheid van een zelfmoordterrorist de gang in. Met haar hand omklemde zij het ijsje dat al was gaan smelten. Door alle emotie was ze vergeten een papiertje om het hoorntje te vragen, waardoor ze een wit spoor van vanille-ijsdruppels achterliet. De meeste vrouwen hadden een honkbalknuppel meegenomen voor een gelegenheid als deze. Riet kwam met dat ijsje.

Zonder te kloppen opende ze zijn deur, die hij niet eens op slot deed tijdens zijn lunchactiviteiten. Ze keek naar het gretig knikkende hoofd van Ron Casper met aan weerszijden de lange benen van Johanna, die zoveel slanker waren dan de hare.

Zonder iets te zeggen plantte ze het ijsje op Rons hoofd.

Hij sprong op en riep: 'Wat doe jij godverdomme hier?' Alsof zíj degene was die de fout in was gegaan. De jonge Johanna gilde en bedekte haastig haar kut. Later zou Nana zich de kleverigheid van het gesmolten vanille-ijs herinneren waarvan er enkele druppels in haar schaamhaar terecht waren gekomen.

3

Mannen zijn niet goed in het verbergen van affaires, al denken ze zelf van wel. In een aantal opzichten doen ze het inderdaad beter dan vrouwen. Ze zijn niet zo dom om meteen hopeloos verliefd te worden. En ze vertellen het niet aan al hun vrienden, zodat iedereen van het overspel op de hoogte is behalve hun bedrogen partner.

Dan is er een aantal factoren waarin overspelige mannen niet zoveel verschillen van overspelige vrouwen. Ook zij zijn er met hun hoofd niet helemaal bij. Ze schommelen tussen overdreven lief en nodeloos geïrriteerd. De telefoon wordt meegenomen naar de wc. Ze gaan opeens naar de sportschool, vallen een paar kilo af van de stress en schaffen nieuwe onderbroeken aan. Ze dralen eindeloos voor de spiegel, trimmen hun driedagenbaardje met de precisie van een Zwitserse horlogemaker en het belangrijkste signaal: ze ontharen hun schaamstreek omdat ze denken dat hun penis daardoor groter lijkt.

Op Ruben, Lots man, was dit allemaal niet van toepassing. Misschien omdat hij altijd al fanatiek sportte en er een onberispelijke persoonlijke hygiëne op nahield. Ja, het viel op dat hij wat grillig was. Maar Lot vermoedde pas dat er iets aan de hand was toen hij na jaren opeens weer met haar naar bed wilde.

Lot had seks nooit leuk gevonden. Natuurlijk had ze dit nooit aan haar bedpartners laten merken, zelfs aan Ruben niet. Ze was de koningin van het faken, al vertelde het woestijnklimaat in haar vagina een ander verhaal. Toen ze Ruben ontmoette, had ze voor het eerst de hoop dat het anders zou zijn. Na de eerste keer zoenen constateerde ze dat er zowaar een lichte vochtplek in haar slipje was ontstaan.

Misschien is dit het, dacht ze. Misschien gaan nu eindelijk de poorten open naar het veelbesproken genot.

Maar op het moment dat hij met zijn vingers haar geslacht aanraakte, voelde ze haar lichaam weer verkrampen. Ze slikte haar teleurstelling weg en begon licht te hijgen, zoals ze dat altijd deed. Zo ging ze enkele minuten door voordat ze deed alsof ze klaarkwam. In de veronderstelling dat het klusje geklaard was ging Ruben bij haar naar binnen en kwam binnen enkele stoten klaar. En zo verliep de daad iedere keer opnieuw. Ruben zei zelfs een keer tegen Lot dat hij nog nooit een vriendin had gehad die zo makkelijk een orgasme kon bereiken als zij.

Na een tijdje, ze waren inmiddels getrouwd, had Lot geen zin meer om te doen alsof. Seks was iets wat ze eens per maand deden, als Ruben het echt niet meer hield en Lot in een toegeeflijke bui was.

Haar falen drukte zwaar op haar. Natuurlijk had ze haar best gedaan om een geiler mens te worden. Maar ze voelde zich belachelijk als ze tips uit damestijdschriften uitprobeerde en met de weinige vriendinnen die ze had, durfde ze er niet over te praten. Een paar jaar geleden was ze zelfs naar een seksuoloog gegaan om over haar gebrek aan lust te praten. De wortel van het kwaad werd uiteraard snel gevonden: haar vader.

Lot was langzaam geweest met haar ontwikkeling. Andere meisjes begonnen rond hun twaalfde borsten te krijgen. De eerste meisjes uit haar klas fluisterden al met elkaar over ongesteldheid. Bij Lot gebeurde er helemaal niets. Ze probeerde erover te praten met Nana terwijl die een enorme pik aan het uithakken was met een klein mannetje eraan.

'Komt vanzelf,' zei ze. 'Je staat in m'n licht.'

Lot haastte zich om op een andere plek te gaan staan. 'Maar andere meisjes hebben ze al.'

'Je bent nog maar dertien,' antwoordde haar moeder ongeduldig.

'Bijna veertien.'

'Dan ben je nog steeds dertien.'

Maar toen Lot veertien werd, gebeurde er niets. Inmiddels droeg iedereen al een beha en noemden de andere meiden haar 'dubbelrug'. Ze haalde het niet meer in haar hoofd om er tegen haar moeder over te beginnen. En met haar vader besprak ze dat soort dingen nou eenmaal niet. Bovendien noemde hij haar nog steeds 'zijn lieve kleine meisje'.

Op een dag kwam hij uit zijn werk en riep zoals altijd 'Lottekind!' onder aan de trap. Ze rende naar beneden en vloog in zijn armen. Nana zei nog: 'Stel je niet zo aan.' Het was Lot niet duidelijk of dat tegen haar of tegen haar vader bedoeld was. Ron tilde haar op en zwaaide haar zoals altijd in het rond. Het kostte hem steeds meer moeite nu ze groter werd, maar beiden wilden het ritueel niet opgeven. Daarna liet hij haar los en ging op een van de stoelen zitten. Zoals altijd kroop ze bij hem op schoot.

Opeens voelde ze hem verstijven. Normaal was zijn lichaam ontvankelijk voor het hare en liet hij haar helemaal in zich kruipen, ondanks het feit dat Nana kotsgeluiden maakte of dingen zei als: 'Kunnen jullie je incestactiviteiten niet ergens anders voortzetten?'

Maar die dag duwde Ron haar abrupt van zich af en zei met nauwelijks onderdrukte walging: 'Ik ruik je doos.'

Even bleef Lot staan, diep beschaamd. Ze hoopte dat hij iets zou zeggen. Dat het een grap was. Dat het niet erg was. Maar Ron Casper pakte de krant op en keurde haar geen blik meer waardig.

Even later riep Nana haar om te komen helpen. Toen ze met de borden en het bestek de kamer in liep, zat Ron nog steeds de krant te lezen. Ze zette zijn bord net iets te hard voor hem neer, maar hij reageerde niet.

Tijdens het eten praatten haar ouders over de zaak, zoals ze altijd deden. Al werkte Nana er niet meer, ze wilde altijd precies weten wat er gaande was. Lot at zwijgend en vroeg zich af of het hun zou zijn opgevallen als ze er niet was geweest.

Zie je, dat was altijd haar grootste fout geweest. In plaats van in verzet te komen, tegen hen te schreeuwen, haar moeders courgetteschotel door de kamer te gooien en te dreigen met zelfmoord, deed ze haar uiterste best om haar bord leeg te eten, al had ze geen honger meer. Ze was altijd in de veronderstelling geweest dat als ze alles maar perfect deed, als ze maar het volmaakte meisje was, haar ouders wel van haar zouden houden.

Toen ze even later naar de wc ging, trof ze een bloedvlek aan in haar onderbroek. Van andere meisjes wist ze dat ze trots waren geweest op hun eerste menstruatie. Een van hun moeders had zelfs taart gehaald om het te vieren. Lot propte wc-papier in haar onderbroek en kocht de volgende dag bij de drogist maandverband dat ze op haar kamer achter haar boeken verstopte.

In de loop der tijd ontwikkelde ze een obsessieve intiemhygiëne. Nog steeds douchte ze bij voorkeur drie keer per dag omdat ze als de dood was dat iemand haar zou ruiken.

Wat het des te verwarrender maakte, was dat ze ontdekte dat haar vader een groot liefhebber was van vrouwenvlees. Toen haar moeder een weekje weg was naar een of ander kunstenaarsoord, verscheen er 's ochtends opeens een naakte vrouw op de overloop. Ze was niet ouder dan dertig en had precies het lichaam dat Lot zelf graag had willen hebben: grote borsten, slanke taille, strakke dijen.

'Weet jij waar de wc is?' vroeg de vrouw aan Lot, alsof het de normaalste zaak van de wereld was om naakt op andermans overloop rond te lopen.

'Wie ben jij?' vroeg Lot.

'Monica.' Ze giechelde. 'En jij?'

'Lot.'

'Nou Lot, ik moet echt heel nodig plassen.'

De deur van de slaapkamer van haar ouders zwaaide open en daar stond Ron Casper, eveneens piemelnaakt. Zijn geslacht stond half overeind. Het was de eerste keer dat Lot zoiets zag. 'Kom jij eens gauw terug,' zei hij tegen deze Monica.

'Ik zoek de wc.'

'Die hebben we ook hier, hoor.' Ron maakte een uitnodigend gebaar naar de slaapkamer, die inderdaad een eigen badkamer had.

'Oké meneer,' zei Monica nog steeds giechelend; waarschijnlijk was ze halfdronken. 'Ik kom al.'

Ze trippelde naar binnen en de deur sloeg weer dicht.

Toen haar vader die avond uit zijn werk kwam, zat Lot er al helemaal klaar voor. Ze verwachtte dat hij aan haar zou vragen om het alsjeblieft niet aan haar moeder te vertellen. Ze had zich voorgenomen te zeggen dat ze het er niet mee eens was dat hij andere vrouwen mee naar huis nam. Dat het oneerlijk was naar haar moeder, respectloos bovendien. Maar Ron Casper vroeg haar helemaal niets. Hij wist toch wel dat ze niets zou zeggen. Lieve, brave Lot (met haar stinkdoos).

Nadat Lot dit hele verhaal aan de seksuoloog had verteld, zei die: 'Het lijkt wel of je jezelf nooit hebt leren kennen.' Lot dacht dat de vrouw dat in psychologische zin bedoelde, maar het kwam erop neer dat ze met een spiegel de boel daarbeneden eens uitgebreid moest bekijken. Want: onbekend maakt onbemind. Toen Lot in die stoel braaf zat te knikken, kon ze maar aan één ding denken: en dan? Zou ze werkelijk klaar kunnen komen door de wetenschap hoe het eruitzag daar?

Uiteraard volgde ze de raad op. Ze nam zelfs speciaal een dag vrij om van haar eigen vagina te leren houden. Eerst nam ze een uitgebreide douche, daarna schoor ze zich en smeerde haar benen in met bodylotion. Alsof ze zichzelf moest verleiden, schoot het door haar heen. Ze overwoog kaarsen aan te steken en de gordijnen dicht te trekken, maar bedacht toen dat ze een beter beeld zou hebben bij normaal daglicht. Ze manoeuvreerde een speciaal voor dit doel bij de drogist aangeschafte spiegel tussen haar benen en keek.

Een gevoel van afschuw sloeg door haar heen. Was dit haar kut? Die grauwe vleeslappen waar haar clitoris als een verdwaalde kabouter tussenuit piepte? Ook haar anus zag er aanzienlijk anders uit dan die van de meisjes in de pornofilms die ze weleens had gezien. De kleur van haar huid had iets weg van een geoxideerde biefstuk. Een onbestemd bruingrijs pigment.

Ze haalde snel de spiegel weg en bleef even wezenloos zitten. Daarna trok ze haar kleren aan en ging als een bezetene de ramen lappen.

Toen ze van de eerste schrik was bekomen, vroeg ze aan Ruben wat hij van haar vagina vond. Hij zei: 'Gewoon.' Ze drong verder aan. Hoe hadden andere vagina's eruitgezien, waren haar schaamlippen groter of kleiner dan gemiddeld, en vooral: welke kléúr hadden die andere poezen gehad?

Ruben verzekerde haar dat ze een zeer gemiddelde vagina had, en toen hij zag dat de ongerustheid op haar gezicht nog niet was verminderd, voegde hij eraan toe dat haar vagina zelfs lekker was en dat ze zich nergens zorgen over hoefde te maken. Maar Lot had gezien wat ze had gezien. Naar de seksuoloog ging ze nooit meer terug, al liet die nog minstens vijf keer een boodschap op haar voicemail achter.

Kort daarna werd Lot tijdens een van hun steeds zeldzamere vrijpartijen zwanger. Alsof ze het zo hadden afgesproken, werd er daarna nooit meer gevreeën. Eerst omdat ze zwanger was, daarna omdat ze een zware bevalling achter de rug had en daarna omdat de tweeling niet doorsliep. Inmiddels was de tweeling bijna vijf jaar oud en vreeën ze nog steeds niet. Een geldige reden was inmiddels niet meer nodig.

De avond voor het familieberaad, Lot was al bijna in slaap gevallen, had Ruben uit het niets zijn onderlichaam tegen haar aan geduwd met een urgentie uit een ver verleden. Ze was te verbaasd geweest om nee te zeggen. Ze liet hem zijn gang gaan, gaf hem wat onbeholpen klopjes op zijn rug bij wijze van naspel en liet hem in haar armen in slaap vallen, zijn slappe geslacht nog half in haar.

Terwijl hij als een dood gewicht de bloedtoevoer naar haar been lag af te klemmen, vroeg ze zich af wat hem ineens bezield had. Haar oog viel op zijn telefoon op het nachtkastje.

Nooit eerder had ze de behoefte gevoeld om haar man te controleren, maar nu voelde ze een onverklaarbare aantrekkingskracht van het toestel af komen. Voorzichtig manoeuvreerde ze onder hem vandaan, pakte zijn telefoon en sloop ermee naar de badkamer. Zo maakte ze kennis met een zekere Yo.

– HEY JIJ

– HEY ANDERE JIJ

– IK LIEP NET MET DE HOND OP HET STRAND, ONDERGAANDE ZON BLABLABLA, EN IK MOEST – HOE KAN HET OOK ANDERS – AAN JE DENKEN

– VANWEGE DAT BLABLABLA ZEKER

– HAHA

– OF VANWEGE DE GROTE RONDE VORMEN? ZEG HET MAAR HOOR. VIND JE MIJN KONT TE DIK? HEB JE DAAROM NIETS MEER VAN JE LATEN HOREN?
– JE WEET DAT IK JE PRACHTIG VIND
– HOU OP! IK GA HELEMAAL BLOZEN VAN JE
– LEUGENAAR, JE ZAT ERNAAR TE VISSEN
– ... BETRAPT
– IK MOET JE WEER ZIEN

Lot staarde wezenloos naar het scherm en las de conversatie opnieuw. Het stond er echt. Haar Ruben, haar lieve Ruben die zo goed voor de kinderen zorgde en altijd tegen haar zei dat hij zo trots op haar was. Hoe had ze zo naïef kunnen zijn? Hoe had ze kunnen denken dat hij het na al die jaren van onthouding niet buiten de deur zou gaan zoeken? Een knappe, sportieve man als hij, en goed met kinderen bovendien. Welke vrouw zou daar niet voor vallen? Toch had ze altijd gedacht dat hij niet het type was voor overspel. Niet zoals haar vader, die zelfs nu hij bejaard was niet genezen was van zijn vrouwenverslaving.

Ze legde de telefoon zachtjes terug op het nachtkastje.

Daarna trok ze een jas aan over haar pyjama en liep naar de snackbar op de hoek, die godzijdank tot een uur 's nachts open was, om sigaretten te halen.

'Welk merk?' vroeg de vrouw achter de counter.

'Geen idee,' zei ze. 'Kun je me iets aanbevelen?'

De vrouw keek haar aan of ze gek was. Of gevaarlijk. Of allebei.

'Rook jij?' vroeg Lot haar, al meende ze het antwoord al aan haar grauwe huid te zien.

'Ja.'

'Welk merk dan?'

'Marlboro.'

'Een pakje Marlboro dan, alsjeblieft.'

'Rood of light?'

'Geen idee. Welke neem jij altijd?'

'Waarom wilt u dat weten?' De vrouw kneep haar ogen achterdochtig samen, waardoor haar kraaienpootjes nog zichtbaarder werden. (Tegen kraaienpootjes valt niet te smeren, al beweerden de potjes oogcrème van Casper Cosmetics iets anders.)

'Omdat...' Lot zuchtte diep. 'Doe maar rood,' zei ze toen op de gok. 'En een aansteker.'

Thuis ging ze op het tuinbankje zitten. Terwijl ze uitkeek over het schaars verlichte gazon, maakte ze het pakje sigaretten open. Roken is dodelijk, stond er op de witte sticker. Mooi, dacht ze.

Daarna dacht ze aan Giovanca.

4

Giovanca en Lot waren vriendinnen geweest sinds de eerste dag in de brugklas. Hun vriendschap was ontstaan zoals dat toen nou eenmaal ging. De andere meisjes waren het klaslokaal binnengelopen en alsof het zo was afgesproken, zat iedereen binnen enkele seconden naast iemand. Lot, die als een van de laatsten het lokaal binnenkwam, bleef staan en keek paniekerig om zich heen.

Er waren drie opties. De eerste was naast een jongen en viel daarmee meteen af. De tweede optie was een leeg bankje, helemaal voor in de klas. Een ouder buurmeisje had haar geadviseerd om nooit op de voorste rij te gaan zitten, omdat iedereen dan zou denken dat ze een nerd was. De derde optie was naast Giovanca.

Giovanca was net twee dagen geleden uit Curaçao aangekomen en had nog nooit zoveel witte mensen bij elkaar gezien. Ze was door haar ouders naar Nederland gestuurd omdat daar betere scholen waren. 'Ik ben superslim,' zei ze zonder zich ook maar een seconde af te vragen of het gepast was om dat over jezelf te zeggen. Sowieso vroeg Giovanca zich zelden tot nooit af hoe ze overkwam op anderen.

Misschien dat Lot daarom voor haar viel.

De tante bij wie Giovanca woonde, draaide dubbele diensten bij een fabriek. Giovanca sliep op een bank in de woonkamer en werd iedere nacht wakker als haar tante uitgeput en chagrijnig thuiskwam. Meestal schoof de tante Giovanca's benen opzij en ging ze een videoband kijken om te ontspannen.

’s Ochtends moest Giovanca extra zachtjes doen om haar tante, die tot tien uur ’s ochtends kon uitslapen, niet te storen. De tante werkte vervolgens van elf uur ’s morgens tot zeven uur ’s avonds en na een korte pauze weer van negen uur ’s avonds tot drie uur ’s nachts.

Giovanca zei dat ze het echt niet erg vond om ’s nachts voor de zoveelste keer naar *Top Gun* en ET te kijken (de collectie van haar tante was vrij beperkt). Het enige waar ze van baalde, was dat de tante bij haar onder de deken kwam en vieze scheten liet.

Na verloop van tijd kwam ze steeds vaker bij Lot logeren. Ron en Nana vonden dat geen enkel probleem. Het was duidelijk dat ze het interessant vonden, zo’n exotisch kind in huis. Nana stelde Giovanca zelfs aan haar vriendinnen voor als ‘mijn tweede dochter’.

Zo kreeg Lot er een zusje bij.

Natuurlijk was ze ook jaloers op Giovanca. Op het gemak waarmee ze mensen om haar vinger wond, hoe ze ‘master!’ riep bij alles wat ze leuk vond, op de felgekleurde kleding die ze durfde te dragen en op haar uitbundige lach. Ook haar ouders gedroegen zich anders in haar bijzijn. Levendiger, gezelliger. Alsof ze opeens een heel ander gezin waren, een vrolijk gezin dat wijn dronk op doordeweekse dagen en dat danste in de woonkamer. Lot probeerde Giovanca te kopiëren, ze liet zelfs een permanent zetten om haar krullen te evenaren, maar als zíj luidruchtig was, zei Ron: ‘Hou even je klep dicht.’ Laat staan dat ooit iemand om haar grappen lachte.

De enige plek waar haar inspanningen om zoveel mogelijk op Giovanca te lijken zijn vruchten afwierpen, was school. In plaats van ‘dubbelrug’ werd ze nu onderdeel van een meervoudsvorm. De inboorlingen, werden ze genoemd.

Lot zag het als een geuzennaam.

Na het gymnasium wilde Lot scheikunde gaan studeren, een wanhopige poging om weer in het gevlij te komen bij haar vader, al was ze ook nog eens werkelijk goed in scheikunde. Giovanca twijfelde tussen Geschiedenis en Nederlandse letterkunde. Voor de zekerheid schreef ze zich in voor beide studies, allebei onder een andere naam. Ze zouden in ieder geval allebei in Amsterdam gaan wonen en zochten samen naar een kamer.

Vlak voor het eindexamen hadden Ron en Nana een villa gehuurd in Altea.

Natuurlijk ging Giovanca mee. De Caspers hadden haar keihard nodig om de betere versies van zichzelf te zijn. Zonder haar vervielen ze meteen in hun grijze, ongeïnteresseerde patronen. Ook het huwelijk van Ron en Nana had allang zijn beste tijd gehad. Ze waren bij elkaar uit gemakzucht en ieder ging min of meer zijn gang.

Lot had verwacht dat zij en Giovanca lange dagen op het strand zouden doorbrengen om uit te kateren van de disco waar ze tot diep in de nacht zouden uitgaan met slierten woest aantrekkelijke Spaanse jongens achter hen aan. De disco was echter nog gesloten vanwege het laagseizoen en Giovanca had na een dag al geen zin meer om naar het strand te gaan. 'Wat moet ik daar? Ik ben toch al meer dan bruin genoeg,' zei ze.

Dus bleef Giovanca meestal in de schaduw zitten op het terras met een boek, terwijl Nana en Lot op het strand lagen. Ron had ook al geen zin om mee te gaan naar het strand. Hij had werk te doen, zei hij. Lot had de indruk dat hij vooral geen zin had om de hele dag met haar en Nana door te brengen.

Nana zag er nog steeds bijzonder goed uit voor haar leeftijd. Ze bleef de uitstraling houden van een meisje, zelfs al was ze in de veertig. Zelf zag ze dat anders. Ze had vaak iets aan te merken op haar uiterlijk. Dat ze te dik werd, dat ze een ouwe kop kreeg. Lot vond dat haar moeder er die dagen op het strand geweldig uitzag. Veel beter dan zijzelf. Ze betrapte zichzelf erop dat ze jaloers was op Nana's borsten. Volmaakt ronde borsten met een perfecte maat.

Zijzelf was nog steeds plat.

Op de laatste dag van de vakantie besloten haar moeder en zij eerder terug te gaan naar het huis. Er was nog een hoop werk te doen en van Ron hoefden ze natuurlijk niet veel te verwachten. Ze liepen over het smalle zandweggetje naar boven. Het vakantiehuis stond boven op een klif en keek uit over de baai. Het was een klim van zo'n vierhonderd meter. Ze konden goed merken dat ze eerder terugliepen dan op andere dagen. De zon stond hoog aan de hemel en er was die dag geen wind. Toen ze eindelijk boven op de heuvel waren aangekomen, waren ze flink bezweet. 'Laten we een ijsje halen,' zei haar moeder. 'Ik sterf zowat.'

Dus liepen ze eerst nog even naar het kleine supermarktje iets verderop in de straat. Lot en Nana namen allebei een Cornetto. Lot had de chocola en nootjes van de bovenkant gelikt en was net aan het vanille-ijs begonnen toen ze bij het huis aankwamen.

Giovanca lag niet zoals anders in de hangmat. Ze was eigenlijk de hele vakantie niet zo gezellig geweest. Ze klaagde over vermoeidheid en had geen zin om te praten. Na al die jaren had Giovanca zich dan eindelijk ontpopt tot iemand die sprekend op henzelf leek, dacht Lot.

Haar moeder en zij liepen de villa binnen. Lot wilde roepen, maar haar moeder hield haar tegen. Sst, deed ze.

Toen hoorde zij het ook. Een geluid dat van boven kwam. Als op dat moment tot haar was doorgedrongen wat er aan de hand was, was ze waarschijnlijk nooit die trap op gelopen.

Achteraf besefte Lot dat haar moeder precies wist wat ze zou aantreffen. Zo doelgericht als ze handelde. Zoals ze op haar tenen de trap op liep en haar dochter gebaarde hetzelfde te doen. Ze opende geruisloos de slaapkamerdeur.

Ze keken recht in de gespreide benen van Giovanca en zagen Rons achterhoofd in kleine bewegingen op en neer gaan. Het haar dat hij altijd zo zorgvuldig over de kale plek op zijn achterhoofd kamde, was losgeschoten. Een raar contrast tussen zijn bruin geverfde haar en zijn witte hoofdhuid.

Dan het gekreun van haar vriendin. Zelf had Lot pasgeleden haar eerste vriendje gehad. De eerste twee weken meende ze zelfs verliefd te zijn en genoot ze van het urenlange zoenen. Maar na enkele weken waren ze bij de benedenzone beland en onderging ze geheel verstijfd zijn hardhandige gevinger. Weer een week later legde hij nadrukkelijk haar hand op zijn geslacht. Voor het goede fatsoen had ze er een paar keer onhandig aan getrokken. Daarna had ze het uitgemaakt.

Giovanca lag intens te genieten. Iets anders kon Lot er niet van maken. De aanblik van haar lebberende vader en Giovanca's gespreide benen in combinatie van het lage, krolse, katachtige geluid dat ze produceerde, maakte haar misselijk. Ze probeerde niet te denken aan de geur tussen de benen van haar vriendin, die haar vader blijkbaar overheerlijk vond.

Ze schrok op doordat er een klodder ijs op haar voet viel. Lot probeerde haar moeders blik te peilen, maar als er al iets te zien was, dan zou ze het omschrijven als gelatenheid.

Zonder iets te zeggen zette Nana haar ijsje omgekeerd op haar eigen hoofd.

Omdat Lot niet wist wat anders te doen, deed ze hetzelfde.

Terwijl het ijs over hun gezichten droop, bleven ze staan. Het duurde zeker nog vijf minuten voordat Ron Casper doorhad dat zij er waren.

Lot had dit Ron kwalijk moeten nemen. Hij werd nota bene over een paar jaar zestig, maar op de een of andere manier slaagde hij er nog steeds in vrouwen te krijgen. Jonge vrouwen zelfs. Natuurlijk, hij sportte vijf keer per week, verzorgde zich op het obsessieve af, droeg dure zijden shirts, had geld op de bank en was nog steeds een bekend gezicht. Maar als je hem in het volle daglicht bekeek, bleef het een oude man.

Na het 'incident', zoals Nana het hardnekkig bleef noemen, had ze Lot met een verwijtende ondertoon die voor Ron bedoeld was uitgelegd waarom het zo makkelijk is voor oudere mannen om mooie jonge vrouwen te krijgen: 'Het is heel simpel. Alle vrouwen willen speciaal gevonden worden, en jonge vrouwen zonder uitontwikkelde identiteit al helemaal.

Knappe jonge mannen hebben dit nog niet door, omdat ze te veel met zichzelf bezig zijn en ongeduldig zijn in hun paringsdrang. Een oudere man neemt de tijd. Hij begrijpt dat je een vrouw allereerst een luisterend oor moet bieden. Hij zal luisteren naar de banale problemen van een jonge vrouw – ik weet niet wat ik met mezelf aan moet, ik kan de huur niet betalen, mijn vorige vriendje was een klootzak – alsof hij ze nog nooit heeft gehoord. De vrouw zal denken: eindelijk iemand die mij echt ziet, en ze zal hem op nog meer zielenroerselen trakteren. Tijdens het luisteren zal de man op subtiele wijze de schijn wekken dat hij deze jonge vrouw misschien wel kan redden. Ook zal hij ervoor zorgen dat de drank rijkelijk blijft vloeien en hij zal af en toe nonchalant zijn hand op haar arm leggen.

Daarna zal hij de jonge vrouw een paar Grote Geheimen vertellen die hij nog nooit met iemand heeft gedeeld. Vreemd genoeg heeft hij het gevoel dat alleen deze jonge vrouw hem zal begrijpen. Haar gevoel van eigenwaarde is inmiddels verankerd aan deze man en zal na zijn ontboezemingen een nieuw hoogtepunt bereiken.

Tegen de tijd dat het alcoholpromillage van de vrouw hoog genoeg is en zij allang niet meer ziet dat hij geen bovenlip heeft, grijs haar heeft op vreemde plaatsen en een huid als een oude zeem, slaat hij toe. Nooit meteen op de mond. Hij zorgt eerst voor fysiek contact door zijn arm om haar schouders te leggen. Als hij merkt dat zij zich comfortabel voelt, gaat zijn andere hand naar haar bovenbeen.

Pas als zij met licht vochtige ogen vol totale aanbidding naar hem opkijkt en haar hoofd dichterbij brengt, zal hij haar kussen. Zij zal denken dat ze dit zelf heeft gewild. Dat is het ergste. Zij zal denken dat ze alles zelf heeft gewild, totdat het te laat is en ze beseft dat ze erin is getrapt.'

Lot begreep precies wat haar moeder bedoelde. Toch bleef ze Giovanca de volledige schuld geven.

Meteen nadat ze terugkwamen van vakantie, gingen Nana en Lot het huis uit, zogenaamd omdat Lot zich moest concentreren op haar examens en een rustige omgeving nodig had. Het zou de eerste keer zijn dat Nana het belang van haar dochter vooropstelde, al dacht Lot later dat haar moeder al lange tijd gewacht moest hebben op het laatste zetje om haar man te verlaten. Kort daarna begonnen de examens. Lot ging bij ieder vak zo ver mogelijk bij Giovanca vandaan zitten en deed alsof ze haar niet zag.

Giovanca daarentegen probeerde Lot bij iedere gelegenheid die ze kreeg aan te spreken. 'We moeten echt praten, ik snap dat je boos bent, maar je moet naar me luisteren.'

'Ik moet me op mijn examens concentreren,' zei Lot. 'Laat me met rust.'

'Maar als dit voorbij is, kunnen we dan praten?'

'Misschien,' had ze gezegd. Niet omdat ze het van plan was, maar omdat ze haar voormalige beste vriendin wilde martelen met de gedachte dat het misschien wel goed zou kunnen komen.

Lot slaagde cum laude. Giovanca zakte.

Het kersverse liefdespaar ging de hele zomer naar Bali en daarna besloot Giovanca dat ze geen zin had om haar school af te maken. Ze trok bij Ron Casper in.

Lot ging scheikunde studeren.

'Waarom in godsnaam?' vroeg haar moeder. 'Probeer je een wit voetje te halen bij je vader? Bij die lul die nooit meer naar je heeft omgekeken en al die jaren alleen maar bezig was met het achternalopen van zijn pik?'

'Hoe bedoel je?'

'Doe niet zo naïef,' zei haar moeder. 'Dacht je echt dat jouw vriendinnetje de eerste was? Die vader van jou heeft bijna iedere week een ander schatje.'

Al die tijd had Lot gedacht een groot geheim met zich mee te dragen in de vorm van Monica. Maar nu leek het erop dat ze zelf het minst op de hoogte was. Omdat haar moeder nog op een antwoord leek te wachten ook, zei ze maar: 'Ja, dat dacht ik.'

Haar moeder barstte uit in een soort heksenlach tot de tranen over haar wangen rolden. 'Die Lot toch,' zei ze. 'Hoe moet dat nou met jou later?'

Er is een weg terug.
Maar ik neem hem niet.

5

Zodra Marloes in de auto naar huis zat na de familiebijeenkomst, belde ze haar moeder. Niet omdat ze er zin in had, maar omdat haar moeder háár inmiddels al drie keer had gebeld.

'Waarom nam je niet op?' vroeg Riet zonder begroeting.

'Ik zat even met Willem en Hanneke na te praten.'

'Zo laat nog?'

'Het is halfelf, ma.'

Riet snoof even. 'Nou, vertel op dan. Hoe ging het?'

'Zoals ik dacht dat het zou gaan. Lieve kleine Lot trok alle aandacht naar zich toe en liep toen boos de deur uit.'

'Die heeft zich altijd beter gevoeld dan jullie. Net als die moeder van d'r. Dacht je dat die slet er ooit een seconde over heeft nagedacht dat je vader getrouwd was en een gezin had? Die heeft gewoon net zo lang met d'r kont staan draaien en met d'r wimpers staan wapperen tot je vader niet anders kon.'

Marloes zuchtte diep. Er ging geen dag voorbij zonder dat haar moeder het verleden moest oprakelen. Er waren mensen die sneller over 9/11 heen waren gekomen dan Riet over haar scheiding.

'Maar geloof me, Lot trekt wel bij zodra ze zich realiseert hoeveel centjes ze gaat kwijtraken als Ron zo doorgaat.'

'Dat zei ik ook al tegen Willem en Hanneke. Ze kunnen waarschijnlijk volgende maand de salarissen niet meer uitkeren. Maar los daarvan: dit kan zo niet langer.'

Haar moeder maakte een instemmend geluid.

'Maar ook als Lot wél meewerkt, zal het niet makkelijk worden.

Je kunt niet zomaar iemand onder curatele stellen. Dat zegt Willem, tenminste.'

'Als ik nog iets moet doen...' zei haar moeder. 'Ik heb er geen enkel probleem mee om een verklaring tegen hem af te leggen.'

Marloes rolde met haar ogen. 'Mam, jullie zijn al honderd jaar uit elkaar.'

'Dus?'

'Dus is jouw verklaring niet echt relevant meer.'

'Hoezo?'

'Laat maar. Als we je hulp nodig hebben, weten we je te vinden.'

'Straks moet Willem zijn huis nog verkopen,' zei Riet. 'Zijn mooie huis waar hij zo hard voor heeft gewerkt. Dat kan ik toch niet zomaar laten gebeuren?'

'Mam, ik moet ophangen. Ik zit in de auto.'

'Goed dan, kind. Rijd je wel voorzichtig? En laat je Sanne mij bellen? Ik heb al zeker een week niets meer van haar gehoord.'

'Ik zal het zeggen. Ze heeft tentamens. Ik hoor zelf ook niet zoveel de laatste tijd.'

'Die jongeren van tegenwoordig zijn allemaal hetzelfde. Neem nou Max. Hoor ik ook nooit meer iets van.'

'Ik moet echt gaan nu, oké?'

'Nou, slaap lekker dan alvast. Gebruik je nog steeds die pillen?'

'Nee,' loog Marloes.

'Want voor je het weet ben je verslaafd en heb je er steeds meer van nodig. Ik zag er laatst nog een documentaire over. En je weet dat je er absoluut niet bij moet drinken, hè? Het lijkt zo onschuldig, maar er zijn mensen die de gekste dingen doen onder invloed van slaappillen en drank.'

'Ik ben er al mee gestopt, ma.'

'Gelukkig maar. Pas goed op jezelf, meisje.' Eindelijk hing ze op.

Thuis checkte Marloes haar mail. Er was die dag maar één reactie binnengekomen op haar profiel op een datingsite. Een man van drieënzeventig. Bijna net zo oud als haar vader. Ze leek hem wel een spannende vrouw, schreef hij. Wat dacht die man, die ouwe vieze bok wel niet? Dat hij echt nog een kans maakte?

Ron Casper dan. Die vond vijfendertig jaar al oud. Vandaar dat hij het nu van de hoeren moest hebben. Waarom dachten mannen dat er iets mis was met een vrouw van hun eigen leeftijd? Al waren ze kaal, hadden ze een bierbuik en hangtieten, nog steeds vonden ze zichzelf per definitie jeugdiger dan de andere sekse.

Ze dacht aan Ron, zoals ze bijna dagelijks aan hem dacht, al probeerde ze dat niet te doen. Sinds het overlijden van Marloes' man leek haar vader een steeds prominentere plaats in haar gedachtewereld in te nemen. Ron had twee jaar geleden via internet een twintigjarige Chinese ontmoet. Na uren chatten (voor een euro dertig per minuut) was hij ervan overtuigd geraakt dat zij de nieuwe liefde van zijn leven was. Hoe hard Willem en Marloes (en zelfs Lot, al had die het meestal te druk met zichzelf) ook op hem inpraatten, hij wilde niet van het idee af dat deze vrouw oprecht van hem hield. Volgens Ron waren oosterse vrouwen veel spiritueler dan westerlingen en was voor hen leeftijd een relatief begrip. Deze vrouw, Mei Wei heette ze, vond het juist fantastisch dat hij zoveel levenservaring had. Met haar kon Ron over het leven praten. Dat het haar om geld zou kunnen gaan, vond hij een beledigend idee. Hij besloot zelfs om naar Shanghai te vliegen om haar in het echt te ontmoeten.

Willem stelde nog voor dat hij mee zou gaan, maar Ron Casper liet op zijn eigen botte wijze weten dat hij geen behoefte had aan de betutteling van zijn twee oudste kinderen. Toen Ron arriveerde in de aankomsthal van Shanghai, stond er niemand met een bordje met zijn naam erop. Na drie uur wachten nam hij een taxi naar het dichtstbijzijnde hotel om in te loggen op zijn chataccount. Mei Wei was nog online ook. Er was iets tussengekomen, zei ze, 'so very sorry'. En voorlopig had ze even geen tijd.

Willem, Marloes en zelfs Lot probeerden hem ervan te overtuigen dat er achter die 'Mei Wei' een verzameling callcentermedewerkers schuilging, maar Ron weigerde te geloven dat de liefde van zijn leven, zoals hij haar noemde, niet zou bestaan. Willem en Marloes hadden er smakelijk om gelachen, maar het was natuurlijk diep triest.

Wat denk je wel, schreef Marloes terug aan de drieënzeventigjarige man. *Zoek iemand van je eigen leeftijd.*

Waarom wilde ze zo graag geloven dat ze de ideale man zou vinden via een datingsite? Was ze dan net zo naïef als Ron Casper die per se wilde geloven in Mei Wei?

Ze ging naar haar profielgegevens en veranderde haar geboortedatum zodat ze vierenveertig jaar was. Klonk een stuk beter dan negenenveertig. Misschien maakte ze dan eindelijk kans op een man van haar eigen leeftijd.

Marloes ging voor de spiegel staan en bekeek zichzelf. Ze fronste haar wenkbrauwen, tuitte haar lippen en trok haar gezichtshuid naar achteren. Ja, zo. Als ze het nou eens zo liet doen. Dan zouden ze er nog intrappen ook.

Ze liet haar huid los en veranderde weer in een vrouw van negenenveertig. Met storende neergaande lijnen om haar mond, fronsrimpel en alles. Ieder mens krijgt uiteindelijk het uiterlijk dat zij verdient, zeiden ze. Had zij dit verdiend dan? Deze zure ouwe kop? Die kleine trut van een Lot had makkelijk praten. Toen Marloes zo oud was als zij was er op haar kop ook nog geen plooi, geen rimpel, geen lijntje te bekennen. Wacht maar, dacht Marloes. Wacht maar tot je mijn leeftijd hebt. Dan zul je er net zo verrot uitzien. Denk maar niet dat je de dans kunt ontspringen.

Ze ging weer een tijdje achter de computer zitten en bekeek voor- en na-foto's van facelifts. Ze hoopte dat het haar rustig zou maken, maar al die strakgetrokken koppen werkten juist op haar zenuwen.

Ze wilde dat ze geen man zou willen. Misschien dat ze dan het vooruitzicht van nog minstens vijfendertig jaar leven in eenzaamheid (als de statistieken klopten, tenminste) niet meer zo verschrikkelijk vinden. Dat zou zo rustig zijn. Dan maakte ze zich nergens meer druk over, misschien zelfs niet over haar vader. Maar ze verlangde nou eenmaal naar iemand die haar zou vasthouden. Die zou zeggen dat het allemaal oké was. Iemand die ervoor zou zorgen dat ze weer kon slapen 's nachts.

Ze dacht terug aan Harm-Jan, haar overleden echtgenoot, de vader van Sanne. Hij was net zo oud als zij geweest en had haar nooit het gevoel gegeven dat op een of andere raadselachtige manier de jaren bij hem minder zwaar zouden tellen dan bij haar. Ze had hem er weleens naar gevraagd toen ze samen op een terrasje zaten en er een mooie jonge vrouw langsliep. 'Zou je dat niet willen?'

Hij had verstrooid opgekeken. 'Hoe bedoel je?'

'Nou, zo'n jonge vrouw. Zou je mij niet in willen ruilen?'

'Natuurlijk niet. Ik zou wel gek zijn.' Hij had het met een grote vanzelfsprekendheid gezegd. Marloes moest glimlachen toen ze eraan terugdacht.

Twee maanden later was Harm-Jan dood neergevallen op de tennisbaan. Hartaanval. Dat kreeg je ervan als je trouw was aan je eigen (oude) vrouw. Gelukkig had hij haar goed achtergelaten. Wat dat betreft hoefde Marloes zich geen zorgen te maken over het uitgavenpatroon van haar vader. Als het niet om Willem was geweest, had ze het misschien wel grappig gevonden dat Ron alle centjes erdoorheen joeg. Misschien ging wonderkind Lot dan eindelijk eens wat minder hoog van de toren blazen. Maar Willem had dit niet verdiend.

Ze had altijd al het gevoel gehad dat ze haar vier jaar jongere broer een beetje moest beschermen. Na de scheiding was haar moeder enkele maanden haar bed niet uit gekomen. En wie had ervoor gezorgd dat Willem aangekleed en gevoed op tijd naar school ging?

Hij was goed opgedroogd, Willem, en dat was deels háár verdienste. Als zij toen niet de verantwoordelijkheid had genomen, was hij een stuk minder sterk uit de strijd gekomen. Hij had gestudeerd, was met een goede vrouw getrouwd en deed het goed bij de golfclub. Hij had alleen nooit bij pa in de zaak moeten gaan werken. Ze had hem gewaarschuwd, maar hij wilde per se 'een betere band opbouwen met pa'.

'Je kunt geen band met hem opbouwen,' had ze nog tegen hem gezegd, maar hij had niet geluisterd. Willem had een uitstekende baan kunnen hebben bij willekeurig welk ander bedrijf, maar het leek wel of iets in hem gekrenkt wílde worden.

Ze vroeg zich vaak af hoe Ron het voor elkaar kreeg dat iedereen ondanks alles zijn best voor hem bleef doen. Zelf ging ze iedere week even langs zijn huis om te controleren of de werkster haar werk wel goed had gedaan. Ron had zich ooit over Gea bij haar beklaagd en tot haar stomme verbazing hoorde ze zichzelf toen zeggen dat ze de boel voor hem in de gaten zou houden. Gea kwam al jaren bij Ron. Ooit was ze door Nana geselecteerd op onaantrekkelijkheid, want echt goed schoonmaken deed ze niet, en helemaal niet meer nu ze zelf de zeventig naderde. Ze kwam vier uur per week, wat veel te weinig was voor zo'n groot huis. Dus lapte Marloes vaak nog snel even de ramen of maakte ze de koelkast schoon. Uiteraard had Ron haar hier nooit voor bedankt.

Omdat hij Gea met een zekere hartstocht haatte en ervoor zorgde dat hij nooit thuis was als ze kwam en ook nooit opnam als ze belde, was Gea Marloes als contactpersoon gaan gebruiken om haar boodschappenlijstjes door te geven en te vragen of Ron voortaan onderzetters wilde gebruiken op de houten tafel.

Marloes was allang gestopt met het doorgeven van Gea's lijsten. Ze kocht trouw alle schoonmaakmiddelen en zette die in het huis neer, met het boodschappenbonnetje ernaast. Niet dat Ron haar ooit het geld teruggaf. Nee, zijn geld gaf hij liever uit aan hoeren. Zesenzeventig jaar en de man verkoos nog steeds de eerste de beste bimbo boven zijn kinderen. Om te kotsen was het. Je zou bijna hopen dat hij een vorm van kanker kreeg waarbij hij langzaam weg zou teren, zodat hij haar nodig zou hebben. En dan zou ze weleens zien of ze tijd voor hém had.

Zo mag je niet denken, corrigeerde ze zichzelf. Het blijft wel je vader.

Ze zette de televisie aan. Alleen maar mannen op de buis. Mannen die zichzelf belangrijk vonden en die maar praatten, praatten, praatten. Ze waren allemaal hetzelfde.

Toen ze na een halfuur nog steeds niet rustig was, nam Marloes twee slaappillen. En nog steeds lag ze eerst een halfuur naar het plafond te staren voordat ze eindelijk de dag achter zich kon laten.

DINSDAG

Ik heb hem verteld dat het een zeer exclusieve whisky is, duizend euro per fles. Veertig jaar oud, turfhoudend en met een medicinaal karakter, typisch voor het Schotse eiland Islay.

'Dit,' zeg ik tegen Ron Casper, 'dit is echt iets voor jou.'

Hij nipt aan het glas. Ik zie dat hij het niet lekker vindt. Even ben ik bang dat de chemicus in hem alarm zal slaan, maar hij slikt door en zegt: 'Zo hé.'

Zelf neem ik een grote slok. Ik weet dat hij niet voor mij onder zal willen doen, en dat klopt. Ondertussen blijf ik zijn dorst aanwakkeren met nieuwe informatie: 'Er zijn maar tweeduizend flessen gebotteld, destijds in 1973. Daarvan zijn er over de hele wereld nog maar een paar te vinden.'

Ron begint steeds enthousiaster te drinken. '1973. Eigenlijk te oud voor mij.' Hij lacht om zijn eigen grap.

'Wat is dan je doelgroep?'

'Onder de dertig.' Hij zegt dit heel serieus.

'Ben je daar niet wat te oud voor?'

Hij neemt weer een grote slok whisky en heft zijn glas. 'Ze glijden nog steeds op me. Dat heb ik vanochtend nog aan den lijve mogen ondervinden.'

Voor hij zijn glas leegt, vraag ik het hem toch. Niet dat zijn antwoord iets zal veranderen, maar ik wil het weten. 'Is er nog iets in je leven waar je spijt van hebt?'

'Hè?' Ik weet niet of hij verbaasd is door de vraag of omdat hij al moeite heeft om zich te concentreren.

'Of je iets anders had willen doen.'

Zonder enige aarzeling zegt hij: 'Nee.'

'Ad fundum,' zeg ik.

De gretigheid waarmee hij zijn allerlaatste slok neemt, zie ik als een bevestiging voor mijn daad.

6

Marloes werd wakker van de telefoon, maar was, zoals altijd eigenlijk, te laat met opnemen. Het was al halftwaalf. Ze nam zich voor de zoveelste keer voor om eerder naar bed te gaan, zodat ze eerder op zou kunnen staan. Nu was de halve dag alweer weg. Niet dat ze veel te doen had. Een beetje winkelen, stofzuigen, op internet rondkijken. Koken deed ze al lang niet meer nu Sanne het huis uit was. Waarom zou ze? Een heel gedoe van aardappels schillen, boontjes doppen en gehaktballen draaien en dat alleen maar voor haarzelf. Meestal smeerde ze dan maar een broodje filet americain. Of ze nam soep. Ze was sinds de dood van haar man enorm afgevallen, dat wel. Mensen begonnen het te zien. 'Gaat het wel goed met je?' vroegen ze dan met slecht gecamoufleerde sensatiezucht.

Riet, haar moeder, was nog het ergst: wat ga je doen vandaag? Zorg je dat je niet de hele tijd alleen bent? Eet je wel genoeg?

Marloes keek op haar scherm en zag dat het nu ook weer haar moeder was die haar wakker had gebeld. Ze zuchtte diep. Gek werd ze ervan.

Toen Sanne nog thuis woonde, was alles anders. Toen móést ze wel vroeg opstaan, móést ze wel koken, móést ze zichzelf wel bij elkaar rapen en er iets van maken. Nu leek het allemaal zo zinloos. Alsof ze het uitzong tot ze eindelijk dood kon gaan.

Marloes kreunde, rekte zich uit en probeerde zichzelf moed in te praten. Misschien moest ze Sanne straks maar bellen of die zin had om samen uit eten te gaan vanavond. Een uitje zou haar goeddoen. Ze zou een reden hebben om zich leuk aan te kleden, haar haar te föhnen, kortom zichzelf op te peppen tot haar oude zelf. Sinds Sanne in Amsterdam woonde, zag Marloes haar dochter nog maar weinig. Ze probeerde zich dit niet persoonlijk aan te trekken, maar voelde zich toch een beetje afgedankt. Uiteraard sprong ze nog liever van de brug dan dat ze dit aan Sanne zou laten merken. Het laatste wat ze haar dochter zou willen aandoen was dat ze haar last zou moeten dragen, zoals zijzelf vroeger de last van háár moeder op haar schouders had gekregen.

De telefoon ging weer. Ze nam op, zei: 'Ik leef nog, mam' en hing meteen weer op. Daarna bekeek ze zichzelf in de spiegel van de badkamer. Ze zag er oud uit. Wallen, een vale huid, vouwen in haar wang van het lange slapen. Hoe moest ze ooit een man vinden? Als er al een man reageerde op haar nieuwe profiel, dan zou ze bij een ontmoeting genadeloos door de mand vallen.

Ze startte haar computer op en checkte haar e-mail. Tot haar verbazing waren er tussen het tijdstip waarop ze haar leeftijd had veranderd en nu, elf uur later, vijf nieuwe reacties binnengekomen.

Het verheugde en irriteerde haar tegelijkertijd. Een hele wereld vol gretige mannen. Het enige wat nodig was om door hen begeerd te worden, was aan de goede kant van de veertig zitten.

De mannen deden weinig moeite om hun motieven te verbergen. Eentje (John, achtenvijftig, kaal en een onderkin) verklaarde zelfs dat hij haar er wel lekker uit vond zien en vroeg of ze zin had om bij hem in bad te komen. Een andere man (Marcel, vijfentwintig, foto die uit een tijdschrift leek te komen en 'gek op milfs') stelde voor om een romantisch weekendje weg te gaan. Weer een ander (Dinand, eenenzestig 'maar met een jeugdige uitstraling') schreef dat hij iemand zocht om van elkaar te genieten, te lachen en te vrijen tot de zon opkwam.

Ze las de mailtjes nog een keer door. Er was er eigenlijk maar één die haar aansprak. Een man van eenenvijftig. Een goede kop met haar. Bruine ogen. Mooie tanden. Leuke lach. Naar eigen zeggen een meter tweeëntachtig, al moest je nooit helemaal geloven hoe mensen zichzelf omschreven. Ze had er onlangs nog een artikel over gelezen. Mannen die een foto van een andere, veel knappere man plaatsten en dan in werkelijkheid een dwerg met een bierbuik bleken te zijn. Hij was kunstenaar, schreef Andres (ja, de naam sprak haar ook aan), en werkte nu aan een serie over voeten. Ondergewaardeerde, fascinerende lichaamsdelen, schreef hij. Meestal lelijk. Maar als ze mooi waren, waren ze werkelijk beeldschoon. En dat probeerde hij in zijn werk te laten zien.

Marloes glimlachte. Nu had zij best mooie voeten. Slank en goed gevormd, met tenen die precies de goeie lengte hadden en gelijkmatig afliepen. Anders dan de voeten van haar vriendinnen die allemaal leken te kampen met eksterogen, knobbels en jubeltenen.

Aangezien ze toch geen dringende zaken op het programma had staan (als ze eerlijk was al maanden niet), besloot ze er meteen maar werk van te maken. Ze nam een voetenbadje, smeerde haar voeten in met glanzende bodylotion en lakte haar nagels stijlvol donkerrood. Ze maakte een foto en mailde hem naar deze Andres.

Binnen vijf minuten had ze antwoord. *U bezit werkelijk een paar betoverende voeten, mevrouw. Zou ze heel graag in het echt willen zien. Plus het vrouwmens dat eraan vastzit. Mag dat?*

Ze keek nog eens naar zijn profielfoto en kwam tot dezelfde conclusie als eerder: een knappe man met een goeie kop met haar. Waar vond je die nog tegenwoordig?

Ze aarzelde niet lang. Wat was het alternatief? Haar hele leven alleen blijven, waarbij iedere dag dezelfde grauwe worsteling leek? Zelfs al zou Andres in het echt tegenvallen, in ieder geval zou de sleur doorbroken zijn, al was het maar voor een dag.

Ja meneer, dat mag, typte ze terug. *Waar, wanneer?*

Toen ze op 'send' had geklikt, was ze zowaar trots op zichzelf. Ze liep naar de badkamer en bekeek zichzelf voor de zoveelste keer in de spiegel. De vouwen in haar gezicht waren al grotendeels weggetrokken en haar huid leek wat minder vaal. Natuurlijk kon ze best doorgaan voor vierenveertig. Er waren heel wat vrouwen van die leeftijd die er slechter uitzagen dan zij.

Nadat ze gedoucht had, checkte ze haar computer. *Waarom iets morgen doen als het vandaag kan*, had Andres teruggeschreven. *Wat dacht je van vanmiddag vijf uur?*

Ze keek op haar horloge. Het was inmiddels halftwee. Misschien was morgen toch een beter idee, dan kon ze nog naar de kapper en de schoonheidsspecialist en nieuwe kleren kopen.

Niet gaan nadenken nu, zei ze toen tegen zichzelf. Gewoon doen. Hoe erg kan het zijn? Dus zei ze ja.

Marloes had nooit eerder met een man afgesproken die ze niet kende. Er waren verschillende vriendjes geweest voor Harm-Jan, maar dat waren meestal jongens van school of uit de buurt. Jongens die ze al een tijdje kende en van wie ze wist dat ze ze kon vertrouwen.

Ze had heus wel geweten dat haar vader en sommige van haar vriendinnen Harm-Jan kleurloos vonden. Een veilige keuze. Een degelijke man die een goed belegde boterham verdiende in het verzekeringswezen en haar behandelde als een koningin. Ja, ze zag ook wel dat hij niet de knapste man op aarde was met zijn forse neus en slungelige lange lichaam. Maar zij híéld van die neus. En zij híéld van dat lichaam. Bovendien: wat wisten buitenstaanders nou van de ware Harm-Jan? Wisten ze dat als hij uit zijn werk kwam, hij altijd iets lekkers voor haar meenam van de bakker? En wisten ze dat hij dagelijks haar schouders had gemasseerd toen ze zwanger was van Sanne? Dat ze soms samen heel hard meezongen met de radio en dat hij zo van haar zelf gedraaide gehaktballen hield? Zo kon ze nog wel even doorgaan. Duizend facetten van de microcultuur die ze met hem had gedeeld en die nu voorgoed verloren was gegaan.

Nu ze op het punt stond een andere man te ontmoeten, moest ze weer aan al die kleine dingen denken. Na de dood van Harm-Jan had ze al zijn spullen rigoureus weggedaan. Ze kon de aanblik niet meer verdragen van de stoel waarin hij altijd graag zat met de krant, zijn grote bruine herenjas aan de kapstok, zijn pantoffels, het antieke kastje van zijn oma en zijn aftershave in het badkamerkastje. Ze had drie maanden gewacht en toen alles laten ophalen door een kringloopwinkel. Toen ze in haar volledig nieuw ingerichte nieuwe huis trok, had ze gehoopt dat ze beter zou kunnen slapen. Helaas was dat niet het geval.

Opeens had ze er spijt van dat ze al zijn spullen had weggedaan. Ze dacht eraan hoe het zou zijn als ze nu even zijn jas kon aantrekken, of de trui die eigenlijk al versleten was, maar waarvan hij geen afstand kon doen omdat hij zo lekker zat. Of als ze in zijn stoel kon zitten met zijn pantoffels aan. Ze probeerde zich Harm-Jans geur voor de geest te halen. Schoon, wist ze, iets met amandel, maar de exacte geur kon ze niet meer oproepen. Ze vroeg zich af of ze wel klaar was voor een nieuwe relatie.

Je moet doorzetten, zei ze tegen zichzelf. Al wordt het helemaal niks, dan heb je het toch geprobeerd.

Maar zelfs toen ze al in de auto zat, met haar elegante sandaaltjes op de passagiersstoel en teenslippers aan haar voeten om niet van het gaspedaal af te glippen, overwoog ze nog om terug te keren.

Ze arriveerde te vroeg bij het café waar ze hadden afgesproken. Ze parkeerde om de hoek en bleef even zitten terwijl ze uitkeek over een plantsoentje. Een oudere vrouw liet een hondje uit. Ze had de diepe groeven in het gezicht van iemand die altijd ongelukkig was geweest. Met een gekromde rug sjokte ze over het paadje, terwijl het hondje met trillende beentjes een drol draaide.

Kom op, zei Marloes nog een keer tegen zichzelf. Ze deed haar teenslippers uit en haar sandaaltjes aan. Ze voelde zich een beetje belachelijk, een vrouw van negenenveertig, over vier maanden zelfs vijftig, die haar teennagels had gelakt voor een man die ze niet eens kende. Toen stapte ze uit.

Het was rustig in het café. Aan een tafeltje bij het raam zat een jong stel met een kind omeletten te eten. Aan de bar een wat oudere man. Ze keek op haar horloge. Het was exact vijf uur. Het leek haar logisch dat een man er altijd voor zorgde er net iets eerder te zijn om de vrouw op te vangen. Of dacht ze dat alleen maar omdat Harm-Jan dat zou doen?

De man had onbestemd grijs haar en droeg een vale trui. Misschien had Andres net als zij over zijn leeftijd gelogen en een foto gebruikt die alweer een paar jaar oud was. Aarzelend liep ze op hem af. De man was een kopstootje aan het drinken. Wat had Andres ook alweer in zijn profiel staan? Dat hij van goede rode wijn hield? Of was dat weer iemand anders geweest?

Ze voelde een diepe teleurstelling toen ze nog dichterbij kwam. Nu zag ze ook rouwranden en dikke, eeltige vingers. Dat krijg je als je bijna vijftig bent, dacht Marloes. Alle leuke mannen zijn al bezet.

Wat overblijft zijn de kliekjes waar niemand meer trek in heeft.

Voor iemand die op een date aan het wachten was leek de man niet echt geïnteresseerd in zijn omgeving. Marloes vermoedde dat dit een heel vermoeiend halfuur zou worden. Pas toen ze naast hem stond, keek hij op. Hij had bruine ogen en keek haar niet onvriendelijk aan. Misschien zou het toch nog meevallen. 'Kan ik je helpen?' vroeg hij.

'Ben jij Andres?'

'Helaas niet. Ik ben Wim.' Hij stak zijn hand uit om zich voor te stellen.

Marloes zette snel een stap achteruit. 'Sorry, ik dacht dat je iemand anders was.' Ze vroeg zich af waarom ze zich zo schaamde voor dit voorval.

Ze kon nog weg, bedacht ze voor de zoveelste keer. Ze hoefde dit niet te doen. Maar toen ze bij de uitgang stond, zag ze dat Andres, die zowaar op zijn foto leek, net aan kwam lopen. Hij had een langzame, beetje slepende tred, alsof hij over een boulevard flaneerde en nergens naartoe hoefde.

Hij zag haar ook. 'Marloes?' vroeg hij met een grote glimlach. En toen ze knikte, zei hij: 'Nog mooier dan op de foto.'

Ze glimlachte terug. Een grotere, uitbundigere glimlach dan normaal. Al zag ze ook wel hoe makkelijk het compliment was geweest. *Vertel mooie jonge vrouwen dat ze slim zijn en lelijke oude vrouwen dat ze mooi zijn. Werkt altijd.* Ze had het Ron weleens horen zeggen met zo'n minachtend lachje om zijn mond.

'Zie ik het nou goed en wilde je op het laatste moment wegvluchten?' zei Andres, nog steeds met die lach. 'En dat terwijl je nog niet half weet hoe gevaarlijk ik ben.' Hij pakte haar bij de arm alsof het de normaalste zaak van de wereld was en begeleidde haar naar een tafeltje bij het raam.

'Zo,' zei hij toen hij tegenover haar zat. 'Zag je het niet meer zitten?'

Marloes knikte. 'Sorry.'

'Hoef je absoluut niet je excuses voor aan te bieden. Maar mag ik wel zeggen dat ik blij ben dat je bent gebleven?'

Ze had geen idee wat ze moest zeggen.

'En nu maak ik je weer verlegen. O god. Hoe brei ik dit nou nog recht? Eh... zal ik dan maar de geijkte vraag stellen? Doe je dit vaker?'

'Jij bent de eerste.'

'Echt?'

'Ja. En jij, doe jij dit vaker?'

'Ja. Jij bent mijn, even kijken... veertiende.'

Marloes wist niet hoe ze dit getal moest interpreteren. 'Eh... waren ze leuk?'

'Sommigen wel, sommigen niet.' Hij wierp een blik op haar voeten. 'Jij bent nu al met stip de leukste.'

Onwillekeurig keek Marloes naar haar keurig gelakte teennagels. 'Hoe weet je dat?'

'Zal ik je vertellen wat ik van jouw voeten kan aflezen?'

Ze schoot in de lach. 'Aflezen? Als een boek, bedoel je? Of een uithangbord.'

'Voeten zijn fascinerende dingen.'

De ober was aan hun tafeltje komen staan en vroeg of ze iets wilden drinken. Marloes bestelde een witte wijn. Andres bestelde rood.

'Oké. Waar zal ik beginnen?' vroeg Andres. 'Je hebt je in het verleden te veel moeten aanpassen, je kijkt ook nog te veel naar het verleden, maar ik zie wel dat je energie goed naar buiten kan, want je hebt mooie, rechte tenen en... Wil je weten wat mij echt aantrekt in jouw voeten?'

Marloes kreeg het een beetje warm. Gelukkig staarde hij naar haar voeten en niet naar haar gezicht.

'Dan moet ik je eerst nog een vraag stellen. Kun jij je kleine teen los bewegen van je andere tenen?'

Marloes had hier nog nooit over nagedacht. Maar terwijl hij het zei bewoog onwillekeurig haar kleine teen uit zichzelf al opzij.

'Ha!' zei hij. 'Dat dacht ik al.'

'Wat?'

'Dat je een heel gepassioneerde vrouw bent die nog tot volle bloei moet komen.'

Niet rood worden, dacht Marloes, maar het was al te laat. Haar wangen gloeiden zo hard dat het pijn deed.

Hij richtte zijn blik weer op haar. 'Sorry,' zei hij toen. 'Ik wil je niet in verlegenheid brengen.'

Omdat Marloes niet wist wat ze moest zeggen, viel er even een stilte, waarin zij zich ongemakkelijk voelde en die hij zonder problemen leek te doorstaan.

'Wanneer heb je dat geleerd, voeten lezen?' vroeg Marloes toen maar.

Hij glimlachte. Hij had mooie tanden. 'In mijn jeugd al, van mijn moeder. Ze was zigeunerin. Tot haar achttiende door heel Europa getrokken met haar familie, daarna getrouwd met een keurige meneer en in Nederland gaan wonen. Zij heeft het tenen lezen van haar moeder geleerd en die weer van haar moeder, enzovoorts.'

'Een familieding dus,' zei Marloes.

'Daarnaast vind ik voeten gewoon mooi. Daarom ben ik ze nu ook aan het schilderen.'

'Ik heb helemaal niets met voeten,' zei Marloes.

'Misschien omdat je nog nooit hebt meegemaakt dat iemand er echt aandacht aan besteedde.'

De ober zette hun drankjes voor hen neer.

'Salut,' zei Andres toen en hij tikte zijn glas tegen het hare. 'Op onze ontmoeting.'

'Op onze ontmoeting,' herhaalde Marloes. Ze vond haar eigen stem een beetje suf klinken. Sowieso vroeg ze zich af wat hij werkelijk van haar vond, al zijn mooie verhalen over flexibele kleine tenen ten spijt. Hij was overduidelijk een creatieve, gepassioneerde man. Zij was, ondanks haar gelakte nagels, zomerjurkje en geföhnde haar, een overjarige huisvrouw. Ze had niet eens hobby's, bedacht ze. Ze las weleens een boekje, ze ging weleens de stad in en als het echt moest kon ze best leuk koken, maar er was werkelijk niets waar ze met vuur over kon praten. Niets waar ze echt blij van werd. Afgestompt, dat was ze.

'Ik zou heel graag willen dat je voor me poseert,' zei Andres toen.

'Ik weet het niet,' zei Marloes.

Maar een uur later en drie glazen wijn verder hoorde ze zich instemmen om een paar dagen later bij hem langs te komen in zijn atelier.

Hij grijpt naar zijn borst, zijn irissen draaien weg. Alleen nog oogwit te zien.

'Ik word geloof ik niet goed,' zegt Ron.

'Rustig ademen,' zeg ik.

Hij vertrouwt mij. Net zoals ik blind op hem vertrouwde. In een ver verleden.

Hij zakt in elkaar, precies volgens plan.

Ik voel geen euforie. Geen adrenaline. Geen droefheid. Geen spijt.

Er is weinig over van de arrogante haan die hij was. Zijn universum nu: een schaars verlichte kamer, een versleten matras en zijn eigen schokkerige ademhaling.

Ik hoop maar dat hij weet dat dit zijn laatste uren zijn. En dat het zijn eigen keuzes zijn die hem hier hebben gebracht.

Dan zie ik dat hij een erectie heeft.

Zul je zien dat die klootzak net viagra had ingenomen.

7

In Willems wereld bestonden er twee soorten mensen: mensen die zichzelf onder controle hadden en mensen die zichzelf niet onder controle hadden. Zijn vader: niet onder controle. Hijzelf: wel. Max: niet. Hanneke: wel. En zo kon je nog wel even doorgaan.

Dat betekende overigens niet dat mensen mét controle andere behoeftes hadden dan degenen zonder. Nee, ook mensen met controle wilden liefde, macht, eten en seks, alleen gaven ze er een stuk handiger invulling aan. Neem nou Willem zelf. Dacht je echt dat de genen van Ron Casper hem hadden overgeslagen? Natuurlijk niet. Hij was in veel opzichten precies zijn pa, al zouden weinig mensen dat zeggen. Het grote verschil was, vond hij zelf, dat hij niet neukte waar hij at. En hij at niet waar hij neukte. Daarnaast liet hij het wel uit zijn hoofd om de creditcard van de zaak te gebruiken voor oneigenlijke doeleinden.

Willem vond dat Ron zijn leven kapot had laten maken door dat gedoe met wijven. Niet dat Ron Casper het zelf zo zag. Hij dacht nog altijd dat hij lekker bezig was, ook al ging de zaak eraan kapot en was Ron inmiddels het lachertje van de Nederlandse zakenwereld.

Willem deed het vele malen beter en slimmer dan zijn vader. Thuis rust en stabiliteit met Hanneke, en dan de dinsdagen tussen vier en zes waarin deze jongen even aan zichzelf dacht. Meer had hij niet nodig.

Miriana en hij volgden een vast stramien, al waren er af en toe kleine variaties om hem scherp te houden. In de tien jaar dat hij haar bezocht, hadden ze het spel tot in de perfectie uitontwikkeld. De deur stond altijd open op het afgesproken tijdstip, zodat hij zelf naar binnen kon gaan. Hij kleedde zich dan uit, waarbij hij de tijd nam om zijn overhemd en pantalon keurig over een stoel te draperen, het lederen masker om zijn hoofd te gespen en in de kooi te gaan zitten. Als een hond, ja. Willem Casper, financieel directeur, een niet onaardige golfspeler en een graag geziene gast op al uw recepties en partijen, kreeg er inderdaad een kick van om met z'n vette pens in een bench te gaan zitten waarin normaal een groot beest als een sint-bernard thuishoorde.

Het had lang geduurd voordat hij tot de ontdekking was gekomen dat hij behoefte had aan deze vorm van seks. Daarvóór had alles hetzelfde geleken. Hij deed zijn echtelijke plicht, maakte af en toe een uitstapje naar een bordeel, voornamelijk met zakenrelaties, waar hij voor de vorm meeging met zo'n meisje, maar écht genot, dat had hij nooit gekend.

Alles veranderde toen hij op een pornosite op een sm-filmpje was gestuit. Hij voelde voor het eerst echte opwinding, in plaats van het halfslachtige gevoel dat hij met moeite bij zichzelf opwekte omdat hij dacht dat het zo hoorde. In *De Telegraaf* was hij op een advertentie van Miriana gestuit. 'Meesteres zoekt slaaf.' Hij had het gevoel dat het voorbestemd was.

Soms liet ze hem heel lang wachten. Terwijl hij daar zat, opgekruld in een te kleine ruimte, koud en bang, vroeg hij zich altijd af of dit dan de keer was dat ze hem zou laten zitten. Het gaf hem een vreemd soort opwinding. Zijn billen tegen het koude staal. Zijn halfharde pik die hij niet mocht aanraken, al deed hij het stiekem toch. Heel even maar. Om de ergste honger te stillen. Hij wist dat hij gestraft zou worden als zijn meesteres hem aan zou treffen met een stijve, dus probeerde hij aan andere dingen te denken om de opwinding te laten zakken, al lukte dat nooit goed.

Meestal als ze binnenkwam wees ze als eerste naar zijn halfharde pik en vroeg: 'Wat ben jij godverdomme aan het doen? Had ik gezegd dat dat mocht?' Vaak trapte ze dan tegen de kooi, met haar hoge laarzen met enorme hakken. Met die hakken kon ze hem behoorlijk pijn doen, al hadden ze wel afgesproken dat ze geen zichtbaar letsel mocht achterlaten.

Ze liet hem vaak nog lang in de kooi zitten terwijl ze zelf in haar comfortabele fauteuil ging zitten. Soms las ze een tijdschrift of dronk ze een kopje thee. Alsof hij er helemaal niet was. Maar zodra hij het waagde om te bewegen, begon ze tegen hem te schreeuwen. Naarmate het langer duurde, werd hij steeds oncomfortabeler. Alles ging pijn doen, zijn botten, zijn spieren, zijn harde pik die op knappen stond, hoe vaak ze hem ook vertelde dat hij moest ophouden met zijn smerige gedoe. Meestal haalde ze hem pas helemaal tegen het einde uit de kooi. 'Moet jij dan echt zo nodig aan je pik zitten, jij smerige vuile dikke hond?' vroeg ze op een kille harde toon, zodat hij zich lager voelde dan laag, viezer dan vies. 'Moet je nou echt zo nodig aan die kleine vieze kinderpik van je zitten?' Bij ieder woord mepte ze hem in zijn gezicht. De klappen werden gedempt door het leren masker, maar hij voelde ze toch branden. 'Laat het dan maar zien, vieze dikzak. Laat dan maar zien hoe jij die smerige pik van jou klaarmaakt.'

Als hij dan eindelijk zichzelf aan mocht raken, kwam hij meestal binnen enkele seconden klaar. Daarna betaalde hij honderdvijftig euro en ging hij als een herboren mens naar huis. Hij zag het zo: voor honderdvijftig euro per week was hij de gelukkigste man op aarde, en niemand die er last van had. Bovendien, technisch gezien ging hij niet vreemd. Hij had Miriana nog nooit mogen aanraken.

Die dinsdag stond ze zowaar al in de studio toen hij binnenkwam. Ze had niet haar normale outfit aan, de leren lieslaarzen en het geile leren jurkje, maar droeg een spijkerbroek met een lamswollen trui erop. Lichtblauw van kleur. Opeens leek ze een heel normale vrouw. Zo eentje die je op zaterdagochtend tegenkwam in de Albert Heijn met een boodschappenkar vol brood, fruit en chips. Willem, die aan de late kant was en al gehaast zijn kleding uit wilde trekken, bleef verbaasd staan.

'Ga zitten,' zei ze met een glimlach.

Hij was meteen op zijn hoede. Ze was iets van plan. Ze had vast een nieuwe manier bedacht om hem te pijnigen. Misschien deed ze nu juist zo normaal, zodat hij zijn positie zou vergeten en ze hem daarna genadeloos kon straffen. Onwillekeurig keek hij naar de bench in de hoek van de kamer. De deur stond wijd open. Hij voelde zijn keel dik worden van verlangen.

'Wil je een kopje thee?'

Hij knikte nederig en ging in de stoel zitten die ze aanwees. Hij hield zijn blik op de grond gericht terwijl zij een kop earl grey voor hem inschonk. Een hele tijd zei ze niets. Hoe langer de stilte duurde, hoe meer hij zijn adem voelde versnellen en zijn penis ongeduldig tegen zijn gulp voelde drukken. Hij hoopte maar dat ze het niet doorhad.

Ze zette het kopje voor hem neer. 'Je mag best een slok nemen, hoor. We zijn nu even niet meesteres en slaaf, maar Willem en Mirjam.'

Hij wilde tegen haar zeggen dat hij juist niet Willem wilde zijn, dat hij het juist prettig vond om niemand te zijn, een hulpeloze man verborgen achter dat lederen masker, maar hij durfde het niet, hoe normaal zij het ook liet klinken. Hij was er nog steeds van overtuigd dat ze een gemeen spelletje speelde. Juist haar valsheid en plotselinge uithalen waren de reden dat hij al tien jaar graag bij haar kwam.

'Kijk me aan.'

Omdat het een bevel was, durfde Willem te doen wat ze zei. Hij voelde zijn penis weer opzwellen.

'Je komt hier natuurlijk al heel wat jaren. Daarom wilde ik het je persoonlijk vertellen: ik ben zwanger.'

'Wat?'

'Ja,' zei ze stralend. 'Ik ben zwanger.'

Hij wist niet wat hij moest zeggen. Hij voelde dat zijn mond open zakte en hij haar kwijlend aan zat te staren.

'Zou je me niet feliciteren?'

'Hoezo, je bent zwanger,' was het enige wat hij uit kon brengen. 'Wat is dit?'

'Ja, na jarenlang proberen is het dan eindelijk gelukt.'

Nog steeds kon hij het niet bevatten. Hoe ze hem aan zat te kijken. Haar haar in een slome paardenstaart. Zo'n vriendelijk glimlachje waar ze niks van meende. Van alle vrouwen in de hele wereld was zij wel de laatste van wie hij dit had verwacht. Hij had altijd gedacht dat ze anders was. Iemand die overal boven stond. Dat ook zij behoefte zou hebben aan mutsige dingen als kinderen, was nooit bij hem opgekomen.

'Ik neem aan dat je gewoon blijft doorwerken tot de achtste maand of zo? En hoeveel weken verlof neem je, twaalf?' vroeg hij.

'Willem...' Haar toon was streng. Heel even herkende hij haar oude zelf erin, zijn meesteres, de vrouw die zijn leven draaglijk maakte. 'Wat denk je zelf, is dit passend werk voor een aanstaande moeder?'

Zijn pik was helemaal slap nu. Hij voelde een blinde paniek van de hulpeloze soort, niet de zoete, opwindende paniek die hij normaal tijdens hun sessies voelde.

'En als dat kind geboren is dan?'

Ze schudde haar hoofd. 'Het is mooi geweest zo.'

'Dit kun je niet menen,' zei hij. 'Je kunt niet stoppen. Ik weet niet...' Hij wilde zeggen 'ik weet niet hoe ik moet leven zonder jou', maar dat klonk zo dramatisch, al was er geen woord van gelogen. 'En als ik je nou eens meer ga betalen?'

Ze schudde lachend haar hoofd. 'Lieve Willem, je zult je er toch echt bij moeten neerleggen dat dit voorbij is. John heeft sinds kort een goede vaste baan en daarbij, ik heb genoeg spaarcentjes. Het is over.'

Hij kon het nog steeds niet geloven. Hij bleef haar maar aanstaren in de hoop dat ze hem streng zou bevelen plaats te nemen in de kooi. Hem zou toesnauwen waar hij het gore lef vandaan haalde om haar tegen te spreken.

Maar ze zette haar kopje gedecideerd op het tafeltje, keek op haar horloge en zei: 'Goed. Tijd om te gaan, Willem.'

'En vandaag dan? Ik had er natuurlijk wel op gerekend.' Zijn blik viel weer op de kooi.

'Nee, dat gaat niet.'

'Mag ik echt niet even...' Hij knikte naar de kooi.

'Nee.' Ze ging met een nadrukkelijke beweging staan. Er zat

niets anders op voor Willem dan haar voorbeeld te volgen. Ze gaf hem drie zoenen, alsof ze opeens doodnormale kennissen waren. 'Het ga je goed.'

Het lukte hem niet om iets terug te zeggen.

'Er zijn genoeg andere adresjes. Misschien moet je even googelen.'

Hij knikte als een klein kind.

Waarom leeft hij nog?

Twee uur. Het had hooguit twee uur moeten duren. Inmiddels zit ik al vier uur tegen een stervende man met een enorme paal aan te kijken.

Wat kan ik doen? Ik wil dat het lijkt of hij een natuurlijke dood is gestorven. Man van zesenzeventig sterft aan een hartaanval. Niemand die dat raar zal vinden. Niemand die autopsie zal willen doen. Hij heeft een mooi leven gehad, zal er worden gezegd. Gestorven in het harnas. Wat dat betreft komt die erectie wel goed uit.

Ron begint te kreunen. Er ontstaat een donkere vlek in zijn kruis. Een doordringende urinelucht in de kamer.

Zo had ik dit niet bedacht.

Laat ik duidelijk zijn: ik haat hem niet, het is alleen tijd dat het hoofdstuk Ron Casper wordt afgesloten. Een vorm van euthanasie, zo zie ik het. Een zacht en rustig uiteinde. Nu Ron Casper hier zo ligt, stinkend naar urine, zijn dure Italiaanse hemd bezweet en vlekkerig, realiseer ik me dat dat niet bestaat.

WOENSDAG

8

De dag erna probeerde Willem zo min mogelijk te denken aan Miriana, die nu opeens Mirjam bleek te heten en die zich zo nodig had moeten laten bezwangeren. Hij deed de dingen die hij altijd deed: de zaak, de golfbaan, thuis. Het was niet dat hij de hele tijd aan haar dacht. Het was meer dat hij zich constant bewust was van een onaangename spanning in zijn lichaam. Het was dezelfde spanning die hij ook weleens op vakantie had ervaren als Hanneke lag te slapen in het bed van het luxe hotel en hij als een gefrustreerde baviaan op het balkon stond omdat hij zijn sessie bij Miriana had gemist. Hij probeerde zichzelf af te rukken om te ontladen, maar zelfs daar was hij te opgefokt voor. Hij vroeg zich af hoe het zou moeten in het weekend. Hoe moest hij twee volle dagen doorkomen met Hanneke, die altijd overal bovenop zat? Die honderd keer per dag aan hem vroeg hoe het met hem ging, of hij zich wel goed voelde, of hij nog thee wilde of koffie of een biertje?

Vlak voor de planningsvergadering kwam hij Lot tegen in de gang. Hij had haar niet meer gesproken sinds het familieberaad. Hij zag elke dag haar auto staan, haar kantoor zat welgeteld op dertig stappen van de zijne, en toch slaagden halfbroer en halfzus erin om elkaar zelden tegen te komen. Het viel Willem op dat Lot nogal witjes was en chagrijniger keek dan normaal. Geen controle, dacht hij. Totaal niet. Aan hem zou nooit iemand iets kunnen merken. Hij beheerste het aimabel en onverstoorbaar zijn tot in perfectie.

'Gaat het een beetje?' vroeg Willem.

'Uitstekend. Hoezo?'

‘Na het familieding, bedoel ik.’

‘Ook na het familieding gaat het uitstekend.’

‘Je was een beetje emotioneel.’

‘En?’ snauwde ze.

Willem zette een begripvol gezicht op. ‘Luister, ik begrijp dat er heel wat tussen jou en Marloes is voorgevallen, hè, vroeger, maar ze bedoelt het echt niet slecht. Ze zei nadat je weg was zelfs nog dat ze het zo jammer vond dat jullie geen betere band hebben. En dat ze misschien in het verleden iets minder hard had moeten zijn.’

In werkelijkheid had Marloes toen ze weg was gezegd: ‘Dat mens is toch een wandelende reclame voor abortus?’

‘Willem,’ zei Lot nu, ‘ik vind het aardig geprobeerd, maar we weten allebei dat je dit ter plekke verzint. Zullen we naar binnen gaan?’

Voordat hij kon antwoorden was ze de vergaderzaal al binnengelopen. Bitch.

De vergaderruimte stamde uit de tijd dat Casper Cosmetics nog een bloeiend bedrijf met honderdtwintig medewerkers was. Het gebouw was door Ron Casper eind jaren zeventig gebouwd, en hij had nog ruimte ingecalculeerd voor groei.

Inmiddels was het bedrijf gekrompen tot vijfentwintig man en stond driekwart van het gebouw leeg. In de vijftien jaar dat Willem hoofd financiën was, was het hem niet gelukt de krimp te stoppen. Hij had al een kleine veertig mensen moeten ontslaan, de rest was natuurlijk verloop.

Je zou denken dat mensen ontslaan bij Lots functie hoorde. Ging zij er niet prat op dat ze de directeur was? ‘Jij kan dit zoveel beter dan ik,’ had ze ooit gezegd, en sindsdien voerde hij dus de slechtnieuwsgesprekken.

Dat Ron uitgerekend háár algemeen directeur had gemaakt, terwijl ze jonger was dan hij, minder ervaren en een hork bovendien, stak hem vreselijk. Hij was altijd in de veronderstelling geweest dat hij die functie zou krijgen. Ooit had hij geprobeerd er met Ron over te praten. Maar die had gezegd: ‘Het is de enige manier waarop ik haar kan overhalen om voor de zaak te komen werken. Anders doet ze het niet.’

'Maar we hebben haar niet nodig, Ron. Denk je niet dat het beter is om iemand aan te nemen met meer capaciteiten en minder emotionele bagage?'

'Iedereen weet heus wel dat jij de echte kroonprins bent hier.' Ron Casper had zijn zoon een knipoog gegeven. 'Lots functie bestaat alleen maar op papier. Dat snap je toch wel?'

Toen Willem niet meteen reageerde, had Ron gezegd: 'Jij bent mijn enige zoon, Willem. De stamhouder. Dat moet je nooit vergeten.'

Op het moment zelf had Willem zich gerustgesteld gevoeld. Maar iedere keer als hij aan het gesprek terugdacht, kon hij niet anders dan tot de conclusie komen dat hij er met open ogen in was getrapt.

Herman, die alle logistieke processen en het productieproces beheerde, en Loes van marketing en verkoop zaten al aan de enorme tafel klaar. Beiden werkten al een eeuwigheid voor Casper Cosmetics. Toen Willem vijftien jaar geleden begon bij het bedrijf – en nee, zijn vader had hém niet gevraagd, hij had gewoon gesolliciteerd, nog iets wat hem niet lekker zat – had hij bij beide afdelingen een tijdje gewerkt om het bedrijf beter te leren kennen.

Herman en hij wisselden een blik van verstandhouding. Eigenlijk was Herman de enige in de hele wereld die hij vertrouwde. Hij werd door iedereen binnen het bedrijf als een soort vader beschouwd. Je zou denken dat Ron Casper die rol zou moeten hebben, maar die werd juist als een soort kind gezien.

'Is Ron er al?' vroeg Lot, al was het iedereen duidelijk wat het antwoord was. Als Ron Casper er was, hadden ze allang zijn luide stem door de gangen gehoord of zijn Jaguar schuin geparkeerd op de stoep zien staan.

'Laten we maar zonder hem beginnen,' zei Loes. 'Straks zitten we weer een uur voor niets te wachten.'

'Jullie hebben de lijst met agendapunten zaterdag per mail ontvangen?' begon Lot op bazige toon.

Iedereen knikte. Het eerste punt: de voorraad die te groot begon te worden. Het aantal nieuwe orders was net als het jaar ervoor en het jaar dáárvoor dramatisch afgenomen. Loes beloofde een rondje klanten te bellen om te kijken of de producten alsnog met korting afgezet konden worden. Met een gouden vulpen die ze onlangs had gekregen voor haar dertigjarig jubileum schreef ze het op een to-do-lijstje.

Herman zat ondertussen ongeduldig met z'n vingers te knakken.

'Dan agendapunt twee,' zei Lot. 'Productontwikkeling. Zoals jullie weten zijn we bezig een nieuwe lijn op te zetten. Ik ben de laatste puntjes op de i aan het zetten. Ik verwacht dat we de receptuur over drie maanden hebben uitontwikkeld en dan kunnen we beginnen met produceren. We zullen dus dringend budget moeten vrijmaken voor de marketing en...'

'Stop even,' zei Herman. 'Ron heeft me gevraagd om de bijbestelling van' – Herman keek op zijn notitieblok – 'waglerin 3 te annuleren en in plaats daarvan' – Herman keek weer naar zijn notities – 'menselijke androsteron te bestellen bij een leverancier in België.'

Lot sloot even haar ogen en zuchtte dramatisch. Willem betrapte zichzelf erop dat hij zat te grijnzen. Hoe zou zijn lieve halfzusje zich hieruit redden? Tot voor kort had ze voornamelijk een symbolische rol binnen het bedrijf gespeeld. Maar een paar maanden geleden had ze opeens besloten dat ze haar eigen productlijn wilde ontwikkelen. Een crème die het effect van botox én een filler zou evenaren. Of het zou werken of niet, het was een veel te duur product dat nooit winstgevend zou worden. Hij had dat haar al honderd keer uitgelegd, op zijn eigen geduldige, begripvolle toon, maar ze weigerde te luisteren. Het stak Willem dat Ron haar geen halt toeriep. Hij liet Lot maar doormodderen en kostbare tijd en geld verspillen. Te bang om nee te zeggen tegen zijn oogappel.

'We bestellen het addergif,' zei Lot resoluut.

'Maar Lot,' zei Willem, 'je weet net zo goed als ik dat we dit niet zonder overleg met Ron kunnen beslissen.'

'Ik neem nu deze beslissing en zal zelf met Ron dealen.' Met een arrogante blik keek Lot de ruimte rond. 'Goed, Willem, het marketingbudget. Hoeveel kun je vrijmaken?'

'Niets.' Hij keek Herman weer even aan. De man had iets rustgevends. Onverstoorbaar. Je zou een bom kunnen laten afgaan en

Herman zou precies weten wat hij moest doen.

'Hoezo, niets?' vroeg Lot.

'Niets zonder goedkeuring van Ron.'

De frustratie op haar gezicht deed Willem goed.

'Maar ík ben de directeur.'

'En Ron is eindverantwoordelijk. Dat is heel vervelend, maar voorlopig hebben we daar nou eenmaal rekening mee te houden.'

'Jezus, Willem. Waar slaat dit op?'

Hij glimlachte vriendelijk. 'Sorry, ik kan er niets aan doen.'

Hij zag Lot worstelen, maar ze hervond zich en zei: 'Oké. Laten we het dan hebben over het hypothetische geval dat Ron akkoord gaat. Hoeveel marketingbudget is er dan beschikbaar?'

'Niet veel, vrees ik. Ik vraag me ook af of het de juiste koers is om te investeren in iets nieuws, terwijl het water aan onze lippen staat.'

'Het is de enige manier,' zei Lot. 'Wat vind jij, Loes?'

'Zonder budget kan ik geen campagne opstarten.'

'Dat vroeg ik niet. Ik vroeg of je vindt dat we met een nieuw product moeten komen. Denk je niet dat Casper Cosmetics een nogal stoffig imago heeft gekregen de afgelopen paar jaar?'

'Je zou eigenlijk een imago-onderzoek moeten doen om dat te kunnen concluderen.'

Het leek er even op dat Lot in tranen uit zou barsten. Huilende vrouwen, Willem had ze wekelijks aan zijn bureau gehad. Omdat ze de druk niet aankonden, ruzie hadden met hun man, financiële problemen hadden of zwanger waren. Noem maar op. In plaats van hun schouders eronder te zetten, zetten ze het op een janken. En dan vonden ze het vreemd dat ze het zwakke geslacht werden genoemd. In al die jaren had Willem in ieder geval nog nooit een jankende man aan zijn bureau gehad.

Hij herkende de signalen bij zijn halfzusje. Het heftige ademhalen, het trekken van de mond, het knipperen van de ogen. Het zou een kwestie van seconden zijn nu.

Opeens zei Herman: 'Het lijkt mij een prima idee om met iets nieuws te komen.'

Lot keek hem dankbaar aan.

'Niet alleen omdat de markt dat van ons vraagt, ook het bedrijf kan wel wat frisse energie gebruiken. Het wordt tijd voor verandering. Dat zal ons allemaal goeddoen.'

Willem slikte zijn verbazing weg. 'Goed,' zei hij toen. 'We moeten Ron zo snel mogelijk spreken. En dan zullen we zien wat er mogelijk is.'

Aan het einde van de dag liep hij Lots kantoor binnen. Ze zat met rode wangen achter de computer. Hij zag haar nog net snel een pagina wegklikken. Ze was vast aan het internetten; nog een reden waarom ze ongeschikt was als directeur. Hanneke zat ook altijd te facebooken en te webwinkelen, maar die hoefde geen bedrijf te runnen.

'Gaat het?' vroeg hij.

'Waarom vraag je de hele tijd hoe het met me gaat?' Haar ogen waren rood, hij vermoedde dat de huilbui inmiddels alsnog had doorgezet.

'We blijven toch familie.'

Ze stak haar tong uit. Soms leek ze net een kind. Geen controle. Totaal geen controle.

'Heb je Ron al te pakken gekregen?' vroeg hij.

'Nee. Jij zou hem toch bellen?'

'Je wilt toch je eigen productlijn opzetten? Daar heb je toch echt die ouwe voor nodig. Ik heb geen haast.'

'Ik probeer het zo wel even.'

'Zou ik maar doen.' Hij wilde alweer weglopen.

'Het heeft toch geen zin. Ik durf te wedden dat Ron zijn eigen plan trekt, zoals hij altijd heeft gedaan. Kan jij je een moment herinneren, al was het maar een keer, dat hij rekening heeft gehouden met ons?'

De dramatische toon in haar stem irriteerde hem. Alsof haar jeugd ook maar enigszins te vergelijken was geweest met die van hem en Marloes.

'Jij wilde hem dement laten verklaren, toch?' Ze lachte er een beetje bij. 'Kunnen we dat niet meteen even regelen?'

Hij lachte met haar mee, al meende hij er niets van.

Hij leeft.

Nog steeds.

Af en toe gaan zijn ogen open en probeert hij scherp te stellen op zijn omgeving. Lang houdt hij dat niet vol. Zijn ademhaling is traag en raspend.

Wat als hij niet sterft?

Hij zal het vanzelf opgeven. Het kan niet anders.

Maar wanneer?

Zelfs zijn erectie neemt niet af.

9

Het lukte Lot maar niet om zich te concentreren, hoe hard ze het ook probeerde. Ze was aan het experimenteren met *penetration enhancers*, stofjes waardoor de crème die ze aan het ontwikkelen was dieper in de huid zou kunnen doordringen. In haar hoofd repeteerde ze alvast het promotieverhaal: 'De huid fungeert als barrière tegen externe stoffen. Het is dus helemaal niet de bedoeling dat stoffen door de huid kunnen doordringen. De meeste crèmes vormen dan ook een laagje óp de huid, waar op zich niets mis mee is, omdat je nog een barrière toevoegt en veelal de huid beschermt tegen uitdroging van buitenaf. Wil je echter daadwerkelijk iets kunnen veranderen in de huid zelf, dan zul je moeten werken met minuscule moleculen en met penetration enhancers. En wie niet graag met lillende geslachtsdelen wordt geconfronteerd, kan dit beter niet googelen.' Die laatste grap zou het goed doen.

Jarenlang had ze niet naar het laboratorium omgekeken en zich voornamelijk beziggehouden met de commerciële kant van Casper Cosmetics. Niet dat ze daar veel mee had bereikt. Ze had heus wel door dat haar dierbare halfbroer Willem haar achter de schermen ontzettend tegenwerkte. Iedere beslissing die ze nam werd ondermijnd of teruggedraaid. Belangrijke zaken werden buiten haar om geregeld. Het personeel werd tegen haar opgestookt.

Maar dat zou binnenkort verleden tijd zijn. Zij was vast van plan om nu zélf iets neer te zetten. Iets wat haar eigen prestatie zou zijn en niet het gedevalueerde erfgoed van haar vader. Niemand die dan nog om haar heen zou kunnen. Het liefst had ze zelf een penetration enhancer ontwikkeld, maar met slechts drie laboratoriumdagen per week en een gebrek aan middelen kon ze slechts de op de markt verkrijgbare enhancers testen in combinatie met de ingrediënten van haar nieuwe 'Better than injectables'-lijn. Al was ze nog niet zeker van de naam. Misschien was 'Micro-injectables' beter. Of 'Injectables in a bottle'. Ze bedacht dat dit een goed onderwerp zou zijn om met Ruben te bespreken. Misschien zou hij het zelfs fijn vinden om haar te helpen. Misschien zouden ze eindelijk een gesprek hebben dat een beetje soepel liep.

Ze waren altijd al verschillend geweest, maar de laatste tijd leken de verschillen groter dan ooit. Een chemicus was misschien ook wel het tegenovergestelde van een marketeer, bedacht Lot. Een marketeer *hééft* geen oplossing, hij moet kiezen voor een oplossing zonder enige zekerheid over de uitkomst. De criteria zijn zacht, er zijn geen harde feiten waarop hij zich kan beroepen. Zijn onderbouwing bestaat uit ervaringen uit het verleden, buikgevoel, gemanipuleerd marktonderzoek en bluf. Pas achteraf zal hij zien of de oplossing wel een oplossing was, of misschien juist een nieuw probleem heeft gevormd. De oplossing van een marketeer is nooit absoluut, is altijd op verschillende manieren te interpreteren.

Een chemicus zit zo niet in elkaar. Een chemicus moet weten. En dan niet het weten van een marketeer die weet dat mensen de kleur groen associëren met rust en natuur. Een chemicus moet onomstotelijk bewijs hebben. Zolang er ook maar de geringste afwijking is, zal hij niet rusten. Sterker nog, de afwijkingen sluiten zich aan bij het kernprobleem in zijn hoofd, tot hij weet waar ze door veroorzaakt worden en of ze misschien de verborgen sleutel zijn tot de oplossing waar hij naar zoekt. Om goed te zijn in dit vak moet je er voldoening uit halen om wekenlang een telkens groter en complexer probleem in je hoofd te laten malen, opnieuw en opnieuw. Je moet oplossingsgericht zijn, maar dan in slow motion. Een échte chemicus geniet van het lijden en het obsessieve dat hiermee samengaat.

Lot zuchtte diep. Ze was inmiddels veel te weten gekomen over de minnares van haar man. Om te beginnen was Yo een yogalerares met een Facebookpagina (Yo van yoga!) waarop ze het nodig vond om haar volgers (832 stuks) van iedere beweging die ze maakte op de hoogte te brengen. Bijna iedere dag postte ze iets waar de mensheid door verlicht moest worden. Bijvoorbeeld: *Life is short. Live it.* En daar kwamen dan minimaal tien reacties op van yogaleerlingen (stuk voor stuk overjarige huisvrouwen natuurlijk) die zeiden: *Right you are, beautiful Yo!* En dat terwijl het toch echt allemaal Nederlanders waren. In het Engels klonk alles natuurlijk zoveel beter. Net zoals een affaire zoveel beter lijkt als je niet de bedrogen echtgenote bent.

Lot gaf toe dat ze getergd werd door een heftige jaloezie op haar rivale. En niet alleen door het feit dat haar wettige echtgenoot blijkbaar 'nog nooit zo goed had gepraat' met iemand. Lot zou ook veel liever haar dagen diep door haar buik ademend, veilig in haar kern, in haar prachtige ware zelf willen doorbrengen. Maar zij had nou eenmaal een bedrijf te runnen met vijfentwintig man personeel, een geschifte vader en een irritante halfbroer.

Bij yogaleraressen stelde ze zich altijd verwende vrouwen voor die hun gebrek aan werkelijkheidszin camoufleerden met een manische spiritualiteit. Door alles wat ze inmiddels van yoga wist dankzij Yo, kon ze alleen maar concluderen dat haar vooroordeel klopte. Yoga was natuurlijk een uitstekende vorm van lichaamsbeweging en ontstressen had een bewezen positief effect op de algehele gezondheid, maar waarom dat continue uitbraken van tegeltjeswijsheden? Zo had Yo onlangs op haar Facebook gepost: *Don't do yoga, be yoga.* Lot vroeg zich af of het neuken met andermans man ook deel uitmaakte van het yogaleven.

Verder vermoedde Lot dat Yo ooit was gescheiden van een niet onbemiddelde man, want hoe kwam ze anders aan haar geld? Niet van het foutloos uitvoeren van de neerwaartse hond in ieder geval. Yo woonde in een in natuurtinten ingericht appartement, met bij de Intratuin aangeschafte Boeddhabeelden op de vensterbank, in de badkamer en in de hal. De huiskamer was eveneens haar yogastudio. Yo was hier erg trots op. Waarom zou ze er anders de hele tijd foto's van plaatsen?

Behalve foto's van haar studio waren er op haar persoonlijke pagina regelmatig foto's te bewonderen waarop ze dineerde met enorme groepen vriendinnen (altijd met geheven glas naar de camera, dronken van geluk dat ze het zo met zichzelf en elkaar hadden getroffen). Daarnaast postte Yo bijzonder onspirituele dingen als *Oh how I deserve Gucci shoes*. En dan was er bijna dagelijks een foto te zien van de hond zonder wie haar weg nooit die van Ruben gekruist zou hebben: Palmer. Zo'n onooglijk beest met een platgeslagen bekkie die je beter niet te veel uit kon laten vanwege het gevaar van oververhitting. Lot vermoedde dat ze de hond speciaal had aangeschaft om in contact te komen met mannen. Iedereen weet dat hondenbezitters de beste echtgenoten zijn.

Ruben leek een andere man als hij met Yo communiceerde. Grappiger, complimenteuzer, geïnteresseerder. Had Ruben dit ooit voor haar gevoeld? Ze probeerde het zich te herinneren, maar kwam tot de conclusie dat hun relatie altijd iets functioneels had gehad. Toen ze elkaar leerden kennen, was hij freelance marketeer en was zij net bij Casper Cosmetics gaan werken. Hij wilde een opdracht. Zij wilde een man.

Soms kon ze Ruben bijna begrijpen, vooral als Yo weer zo'n lekker gekke foto had gepost van zichzelf en haar hondje in haar hippe oude kever. Als je kon kiezen tussen een frigide werkpaard en zo'n vlindertje als Yo van yoga, wie zou je dan nemen?

Uiteindelijk maakte het niets uit. Het is algemeen bekend dat in iedere relatie slijtage optreedt. Lot wist zeker dat als Ruben met Yo getrouwd zou zijn en met háár twee kinderen had, hij haar een lui, zweverig leeghoofdje zou vinden dat te veel tijd op Facebook doorbracht en onnodig veel geld besteedde aan dure laarzen. Lot zou hij dan juist heel spannend vinden: een wetenschapper met een eigen bedrijf. Het enige wat Yo écht in haar voordeel had, concludeerde Lot, wat welbeschouwd iedere andere vrouw in haar voordeel had, was dat ze nieuw was. Hoe moest ze concurreren met de opwinding van de eerste aanraking, een nog onontdekt lichaam, het zoete katjesspel, de triomf van de verovering? Iedere nieuwe kut had bij voorbaat al gewonnen. Vooral als de oude kut al enige tijd op nonactief stond.

Dit alles in acht nemend zou Lot zich de affaire van Ruben niet persoonlijk moeten aantrekken.

Maar ze deed het toch.

Natuurlijk had ze overwogen hem te confronteren met wat ze wist. Hem met enige schaamte te vertellen dat ze in zijn telefoon had gekeken. Ze zou willen dat ze het kon. Dat ze van deze zware last verlost zou zijn en ze lang en gelukkig konden doorleven. Maar ze deed het niet.

Ze wist maar al te goed dat een confrontatie hem tot een keuze zou dwingen. Of hij koos voor haar en stopte met Yo, of hij koos voor Yo en stopte met haar.

Ze durfde niet te gokken op een goede afloop.

Dus hield ze haar mond.

Om zichzelf uit de buurt te houden van Yo's Facebookpagina, besloot ze om maar weer een sigaret te gaan roken. Achter het gebouw, ver bij de blikken van bezoekers vandaan en nog verder van de opslagplaats van de chemicaliën, was een klein nisje waar een asbak stond. In de drie dagen dat Lot gebruikmaakte van deze asbak was ze er nog niemand tegengekomen. Maar nu stond Herman er.

Hij stond net een nieuw sjekkie te draaien en knikte haar vriendelijk toe terwijl hij met zijn rulle tong over het vloeipapier likte. Zwijgend stonden ze naast elkaar te roken. Ze had zijn aanwezigheid altijd op een vreemde manier prettig gevonden. Misschien was hij wel een van de weinige mensen binnen Casper Cosmetics die ze echt vertrouwde.

Pas toen ze haar sigaret had uitgedrukt, vroeg hij: 'Sinds wanneer rook jij?'

'Een weekje.'

'Stress?'

'Behoorlijk. Dank je wel dat je voor me opkwam tijdens de vergadering.'

Hij haalde zijn schouders op.

Ze stak nog maar een sigaret op. 'Waarom is iedereen zo tegen mij, Herman? Zoals jij al zei, het bedrijf moet echt vernieuwd worden, en al helemaal als we het willen verkopen. Maar toch geeft niemand mij de ruimte om mijn werk naar behoren te doen.'

'Je moet gewoon doorgaan, Lot. Niet opgeven.'

'Kun jij me straks laten weten hoeveel waglerin 3 we nog op voorraad hebben?'

'Ik zal er zo naar kijken. Wanneer heb je het nodig?'

'Snel.' Ze aarzelde even, maar vroeg het toen toch maar. 'Kun je echt niet gewoon nieuwe bijbestellen? Ik wil zo graag mijn productlijn verder ontwikkelen.'

Hij keek haar vermoeid aan met zijn bleekgrijze ogen. 'Je weet dat ik dat niet kan doen.' Hij mikte zijn tot de laatste centimeter opgerookte sjekkie in de asbak. 'Ik ken je al vanaf dat je een klein meisje was. En daarom zeg ik je dit. In vertrouwen.' Hij boog naar haar toe. Ze rook de geur van tabak en een ouderwetse aftershave. 'Heb nou maar heel even geduld.'

'Hoe bedoel je?'

'Er gaan wat dingen veranderen hier. Let maar op.'

'Willem heeft gezegd dat er aan ons "gesnuffeld" wordt. Is dat waar?'

'Ik heb begrepen dat we ieder moment een bod kunnen krijgen.'

Al deze informatie werd blijkbaar ver bij haar vandaan gehouden.

'Trek het je niet aan,' zei Herman. Hij haalde zijn pakje shag weer tevoorschijn en begon te rollen.

'Wat?'

'Dat je nog niet betrokken bent.' Hij likte het vloeitje en plakte het dicht. Zijn aansteker weigerde dienst. Na een paar keer proberen gaf hij het op. 'Jij had vuur, toch?'

Lot haalde haar aansteker weer tevoorschijn. Herman stak zijn sjekkie in zijn mond en inhaleerde diep.

'Probeer je in Willem te verplaatsen,' zei hij.

'Waarom zou ik?'

'Lot...' Hij klonk vaderlijker dan haar eigen vader ooit had gedaan. 'Denk je niet dat hij directeur had willen zijn?'

'Ja, maar...'

'Niets "maar". Denk er maar eens over na.' Herman drukte zijn sjekkie uit terwijl hij nog maar twee trekjes had genomen en liep naar binnen.

Hij begrijpt er helemaal niets van, dacht Lot. Niemand begreep haar. Alsof zij zo graag directeur had willen worden.

10

Nadat Lot klaar was met haar studie scheikunde, was ze begonnen aan bedrijfskunde.

Ondertussen woonde Giovanca nog steeds met Ron Casper samen, al doken er wel geruchten op dat hij met andere vrouwen was gesignaleerd. Waarom mensen het nodig vonden om Lot op de hoogte te stellen van het wel en wee van Ron Casper, was haar een raadsel. Hun semibezorgde gezichten, de ernstige toon waarmee ze het nieuws brachten. Ze had in hun gezicht willen spugen, maar in plaats daarvan knikte ze doorgaans kort ten teken dat de boodschap was overgekomen, om daarna snel op een ander onderwerp over te schakelen.

Ze zat net in haar tweede jaar bedrijfskunde toen Ron na een jarenlang stilzwijgen belde.

Raar hoe details van dat soort momenten je bijblijven. Lot was net thuisgekomen van college, doorweekt van het fietsen in de regen en stikchagrijnig. Terwijl ze de trap van het studentenhuis op liep, hoorde ze de telefoon al overgaan. Ze hoopte dat er iemand thuis zou zijn om op te nemen. Ze deelde het huis en dus ook de telefoon met drie meisjes, van wie er eentje een intensief sociaal leven had en tachtig procent van de inkomende gesprekken voor haar rekening nam. Lot snakte naar een warme douche, een kop thee en droge kleren. Het laatste waar ze zin in had was zo'n kwetterende meisjesstem die zou zeggen: 'Hai, met Moon. Is Suus er ook? Nee? Nou, kan je dan even aan haar doorgeven dat...' En dan volgde er een heel verhaal dat Lot dan op moest schrijven op het whiteboard naast de telefoon.

De telefoon stopte met overgaan, om meteen opnieuw te beginnen. 'Ze zijn er niet,' zei ze tegen het grijze PTT-toestel. 'Geef het op.'

Ze liep door naar haar kamer terwijl ze het doordringende gebel probeerde te negeren, en deed haar natte, totaal ongeschikte jas uit. Toen de telefoon voor de derde keer rinkelde, besloot ze op te nemen, al was het alleen maar om 'Hou op!' door de hoorn te schreeuwen, wat ze natuurlijk niet deed. Ze nam op en zei kortaf haar naam.

Het bleef stil aan de andere kant van de lijn.

'Hallo?' vroeg ze nog een keer.

Ze meende een scherpe inademing te horen. Even dacht ze dat ze met een hijger te maken had. Ook die belde waarschijnlijk voor Suzanne.

'Lot,' hoorde ze Ron Casper met verstikte stem zeggen. 'Lot, je moet me helpen.'

'Ron?'

Het bleef weer een hele tijd stil. Het duurde even voordat ze zich realiseerde dat hij huilde. Ze had in al die jaren dat ze hem niet had gesproken gefantaseerd over het moment dat hij contact met haar zou zoeken. Ze had zelfs al hele gesprekken gevoerd met de spiegel waarin ze hem in heldere bewoordingen uiteenzette wat hij haar had aangedaan en waarom hij nooit maar dan ook nooit meer moest proberen in haar buurt te komen. Soms sloeg ze hem. Soms schold ze hem uit. Maar nooit was het in haar opgekomen dat hij zou huilen. Vandaar dat ze ook niet reageerde zoals ze zich had voorgenomen.

'Ron?' vroeg ze nog maar een keer.

'Ik sta voor de deur,' bracht hij uit. 'Kom alsjeblieft naar me toe.'

Alsof ze al die jaren op het verlossende telefoontje had gewacht – en misschien was dat ook wel zo – rende ze de trap af om Ron Casper in zijn bordeauxrode Jaguar aan de overkant van de straat aan te treffen.

Ze stapte in als het eerste het beste kind dat een lolly krijgt aangeboden, alle waarschuwingen over kinderlokkers ten spijt. Haar vader zat met zijn hoofd in een grote witte zakdoek, zijn ogen waren rood. Toen hij de zakdoek weghaalde, zag ze snot uit zijn neus komen. Naast hem lag zijn autotelefoon, een enorm gevaarte. Ron Casper was een van de eersten in Nederland die er een had.

'O Lot, het is zo erg,' zei hij. 'Zo erg.'

Ze nam alvast een strenge maar rechtvaardige pose aan die paste bij dit moment van berouw en vergeving. Nana had altijd gezegd dat ze maar niet moest hopen dat haar vader ooit zijn excuses zou aanbieden. Maar hier zaten ze toch maar mooi. Ze wachtte tot er nog wat zou komen, maar Ron Casper bleef lange tijd niet in staat om te praten. Ondertussen kreeg ze het koud in haar natte trui die aan de lederen bekleding plakte.

Na een tijdje snoot hij luidruchtig zijn neus. 'Ik weet gewoon niet wat ik met mezelf aan moet. Zo erg.'

Hij zag er een stuk ouder uit dan de laatste keer dat Lot hem had gezien. Nog steeds verfde hij zijn haar in een kleur die nu te donker voor hem was, maar bij de wortels zat witte uitgroei. Hij had een stoppelbaardje dat hij nog nooit eerder had gehad. Het deed Lot goed om hem zo te zien. Alsof hij eindelijk van zijn troon was gestapt om een normale sterveling te worden. Hooghartig wachtte ze op wat er nog zou volgen. Natuurlijk zou ze hem vergeven, dat wist ze ook wel. Maar eerst wilde ze hem laten bloeden.

Hij keek haar aan met waterige ogen. 'Wil je alsjeblieft met me meekomen?' vroeg hij. 'Ik kan dit niet alleen.'

'Wat?'

'Je moet mee. Ik heb je nodig.'

Ze voelde de hoop op excuses verschrompelen. 'Waarvoor? Ik volg je niet.'

'Giovanca.'

Door de manier waarop hij haar naam uitsprak kreeg Lot het nog kouder dan ze het al had. Ze staarde een moment naar het aanstellerige wortelnotenhouten dashboardkastje terwijl ze probeerde te anticiperen op wat ging komen.

'Ze gaat dood.'

Ron Casper startte de auto en reed naar het ziekenhuis. In alle commotie had Lot er niet aan gedacht alsnog droge kleding aan te trekken of zelfs ook maar de voordeur van het studentenhuis dicht te trekken, wat haar later op grote woede van haar huisgenoten zou komen te staan.

Ron keek met zijn roodomrande ogen de hele weg strak voor zich uit. Ze wist niet wat ze moest zeggen, zelfs voor de hand liggende vragen als 'sinds wanneer', 'hoe vergevorderd is het' en 'hoelang nog' kwamen niet in haar op.

Ze liep achter hem aan door het ziekenhuis, en weer viel haar op hoe oud hij was geworden. Voor de deur van de kamer waar Giovanca lag, bleef hij staan. Hij maakte een hulpeloos gebaar waar ze 'ga jij maar' in las.

Giovanca had haar ogen dicht toen Lot de kamer binnenkwam. Haar zwarte krullen lagen om haar hoofd uitgewaaierd op het witte kussen. Om haar heen monitors, slangen die overal in- en uitstaken en een onaangeroerd kopje te sterke thee op het ijzeren nachtkastje. Er stond maar één bos bloemen. Dat was het. Geen kaarten, geen knuffeldieren, ballonnen of wat mensen dan ook aan zieken geven. Giovanca lag dood te gaan en het enige wat ze kreeg was een lullige bos bloemen.

Lot zette voorzichtig een stap in de kamer alsof ze een mijnenveld betrad. Ze hoorde Ron achter zich snikken.

'Giovanca?' vroeg ze voorzichtig. Ze zette weer een stap dichterbij. 'Gio?'

Giovanca deed haar ogen open en glimlachte zwakjes. 'Hi.'

Lot ging naast het bed zitten. Giovanca zag er nog steeds uit als een jong meisje. Ergens had Lot verwacht dat de ouderdom van haar vader op haar afgegeven zou hebben. Of dat haar ziekte haar zou hebben uitgemergeld. Maar eigenlijk zag ze er heel normaal uit. Net zo mooi als vroeger.

'Hoe gaat het?' Een domme vraag, maar wat moest ze anders zeggen?

Giovanca tilde even het laken op om haar ingezwachtelde buik te tonen. Er staken slangen onder het verband uit. Lot wilde niet kijken, maar wist dat Giovanca niet het laken zou laten zakken totdat ze het had gedaan, dus ze keek, om zo snel mogelijk weer weg te kijken.

De vroegere vriendinnen keken elkaar aan. Lot pakte haar hand en kneep erin.

'Ik ben zo blij dat je er bent,' zei Giovanca. 'Ik...' Ze keek langs Lot, naar de deur. Lot draaide haar hoofd om. Haar vader stond er niet meer.

'Ik heb helemaal niets aan Ron,' zei Giovanca toen.

Giovanca bleek eierstokkanker te hebben, in een vergevorderd stadium. Een paar maanden geleden begon het op te vallen dat haar buik dikker was geworden. Ze was eerst bang geweest voor een zwangerschap, maar een test had negatief uitgewezen.

Ze was op dieet gegaan, maar haar buik leek alleen maar groter te worden. Pas tien dagen geleden was ze eindelijk naar de huisarts gegaan. Ze werd doorverwezen naar het ziekenhuis voor een echo. Na een kijkoperatie werd geconstateerd dat de kanker zich door de hele buikholte had verspreid.

'Ik ga dood, Lot,' zei Giovanca. 'Ik weet het.'

'Natuurlijk niet,' zei Lot.

Giovanca kneep in haar hand. 'Jawel. Zo is het.'

'Giovanca?'

'Hmm.' Ze lag met haar ogen dicht terwijl de chemo druppel voor druppel in haar aderen vloeide. Het was de tweede kuur die Lot bijwoonde. Ze had haar studie onderbroken om hele dagen met Giovanca door te brengen.

'Jij bent ook met een natte vinger te lijmen,' had Nana gezegd. 'Voor wie doe je dit nou echt? Voor haar? Voor jezelf? Of doe je het voor je lieve oude vader?'

Lot had de hoorn op de haak gegooid en zich voorgenomen haar nooit meer te zien. Al stond ze een maand later opeens op de stoep alsof er niets aan de hand was om de foto's van haar vakantie in Tibet te laten zien en haar een Tibetaanse klankschaal cadeau te geven. Lot had haar maar gewoon binnengelaten. Nana had ook een geluksarmbandje van de monniken meegenomen voor Giovanca, wat ze zelf een erg genereus gebaar vond.

'Wat zag jij eigenlijk in Ron?' vroeg Lot aan Giovanca. Een vraag die ze al langere tijd had willen stellen. Achteraf had ze zich afgevraagd waarom ze uitgerekend het moment dat Giovanca aan een infuus lag had uitgekozen om hem dan eindelijk te stellen. Naast hen in de kamer zat een ouder echtpaar, zij breiend met een kaal hoofd en een dik vest in een hysterisch roze kleur, hij gewapend met een stapel Zweedsedoorloperboekjes.

Giovanca opende haar ogen. Haar oogwit was gelig, niet meer het stralende wit van weleer. Om haar hoofd droeg ze een zijden sjaal van Hermès. Cadeautje van Ron om zijn afwezigheid te compenseren. 'Gewoon,' zei ze toen.

'Dat is te makkelijk.'

'Wat wil je horen dan? Je vader heeft me besmet met zijn smerige zaad en nu heb ik eierstokkanker.'

'Wat?'

Ze had haar ogen weer gesloten.

'Giovanca, geef antwoord. Wat bedoel je nou?'

'Precies zoals ik het zeg.' Het viel Lot op dat ze de laatste tijd met een steeds sterker Antilliaans accent praatte. Bijna net zoals in de eerste maanden dat ze in Nederland woonde.

'Ik zou echt heel graag willen weten waarom je destijds voor mijn vader hebt gekozen. Van alle mannen die je kon krijgen.'

'Van alle mannen die ik kon krijgen? Hoor nou eens wat je zegt! Wat kom je hier eigenlijk doen? Eerst laat je jaren niets van je horen en nu opeens speel je weer mijn beste vriendin. Waar slaat dat eigenlijk op?' Ze keek Lot met angstaanjagend felle ogen aan. 'Je hebt me laten vallen. Me keihard laten barsten. Ben je blij dat ik nu eindelijk doodga?'

Het oudere echtpaar keek geschrokken op.

'Doe nou even rustig,' zei Lot op een sussende toon, hoewel ze zich verre van rustig voelde. 'Stil nou.'

Giovanca ging nog luider praten. 'Al die tijd heb je niets van je laten horen, en nu ik aan het wegrotten ben, wil je opeens op de voorste rij zitten? Geniet je ervan?'

'Wat?' Lot had haar stem ook niet meer onder controle. 'Jij laat je door mijn vader neuken, je hebt in feite mijn hele jeugd naar de kloten geholpen, en nu is het opeens allemaal mijn schuld?'

Het oudere echtpaar hapte naar adem. Breiwerk en Zweedse doorlopers werden neergelegd. Ze deden geen enkele moeite om te verbergen dat ze het gesprek volgden.

'Ik was zelf nog een kind,' schreeuwde Giovanca. 'Een kind! De wereld lag voor me open! Maar jouw vader moest zo nodig mijn leven verpesten. En wat deed jij? Jij behandelde me als stront!'

'Je was anders achttien. Als je niet meer bij hem wilde blijven, had je toch gewoon weg kunnen gaan? Of bleef je bij hem om het geld?'

Giovanca wilde gaan staan, maar werd tegengehouden door een wirwar van slangen en viel met een van pijn vertrokken gezicht terug. Een verpleegster kwam aangesneld. 'Ga alsjeblieft weer zitten, lieverd. Straks ruk je het infuus er nog uit.'

Ze haalde naar Lot uit, een wapperende arm in de lucht. 'Ik ga je klappen!' krijste ze. 'Ik ga je klappen, jij zelfingenomen, arrogante kut!'

Lot stond op van haar stoel en zette snel een paar stappen achteruit om buiten haar bereik te zijn.

'Rustig nou,' zei de verpleegster ondertussen tegen Giovanca, terwijl ze het oudere echtpaar een blik toewierp van ik-heb-het-onder-controle-maakt-u-zich-geen-zorgen. 'Je moet rustig blijven.'

'Ik wil dat zij oprot!' krijste Giovanca. 'Oprotten jij!'

'Prima!' schreeuwde Lot terug. 'Veel plezier met de rest van je leven!' Ze zette het op een lopen naar de uitgang. Giovanca had haar vader en haar huis ingepikt. En of dat nog niet genoeg was, had Lot nu haar studie op een laag pitje gezet voor haar. Haar fokking studie, en dit kreeg ze als dank.

'Vuile stinkkut!' riep Giovanca haar na.

'Wát zei je?' Ze bleef staan en draaide zich om. 'Wat zei je daar?'

'Je hoorde me wel,' zei Giovanca met een vals lachje, opeens de rust zelve. 'Stinkkut.'

Er knapte iets in haar. Giovanca was de enige aan wie Lot over het incident met haar vader had verteld. 'Dat neem je terug,' schreeuwde ze. 'Dat neem je terug, vieze kankerhoer. Jij vuile vieze...'

'Zo is het genoeg!' schreeuwde de verpleegster, die haar hardhandig bij haar arm greep. 'Als je nu niet weggaat, bel ik de bewaking. Hoor je me? Dit is een ziekenhuis, ja! Hier heb je je te gedragen!'

Lot zag het echtpaar naar haar kijken alsof ze Satan zelf was. Kankerhoer. Ze had kankerhoer gezegd op een chemoafdeling. Het was niet eens iets voor haar om te schelden. Altijd had ze alles over zich heen laten komen, zonder een spiertje te vertrekken. En nu had ze het ergste van het ergste gezegd.

Ook Giovanca zat haar met open mond aan te staren.

'Fuck you,' sloot Lot af. 'Fuck you honderdduizend maal.'

Zoals te verwachten viel, belde Ron nog dezelfde avond. Ze zat televisie te kijken toen Suzanne op haar deur klopte, haar hoofd om de hoek stak en zei: 'Telefoon.'

'Zeg maar dat ik er niet ben,' zei Lot.

'Telefoon,' zei Suzanne nog een keer nadrukkelijk, alsof dat een argument was. Wat bedoelde ze daar eigenlijk mee, had Lot zich later afgevraagd. Dat ze dolblij moest zijn dat ze eindelijk een keer werd gebeld? Of wilde ze dat Lot zo snel mogelijk dit telefoontje zou afhandelen, zodat zij het toestel de rest van de avond tot haar beschikking had?

Lot liep naar de gang en pakte de hoorn, die naast het grijze draaitoestel aan de muur bungelde.

'Lottekind?' Haar vader klonk oprecht bezorgd. Bezorgd dat hij straks degene is die verrot wordt gescholden in het chemohok, dacht Lot. 'Wil je alsjeblieft komen?'

'Wat denk je wel niet,' zei ze. 'Dat je maar met je vingers hoeft te knippen en ik weer voor de deur sta?'

'Lottekind, ik bel je namens Gio. Ze heeft er vreselijk veel spijt van en wil heel graag dat je naar haar toe komt. Ze is nu thuis.' Ze hoorde nog een paar keer een echo van het laatste woord over de lijn galmen.

'Als ze zoveel spijt heeft, waarom belt ze zelf dan niet?'

'Omdat ze dat op dit moment niet kan.' Ron begon weer te snotteren. 'Het gaat heel slecht met haar en ik weet niet wat ik ermee aan moet. Ik ben hier zo slecht in. En jij kan dit zo goed. Kom alsjeblieft. Doe het dan voor mij.'

'Waarom zou ik iets voor jóú willen doen?'

'Omdat ik je vader ben.'

Ze lachte schamper. 'Dit meen je niet.'

'Lot, ik hou van je en ik heb je nodig. Giovanca heeft je nodig. Kom nou.'

Ze zuchtte diep.

'Alsjeblieft, Lottekind.'

'Weet Giovanca wel dat je mij belt?'

'Ze heeft me zelf gevraagd om je te bellen. Het spijt haar heel erg. Ze vindt het juist zo fijn dat je er al die tijd voor haar was. Ze kan niet zonder jou.'

'Dat gevoel kreeg ik vanmiddag anders helemaal niet.'

'Het werd haar allemaal even te veel en dat heeft ze op jou afgereageerd. Kom nou, ze wil het heel graag goedmaken.'

Lot zuchtte maar weer eens een keer. 'Oké,' zei ze toen.

'Ik sta voor de deur,' zei Ron Casper. 'Kom je naar buiten?'

Ze zuchtte voor de derde keer.

Dit keer vergat ze niet een warme jas aan te doen en de voordeur achter zich dicht te trekken.

Rons slaapkamer had een kleine renovatie ondergaan sinds haar moeder en zij waren vertrokken. In de tijd van Nana had het er vooral functioneel en Lundia-achtig uitgezien, nu leek het zoals je je de slaapkamer van Joan Collins zou voorstellen. Champagnekleurige satijnen gordijnen, een crèmekleurig hoogpolig tapijt en een enorm bed met een goudkleurige doorgestikte satijnen plaid erop.

In het bed lag Giovanca, kleiner dan ooit. Ze droeg deze keer geen sjaal. Lot wist dat ze het haatte als anderen haar kale hoofd zagen. Ze had het Lot maar één keer heel vluchtig laten zien. Ook had ze verteld dat Ron er niet tegen kon, nog een reden waarom hij al die sjaals van minimaal vijfhonderd gulden per stuk voor haar kocht. Maar nu lag ze dus gewoon met haar kale hoofd televisie te kijken. Er hing een lucht van kokosolie om haar heen.

Lot stond een tijdje naast het bed te wachten tot Giovanca haar zou opmerken, maar ze bleef stug naar het scherm staren.

Ze schraapte haar keel. Nog steeds keek Giovanca niet op. Omdat ze niet wist wat ze moest doen, bleef ze maar staan, als een onbenullig kind.

'Begin maar dan,' zei Giovanca na een hele tijd zonder haar ogen van de televisie af te wenden.

'Waarmee?'

'Met je excuses.'

'Mijn excuses?'

'Ja, daarom ben je toch hier?'

Lot was te perplex om iets terug te zeggen. Toen keken ze elkaar eindelijk aan. 'Wat een lul,' zeiden ze tegelijkertijd. En daarmee was het weer goed.

Twee maanden later werd Giovanca begraven.

Een paar dagen na de begrafenis nam Ron haar mee uit eten. Tijdens Giovanca's ziekbed had Lot hem natuurlijk geregeld gezien, maar altijd kort. Ze had het vermoeden dat hij voor het raam zat te wachten op haar komst. Meestal kwam ze hem dan tegen bij de voordeur als zij naar binnen ging en hij naar buiten. Soms zei hij nog dingen als: 'Het gaat slecht vandaag.' Of: 'Er ligt geld voor pizza.' En als Giovanca in het ziekenhuis lag, belde hij haar om te horen hoe laat ze er zou zijn. Als hij wist dat ze zou komen, kwam hij zelf niet.

Lot besteedde veel aandacht aan haar uiterlijk, alsof ze een eerste afspraak had met een potentiële minnaar. Voor de gelegenheid leende ze een jurkje van Suzanne, die haar als toegift een totale make-over gaf. Lot droeg nooit jurkjes of rokjes, laat staan make-up. Suzanne draaide verrukt om haar heen en zei dat Lot gek was dat ze niet vaker mascara opdeed.

Toen ze in de spiegel keek, voelde ze zich een aap met lippenstift op. Het paste niet bij haar, vooral niet nu haar gezicht was getekend door het verdriet om de dood van haar vriendin. Achter haar dook Suzanne op. Het was de eerste keer in al die jaren dat ze zoveel interesse toonde. 'Kijk eens hoe mooi je ogen uitkomen,' zei ze. 'Je bent eigenlijk best knap.'

Lot had sterk de neiging om de kraan open te draaien en alles van haar gezicht te wassen, maar ze wilde haar huisgenoot niet beledigen.

Suzanne dwong haar nog om een paar hakjes aan te trekken die iets te klein waren. Die kon ze gewoon onder de tafel uitdoen, zei ze. 'Je draagt ze alleen van de auto naar het restaurant en van het restaurant naar de auto.'

Lot keek naar haar voeten. Haar tenen waren zichtbaar samengeperst. Ze had het gevoel dat ze ieder moment kon gaan huilen.

'Je ziet er geweldig uit!' jubelde Suzanne in haar oor. 'Supermooi!'

Als Ron niet op dat moment had aangebeld, had ze alsnog alles van haar gezicht gehaald en een van haar vertrouwde broeken aangetrokken. Mijn beste vriendin is net dood, dacht ze. Hoe kan ik nu als een opgedirkte troela gaan eten of er niets aan de hand is? Maar het was al te laat.

Ron zei niets over haar metamorfose toen ze instapte. Hij zei ook niets over Giovanca. Ze reden zwijgend naar het restaurant. Maar toen ze daar binnenkwamen en de maître hem vroeg waar hij toch altijd al die prachtige jongedames vandaan haalde, zag ze iets wat als een trotse glimlach geïnterpreteerd kon worden.

Nadat de ober zonder iets te vragen twee glazen champagne had ingeschonken, wat Lots vermoeden bevestigde dat hij hier heel vaak kwam, hief Ron het glas. 'Proost, Lottekind.'

Ze keek naar zijn gezicht en probeerde daar emotie van af te lezen. Het enige wat ze kon ontdekken, was dat hij er moe uitzag. 'Proost,' zei ze toen maar terug.

Ze probeerde te bedenken wat ze zou moeten zeggen. Dat de dienst zo mooi was geweest. Dat het zo erg was dat niemand van Giovanca's familie had willen komen. Of moest ze vragen hoe hij zich voelde? Of hij wel kon slapen in dat lege bed en hoe het nu verder moest met hem? Maar ze was bang om het verkeerde te zeggen.

Ron schraapte zijn keel. 'Waar ik met je over wilde praten, is dat ik wil dat jij mijn opvolger wordt.'

'O,' zei ze. Ongeveer de domste reactie die ze kon geven, bedacht ze zodra de klank haar mond was ontschoten. Zoals altijd met haar vader had ze dit niet zien aankomen.

'Ja.' Ron dronk in één slok zijn glas leeg en gebaarde naar de ober dat die bij moest schenken. 'Ik wil dat jij Casper Cosmetics op termijn overneemt. Eerst ga je een paar jaar een beetje rondsnuffelen. Daarna draag ik mijn aandelen aan jou over.'

'En Willem dan?' vroeg ze.

'Willem is niet geschikt. Je moet een beetje doordrinken.'

Ze keek naar haar glas champagne, dat nog voor driekwart was gevuld. 'Oké,' zei ze en ze nam een grote slok.

'Ik wil jou. Jij hebt scheikunde gestudeerd en je hebt laten zien dat je toegewijd bent en doorzettingsvermogen hebt. En dat is wat je nodig hebt om een zaak als de mijne te runnen.' Tegen de ober, die blijkbaar schuin achter haar stond, zei hij: 'Vier gangen. Leef je uit.'

'Zijn er dingen waar de jongedame niet van houdt?' vroeg de ober.

Lot was te verward om iets te kunnen bedenken. Pas toen de ober het eerste gerecht bracht, een terrine met eendenlever, besefte ze dat ze had moeten melden dat ze niet van orgaanvlees hield. Ze besloot het gerecht maar gewoon op te eten.

'Ik stel voor dat je volgende week begint.'

'Maar mijn studie dan?'

'Het gaat om de chemie. De rest is geneuzel.'

Ron Casper hief zijn glas met de dure rode wijn die hij inmiddels had laten aanrukken. 'Op de nieuwe directeur van Casper Cosmetics.'

Ze had natuurlijk moeten weten dat het een val was, maar ze koos ervoor om het ongemakkelijke gevoel te negeren. Ze tikte haar glas tegen het zijne. 'Proost.'

'Proost, Lottekind. Je gaat het helemaal maken.'

Het plan:

Ron Casper zou binnen twee uur sterven. Ik zou hem in de archiefkast vervoeren naar zijn huis. Ik zou hem op bed leggen. De werkster zou hem vinden.

Een simpel plan.

Kon niet misgaan.

Waarom zit ik dan nog hier?

Ron Casper heeft altijd precies gedaan waar hij zin in had. Altijd alleen maar aan zichzelf gedacht.

Maar het zijn altijd de goede mensen, de lieve mensen, de sociale mensen die op hun vijftigste neervallen met een acute hartstilstand of overreden worden door een tram. Van de voormalige kampbeulen in Argentinië tot Mao Zedong, de klootzakken worden altijd stokoud.

Karma is bullshit.

11

Toen Lot thuiskwam, waren Ruben en de kinderen er niet. Er lag een briefje op tafel: *Ik moet nog even werken en heb de kids naar mijn ouders gebracht.*

Moest ze dit geloven?

Na het roken van twee sigaretten op het tuinbankje besloot Lot de kinderen op te halen bij haar schoonouders. Jaap en Anke hadden regelmatig laten doorschemeren dat ze het jammer vonden dat Ruben minder was gaan werken vanwege de kinderen, terwijl Lot nog steeds vijftig uur per week draaide. Ruben was immers een supertalent, ze hadden altijd verwacht dat hij het heel ver zou schoppen.

Ze woonden drie blokken verderop in een huis dat een slag kleiner was dan dat van hen. Zij hadden de twee-onder-een-kapversie, Rubens ouders hadden de drie-onder-een-kap. Jaap en Anke hadden hun aangespoord dit huis te kopen. Ze vonden het handig als de kleinkinderen in de buurt zouden wonen, zodat ze lekker vaak konden oppassen. Lot had hier geen argument tegen kunnen bedenken.

'Ha lieverd!' begroette Anke haar. 'Is het weer laat geworden vandaag?'

'Ja, het is druk,' beaamde ze.

'Nou, we hebben de kinderen al in bad gedaan, hoor,' zei ze over haar schouders terwijl Lot haar naar binnen volgde. 'We wilden ze al hier in bed leggen, want het loopt tegen halfacht, maar we dachten dat we beter nog even op je konden wachten. Je had ook helemaal niet gezegd hoe laat je zou komen.'

'Sorry. Ik wist niet dat Ruben de kinderen hiernaartoe had gebracht. Anders had ik...'

'Ruben moet natuurlijk ook weleens iets doen.'

Terwijl Lot op zoek was naar een passend antwoord, ratelde haar schoonmoeder alweer verder: 'Elias heeft een tekening voor je gemaakt. En weet je wat Lily tegen me zei?'

'Nou?' vroeg ze plichtmatig.

'Dat ze me niet meer oma wil noemen, maar omama.' Anke lachte uitbundig. 'Dat gekke kind, toch.'

'Waar zijn ze?' In gedachten zei ze er 'kutwijf' achteraan.

'Boven. Jaap is ze alvast aan het voorlezen. Dan hoef jij ze er alleen nog maar in te leggen. Fijn, toch?'

'Ik lees liever zelf voor.'

'Ze vinden het vast niet erg om twee keer voorgelezen te worden.' Anke knipoogde. Je kon goed merken dat ze vroeger kleuterleidster was geweest. Ze was vanzelfsprekend gestopt met werken toen ze Ruben kreeg, om pas weer te beginnen toen hij naar de middelbare school ging. Nu ze met vervroegd pensioen was, vond ze het heerlijk om al haar kennis en vaardigheden op haar kleinkinderen bot te vieren. 'Ga maar even kijken.'

Lot liep naar boven. De trap was niet alleen gestoffeerd, er lag ook nog eens een vilten loper overheen. Anke en Jaap zouden nog liever sterven dan hun buren overlast te bezorgen. Op de overloop hoorde ze de basstem van Jaap die een Jip-en-Jannekeverhaaltje aan het voorlezen was.

Ze klopte op de deur en liep naar binnen. 'Mama!' riepen de kinderen in koor. Ze vlogen van het bed. Ze zakte door haar knieën en nam beide kinderen in haar armen. Elias en Lily klampten zich aan haar vast.

'Ik heb jullie gemist,' zei Lot. Ze moest iets wegslikken om niet te gaan huilen.

Jaap zat het tafereel goeiig gade te slaan. Het was duidelijk dat Anke in dit huwelijk de broek aanhad. 'Ik was maar alvast begonnen,' zei hij onhandig. 'We wisten niet hoe laat je zou komen.'

'Het is al goed,' zei Lot. 'Dank je wel.'

Thuis las ze de kinderen extra lang voor en gaf ze ze honderden kusjes en vertelde ze hoeveel ze van ze hield. Ze vielen lief in slaap en even had ze de indruk dat ze er misschien toch niet zo slecht in was, moeder zijn. Misschien moest zij maar minder gaan werken en kon Ruben dan fulltime aan de slag. Had hij misschien ook minder tijd voor zijn minnares.

Ze bleef nog lang in de kinderkamer luisteren naar hun ademhaling. Ze probeerde er niet aan te denken dat Yo van yoga de tweeling zou instoppen als Ruben haar zou verlaten. Dat zij nu God weet wat met de geslachtsdelen van haar man uitspookte, was al erg genoeg. Het idee dat Yo de kinderen zou knuffelen, een kus zou geven voor het slapengaan, haar plek ook op dat gebied zou overnemen…

Niet de kinderen. Dat zou ze niet kunnen verdragen.

Ze aaide de tweeling nog een keer over hun zachte haartjes. In hun slapende gezichten zag ze heel duidelijk trekken van zowel Ruben als haarzelf. Elias met het dikke, donkere haar van Ruben en Lily die het wat dunnere, steile, lichtbruine haar van haar had. Ze hadden allebei haar neus. Elias had Rubens mond en Lily had haar kin. Als Ruben naar de kinderen keek, zou hij dit toch ook moeten zien? Dat ze in de kinderen voor altijd met elkaar versmolten waren?

Om negen uur stuurde ze Ruben een sms. Of hij al wist hoe laat hij thuis zou komen. Hij stuurde terug: BEN NOG EVEN BEZIG.

Om kwart voor elf was Ruben er nog steeds niet. Inmiddels had Lot een bittere smaak in haar mond die niet meer weg te poetsen was. Ze besloot te gaan douchen tot alle sporen van haar angst weggewassen zouden zijn.

‘Je mag jezelf dit niet meer aandoen,’ zei ze hardop tegen zichzelf toen ze onder de warme straal stond. ‘Je moet hiermee stoppen. Zorg nou eindelijk eens goed voor jezelf.’

Maar hoe? Moest ze tegen Ruben zeggen dat ze alles wist? Hij zou woedend zijn dat ze in zijn telefoon had gekeken. Misschien wel zo boos dat ze hem daarmee nét het laatste zetje in Yo’s armen zou geven. Moest ze proberen hem op heterdaad te betrappen? Of moest ze het maar uit haar hoofd zetten en doorleven of er niets aan de hand was? Zelf een minnaar nemen?

Ze kwam er niet uit. In haar hoofd ging ze alle mogelijkheden af, opnieuw en opnieuw, tot haar hoofd bijna uit elkaar barstte. Ze was uitgeput en wilde maar één ding: dat de dag voorbij zou zijn. Ze haalde een paar keer diep adem en stapte onder de douche vandaan. Er hing een sterke lucht van grapefruitdouchegel en Listerine om haar heen.

Toen ze de slaapkamer binnenkwam, zat Ruben op de rand van het bed. Hij keek nauwelijks op.

'Hoi,' zei Lot.

'Hoi.' Hij deed zijn schoenen uit zonder oogcontact te maken. Lot vroeg zich af wat hij normaal altijd deed. Was hij meestal toeschietelijker? Of was dit zoals het altijd ging tussen hen?

Ze keek naar de rode cijfers van de wekker. Het was kwart over elf.

'Ik heb op je gewacht,' zei ze.

'O.' Nog steeds zonder oogcontact te maken ging hij door met zich uitkleden.

'Waar was je?'

Hij antwoordde niet. In een impuls liet ze de handdoek van zich af glijden en op de grond vallen. Nog steeds keek hij niet op. Zo bleef ze staan, terwijl hij nu ook zijn T-shirt uittrok. Toen hij zich tot zijn onderbroek had uitgekleed, stond hij op en wilde langs haar heen naar de badkamer lopen.

'Is het allemaal gelukt met je werk?' vroeg ze. Nog steeds naakt. Nog steeds versteend midden in de slaapkamer, als een geërodeerd standbeeld zonder duidelijke vormen.

'Goed.' Ze meende zijn ogen vluchtig over haar lichaam te zien gaan. Vond hij haar nog wel mooi? Vroeger maakte hij nog weleens een compliment. Ze was altijd bang geweest dat hij daarmee een aanzet probeerde te maken tot seks. Nu ze naar zijn aandacht hunkerde, kreeg ze die niet meer, alsof er een bizarre natuurkundige wet aan ten grondslag lag. Aantrekkingskracht = fysieke aantrekkelijkheid minus behoeftigheid.

Ze maakte zich breed en vroeg: 'Vind je me mooi?'

'Heel mooi,' zei hij.

'Geef me dan eens een kus.'

Plichtsgetrouw deed hij wat ze van hem vroeg. Een droge kus die niet langer dan een seconde duurde.

Ze sloeg haar armen om hem heen en drukte haar naakte lichaam tegen het zijne. 'Ik ben zo blij dat je thuis bent.'

Hij knuffelde haar kort terug. Er zat een bepaalde afgemetenheid in de handeling. 'Ik kom zo bij je, lieverd. Even mijn tanden poetsen.'

'Ik heb zin in je,' zei ze in zijn oor. 'Ik heb de hele avond al zin in je.' Hij rook schoon, helemaal niet naar iemand die de hele avond hard had gewerkt.

'Wat heb jij nou?' Hij lachte ongemakkelijk, waardoor ze meteen alweer spijt had van haar impuls. 'Jij hebt nooit zin.'

'Nu wel,' zei ze.

Voorzichtig maakte hij zich van haar los. 'Ik kom zo.' Hij kneep even in haar bil. Dat gaf dan toch wel weer hoop.

'Kom maar gauw terug dan.' Ze ging op bed liggen en vroeg zich af wat ze zou moeten doen om zich niet zo belachelijk te voelen.

Ze hoorde de kraan lopen. De wc doorspoelen. Vergiste ze zich, of nam hij expres heel veel tijd in de badkamer? Normaal deed hij er nooit zo lang over. Ze wachtte nog een paar minuten, maar nog steeds kwam hij de badkamer niet uit. Dit werd helemaal niets. Nog even en ze zou woedend op de badkamerdeur bonzen en hem vertellen dat hij een lul was om haar zo te laten wachten. En dan? Hij zou haar vervelend vinden en verlangen naar zijn evenwichtige minnares, die vandaag nog op Facebook had gepost: *Live your dreams.*

Ze besloot dat ze beter maar kon doen of ze sliep. Ze trok een T-shirt aan en ging op haar zij liggen met haar ogen dicht.

Pas na een hele tijd hoorde ze Ruben uit de badkamer komen. Op zijn tenen sloop hij om het bed heen om behoedzaam onder het dekbed te kruipen, overduidelijk met de intentie om haar niet te storen. Ze hoopte dat hij tegen haar aan zou komen liggen, zoals hij altijd deed. Maar hij deed het niet. Hij bleef aan zijn kant van het bed liggen, zo ver mogelijk bij haar vandaan, leek het wel. Even later hoorde ze aan zijn zware ademhaling dat hij in slaap was gevallen.

Ron Casper komt steeds meer bij kennis, en hij heeft in zijn broek gepoept. Dit is niet te doen.

Moet ik hem wassen? Of is het normaal dat stervenden hun poep laten lopen?

En dan die erectie. Hoeveel viagra heeft hij geslikt? En waarom? Zat er soms een vrouw op hem te wachten?

Kon ik hem maar een nieuwe dosis waglerin 3 toedienen. Een hogere dosis. Dan zou het voorbij zijn. Als, had ik maar: woorden waar je niets aan hebt.

Ron Casper maakt wat onsamenhangende geluiden.

Ik had dit natuurlijk kunnen weten. Het is altijd een eigenwijze klootzak geweest.

Hij haalt diep adem. 'Help.' Er komt niet al te veel geluid uit zijn keel. Toch is het duidelijk te verstaan.

'Help,' zegt hij.

Ga nou godverdomme gewoon dood.

DONDERDAG

12

Willem werd om vijf uur 's ochtends wakker met een razende hartslag. Hanneke lag rustig naast hem te slapen. Ze snurkte een beetje, dat was hem nooit eerder opgevallen. In eerste instantie hoopte hij dat het gejaagde kloppen van zijn hart weer vanzelf over zou gaan. Het was per slot van rekening niet vreemd dat een man van middelbare leeftijd die een paar kilo te veel woog, af en toe wat last had van benauwdheid. De dokter had hem al vaker op het hart gedrukt dat hij moest afvallen, maar hij was nou eenmaal een bourgondiër.

Hij bleef doodstil liggen en probeerde zich te herinneren wat hij nou ook al weer in de folder bij de huisarts had gelezen. Bij een hartaanval voelt het alsof er een olifant op je borst gaat staan, was het dat niet? Hij raakte steeds meer buiten adem van het venijnige gebonk in zijn lichaam. Bang om Hanneke wakker te maken met zijn gehijg, stapte hij uit bed. Zij zou op zijn minst een ambulance willen bellen.

Thuisblijven leek ondraaglijk. Hij negeerde het lichte gevoel in zijn hoofd en het benauwde gevoel op zijn borst. Hij douchte zich, kleedde zich aan en stapte in de auto. Het was te vroeg om naar de zaak te gaan. Pas om tien uur had hij zijn eerste afspraak, met de directeur van een concurrerend cosmeticabedrijf die hij via de golfclub had leren kennen. Het bedrijf voerde een aantal merken die ze lieten produceren bij een fabriek in België. Met de overname van Casper Cosmetics zouden ze over een eigen productiefaciliteit beschikken. Het leek zomaar rond te kunnen komen. Tenminste, als Ron mee zou werken. Willem voelde zijn kaken op elkaar klemmen. Zijn vader had geen idee hoeveel schade hij aanrichtte. Geen idee. Het bedrijf had de afgelopen jaren kleine verliezen gedraaid, maar als Ron in dit tempo geld bleef uitgeven, zouden ze het nog geen maand meer volhouden.

Hij had het uitgavenpatroon van Ron Casper tot nu toe buiten de boeken weten te houden, zodat het bedrijf er op papier een stuk rooskleuriger uitzag dan het er in werkelijkheid voor stond. Maar ooit zou hij openheid van zaken moeten geven. Of een creatieve oplossing moeten bedenken. Hij voelde zijn hartslag weer versnellen. De zaak ging er helemaal aan zo. En als de zaak kapot zou gaan, zou hij ook zijn huis kwijtraken, zijn auto, zijn status, alles waar hij zo hard voor had geknokt.

Kon hij nog maar naar Miriana. Hij had haar nodig. Meer dan ooit.

Hij parkeerde aan de overkant van haar lelijke jarentachtighuis. Miriana had het hoekhuis, zodat haar klanten zonder al te veel bekijks van de buren ongestoord de garage die ze tot 'praktijkruimte' had omgebouwd in en uit konden lopen. Op het bordje naast haar deur stond 'coach'. Een coach die haar klanten keihard liet barsten omdat ze zo nodig vadertje en moedertje moest gaan spelen met die duffe vriend van d'r.

De gordijnen waren nog dicht. Ze waren een soort grijzig bruin, Willem vroeg zich af of er een naam was voor die kleur. Hanneke zou het vast wel weten. Hij was zich ervan bewust dat die trut van een Mirjam daar ergens lag te slapen, dolblij met haar prille geluk. Ze had vast geen idee wat ze bij hem had aangericht. Géén idee. Hij maakte zich boos om de manier waarop ze hun relatie van tien jaar had opgezegd. Alsof hij het nog leuk voor haar moest vinden ook.

Hij voelde de aandrang om een steen door de ruit te gooien. Dwars door de Ikea-kleurige gordijnen heen. Controle, Willem, zei hij tegen zichzelf. Controle.

Hij moest opeens terugdenken aan zijn zestiende verjaardag. Hij was altijd een wat onopvallende jongen geweest. Net iets te dik, futloos haar, nergens echt goed in. Ook vanbinnen gebeurde er niet al te veel. Hij kon zich niet herinneren dat hij ooit ergens een uitgesproken mening over had gehad. Ja, hij zag alles wel gebeuren, tussen zijn ouders, zijn zus, zijn stiefzusje en zo, maar op een of andere manier leek niets bij hem binnen te komen. Alsof hij in een gewatteerde wereld leefde.

Ongelukkigerwijs viel zijn zestiende verjaardag in het weekend dat ze bij Ron waren. Niet dat hij dacht dat het zoveel leuker zou zijn bij zijn moeder, maar nu had hij een week lang haar gejammer aan moeten horen. Hoe erg het voor haar was dat ze niet bij de verjaardag van haar enige zoon zou zijn. Hoe eenzaam ze zich zou voelen. Achteraf vroeg hij zich af waarom niemand op het idee was gekomen om de weekenden te ruilen.

Nana had een taart voor hem gebakken. Een chocoladetaart waar groot het getal 16 op was gespoten. Hij had er verrukkelijk uitgezien, maar nog voor hij de kans had gekregen een hap te nemen, had Marloes die al het huis uit was, maar speciaal was langsgekomen om de sfeer te verzieken, gezegd: 'Willem houdt niet van chocoladetaart. Dat weet je toch?' Dus had hij de taart maar weggeschoven en gewacht tot Marloes weer wegging, zodat hij alsnog de hele taart naar binnen kon schrokken.

Hij had niets bijzonders gepland voor zijn verjaardag. Meestal zat hij wat te tekenen als hij bij Ron en Nana was. Of Nana nam hem mee naar haar atelier en zette hem achter een homp klei. Volgens haar had hij talent, al wist hij niet of ze dat meende of het alleen maar zei om hem een plezier te doen. Hij mocht zijn stiefmoeder wel, al zou hij dat nooit hardop toegeven. Zeker niet tegenover zijn moeder en Marloes.

Hij had Ron de hele dag nog niet gezien. Daar was niets bijzonders aan, soms gingen er hele weekenden voorbij waarin Marloes en hij hem amper zagen. Maar deze keer stond Ron om een uur of twee in de woonkamer. 'Zo, jongen,' zei hij. 'Vandaag is de grote dag. Gefeliciteerd.'

Willem keek even op van zijn tekening. 'Dank je.'

'Dacht je dat dit het al was? Wat voor vader zou ik zijn als ik de zestiende verjaardag van mijn zoon zomaar voorbij zou laten gaan,' zei Ron Casper. 'Ik heb een verrassing voor je.'

Willem legde zijn potlood neer en keek hem verbaasd aan.

'Het is een doe-cadeautje, zeg maar.' Ron lachte. 'Doe je schoenen aan. We gaan.'

'Moet ik verder nog wat meenemen?' vroeg Willem.

Als antwoord begon zijn vader nog harder te lachen. 'Waar wij naartoe gaan heb je helemaal niets nodig.'

In de auto bleef Ron met een enorme grijns op zijn gezicht zitten. Willem was er niet gerust op. Hij probeerde onderwerpen te bedenken om over te praten, maar er kwam niets in hem op. Al zijn hele leven had hij verlangd naar tijd met zijn vader alleen, maar nu het zover was, voelde hij zich niet op zijn gemak. Gelukkig had Ron muziek opgezet zodat de stilte niet hoorbaar was.

Ze reden naar Amsterdam en parkeerden vlak bij de Bijenkorf. 'Gaan we winkelen?' vroeg Willem.

Ron begon weer te lachen. 'Je zou het winkelen kunnen noemen. Maar laat ik het zo zeggen: je bent zestien. Tijd om een man te worden.'

Willem had moeite om Ron bij te houden toen ze in oostelijke richting liepen. Ron Casper geloofde niet in langzaam lopen. Zijn looptempo zat altijd tegen joggen aan.

Ze kwamen aan op de Wallen. 'Dit is waar het allemaal gebeurt,' zei Ron, terwijl hij zijn ogen gretig over het aanbod van schaars geklede vrouwen liet gaan.

Willem durfde amper naar de hoeren te kijken die achter de ramen stonden. Niet omdat hij niet geïnteresseerd was in vrouwen. Natuurlijk fantaseerde hij over meisjes uit zijn klas en een enkele keer over vrouwen die hij op televisie zag. Ook had hij weleens een pornoboekje te pakken gekregen waar foto's in stonden van vrouwen met enorme bossen schaamhaar, waardoor je eigenlijk helemaal niets kon zien. Dat had hij allemaal al opwindend genoeg gevonden. Al dit vrouwenvlees om hem heen maakte hem een beetje angstig.

'Ik heb altijd gedacht: had iemand mij maar een keer naar de hoeren meegenomen toen ik jouw leeftijd had,' ging Ron verder. 'Dat had me een hoop frustratie en onzekerheid bespaard. Weet je wat het is? Je kunt het beter maar een keer gedaan hebben. Dan is de druk van de ketel en hoef je je niet meer zo zenuwachtig te maken over de vrouwtjes.'

Willem voelde maagzuur naar boven komen.

'Nu denk je misschien nog dat het heel ingewikkeld is met seks en wijven, maar eigenlijk stelt het helemaal niets voor. Ze doen allemaal wel alsof ze zo preuts zijn, maar uiteindelijk willen ze niets liever dan een goede beurt krijgen.'

Ze bleven op de Oudezijds Voorburgwal staan voor een raam waar een blond meisje achter zat. 'Met deze heb ik goede ervaringen,' zei Ron Casper tegen zijn zoon. 'Vind je het wat?'

Hij durfde amper naar haar te kijken.

'Je moet niet zo moeilijk doen,' zei Ron. 'Waarom zit dat meisje voor dat raam, denk je? Zodat je naar haar kan kijken. Dus kijk. Het mag.'

Willem tilde zijn kin een stukje omhoog, zodat zijn blik net onder het gezicht van het meisje bleef steken. Ze had grote borsten in een zwarte beha. Hij had het opwindend moeten vinden, zoals iedere normale man, maar in plaats daarvan voelde hij hoe zijn ballen krompen en zijn geslacht zich terugtrok.

'Vind je het wat?' vroeg Ron. 'Of wil je nog even rondkijken? Waar hou je eigenlijk van? Blond, brunette, donker? Zeg het maar. Een straat verderop zit een leuk Surinaams vrouwtje dat het heel aardig kan.'

Het meisje met de zwarte beha tikte tegen het raam.

'Ze wordt al ongeduldig,' zei Ron. 'Ze kan gewoon niet wachten om jou de fijne kneepjes van het vak te leren, zie je dat?'

Willem stond nog steeds verstijfd.

'Doe nou niet zo onzeker. Hup, gewoon naar binnen. Dat meisje regelt de rest wel.'

Willem keek zijn vader aan. Nee zeggen was geen optie. Hij moest laten zien wat hij waard was. Of hij zich nou misselijk en trillerig voelde of niet. 'Oké,' wist hij uit te brengen.

'Kijk, zo ben je mijn zoon weer,' zei Ron Casper tevreden. Hij gebaarde het meisje dat ze de deur moest openen.

Terwijl Ron het meisje instrueerde, keek Willem nadrukkelijk de andere kant op, alsof hij hier helemaal niets mee te maken had. Nadat zijn vader had afgerekend, duwde hij Willem naar binnen. 'Nou, zet 'm op, jongen. Ik zeg altijd maar zo: jong geleerd, oud gedaan.' Hij gaf er nog een vette knipoog achteraan.

Het meisje nam hem bij de hand en leidde hem naar haar kamer. Ze had de gordijnen inmiddels dichtgedaan. In de hoek stond een eenpersoonsbed waar alleen een laken op lag. Niet eens een kussen.

'Zo, dus jij bent vandaag jarig,' zei ze. 'Zestien, toe maar. Nou, ga maar liggen dan.'

Willem ging op het bed liggen, de zachte matras zakte diep in.

'Je moet natuurlijk wel eerst je broek uittrekken,' zei het meisje lachend. 'Hoe wil je het anders doen?'

Met rode wangen van schaamte stond Willem weer op van het bed en deed zijn schoenen en daarna zijn broek uit.

'Ook je onderbroek, suffie.'

Willem aarzelde. Zijn handen gingen naar de blauw gestreepte herenslip uit een pak van vijf die zijn moeder bij de Wibra kocht, en bleven daar hangen. Hij meende medelijden in de blik van het meisje te zien.

Ze trok haar beha uit. 'Hier,' zei ze. 'Voel maar effe. Misschien dat je dan wat enthousiaster wordt.'

Omdat Willem niets deed, legde zij zijn handen op haar borsten. Zo bleef Willem een tijdje staan, niet in staat om te bewegen. Hij bedacht dat hij de hele dag zijn tanden nog niet had gepoetst. Hij durfde nauwelijks uit te ademen. Vaag was hij zich bewust van het zachte vlees onder zijn handen, een tepel tussen zijn ring- en middelvinger, maar was te gespannen om er opgewonden van te raken.

'Ook niet?' vroeg het meisje. 'Je hoeft echt niet bang te zijn, hoor. Ik doe je niets.' Hij reageerde nog steeds niet, dus ze zei: 'Oké, ga maar liggen dan.'

Willem ging op het bed liggen, opgelucht dat hij weer kon ademen, angstig omdat hij geen idee had hoe hij dit bezoekje tot een goed einde moest brengen.

Het meisje rukte zijn onderbroek naar beneden en keek misprijzend – tenminste, dat meende Willem te zien – naar zijn slappe geslacht. 'Probeer nou maar een beetje te ontspannen.' Ze nam hem in haar mond.

Willem probeerde zich te concentreren op haar warme, natte lippen die zijn geslacht tot aan de schacht omvatten.

'Goed zo,' zei het meisje na een minuut of twee. 'Hèhè, er wordt iemand wakker.' Ze ging weer verder.

Willem keek naar het op en neer gaande hoofd, naar de heen en weer zwiepende borsten. Hij kon niet ontkennen dat het hem wat deed.

'Zo, die is er klaar voor,' zei het meisje. Ze kwam overeind en haalde een condoom tevoorschijn die ze heel handig om hem heen rolde. 'Nou niet meteen schrikken, hè?'

Ze trok haar slipje uit. Willem keek naar het haar tussen haar benen en voelde zijn mond droog worden. Nu moest hij laten zien wat hij waard was.

Het meisje liet zich over hem heen zakken en begon hem te berijden. Dus dit was het nou. Het condoom knelde en hij vroeg zich af of hij niet iets moest doen in plaats van zo passief te blijven liggen. Ook was hij zich ervan bewust dat het de bedoeling was dat hij over niet al te lange tijd klaar zou komen. Thuis had hij daar geen enkele moeite mee. Vaak werd hij wakker met een stijve en dan was het binnen een à twee minuten trekken gepiept. Hij dacht aan Ron Casper die voor de deur stond. Wat zou hij hem moeten vertellen als het hem niet lukte? Hij probeerde uit alle macht zijn opwinding te vergroten, maar het resultaat was dat hij verslapte.

'Het lukt niet, hè,' zei het meisje even later. 'Zullen we er maar mee stoppen?'

Hij schudde zijn hoofd. 'Mijn vader...'

Ze stapte van hem af. 'Dit gaat 'm niet worden. Geloof me, ik zit lang genoeg in het vak om te weten wanneer het klaar is. Kleed je maar weer aan.'

Willem wist niet of hij zich opgelucht moest voelen of juist nog beschaamder. Snel trok hij zijn kleren weer aan.

'Als jij niks tegen je vader zegt, zeg ik ook niks,' zei het meisje. Ze had haar beha inmiddels weer aangetrokken. 'Afgesproken?'

Willem knikte.

Ze ging hem voor en opende de deur.

Ron stond met zijn rug naar het raam te wachten, handen in zijn zij alsof hij een pooier was, en draaide zich om. 'Zo,' zei hij met een grote grijns op zijn gezicht. 'Hoe was het?'

'Nou, die jongen van jou, die kan d'r wat van,' zei het meisje.

Ron grijnsde tevreden.

'Niet te houden,' voegde ze eraan toe. 'En in het bezit van een leuk stuk gereedschap bovendien.'

'Net z'n vader,' zei Ron Casper. Hij gaf Willem een joviale klap op zijn schouders. 'Zo jongen, vanaf nu ben je een echte man. Hoe voelt dat nou?'

'Goed,' wist Willem uit te brengen.

Ron zei dat ze het nieuwe wapenfeit moesten vieren bij de McDonald's. McDonald's gold in die tijd nog als iets exotisch. Willem had erover gehoord van klasgenoten, maar zelf was hij er nog nooit geweest. Onder andere omstandigheden was hij dolblij geweest dat hij eindelijk het Amerikaanse wonder zou mogen ervaren. En dat zijn vader zowaar iets had bedacht wat hij echt leuk vond. Maar nu wilde hij het liefst onder een grote steen kruipen en er nooit meer onder vandaan komen.

Hij bestelde een Big Mac-menu met een milkshake. Ron nam een kop koffie.

Naast elkaar gezeten voor het raam pakte Willem een van de frietjes, die veel dunner waren dan hij gewend was.

'Smaakt het, zoon? Daar krijg je trek van, toch?' Ron gaf het zoveelste klopje op zijn schouder, waardoor hij zich bijna verslikte.

Willem werd zich opeens bewust van zijn malende kaken en zijn te grote witte lichaam, naast het afgetrainde gebruinde lijf van zijn vader. Ron sportte bijna iedere dag. Dat hij vrij klein van stuk was en een heel eind in de veertig, leek niemand op te vallen. Willem zag vrouwen naar zijn vader kijken op een manier waarop ze nooit naar hém zouden kijken. Het was niet zo dat zijn eetlust bedorven werd door deze gedachte. Integendeel, hij kreeg zin om uit pure ellende het hele menu op te vreten.

'En, was het wat, dat vrouwtje? Kon ze er wat van?'

'Jawel hoor,' zei Willem. Zijn eigen stem klonk heel ver weg. Hij zette zijn tanden in zijn broodje en concentreerde zich op de structuur van de dubbele hamburger, de augurk, het sausje. Hij kon wel tien van deze dingen eten.

'Haha, nou, dit was nog eens een goed cadeau, of niet soms?' Ron sloeg hem weer op zijn rug en Willem lachte maar zo'n beetje mee.

Misschien zou hij niet zo afhankelijk zijn geweest van Miriana als hij op een normale manier seks had kunnen ontdekken. Willem zat nog steeds in zijn auto met uitzicht op de gesloten gordijnen van zijn voormalige meesteres. Het was eigenlijk allemaal zijn vaders schuld.

Hij startte de motor en reed naar huis. Misschien was het maar goed dat het afgelopen was. Dat hij nu opnieuw kon beginnen, al wist hij niet hoe.

Toen hij de keuken in liep, stond Hanneke in haar ochtendjas thee te zetten. Max lag nog in bed, die liet zich zelden voor elf uur 's ochtends zien. Willem was gestopt erover in discussie te gaan met Hanneke. Volgens zijn vrouw zou het allemaal wel goed komen met hun zoon, al begon Willem daar een hard hoofd in te krijgen. Hij vroeg zich af waar het was misgegaan. Toen Max jonger was, leek hij wat verlegen, maar niet ongelukkig. Hij haalde goede cijfers op school, had leuke vrienden, niets om je zorgen over te maken. Het was iets van de laatste paar jaar dat hij zo lusteloos en tegendraads was. Het kwam door de puberteit, zei Hanneke. Ze had er zelfs een boek over gelezen: ze mochten op dit moment niets van Max verwachten omdat bepaalde delen van zijn hersenen nog niet helemaal ontwikkeld waren. Willem had zich door haar laten sussen, maar de laatste tijd vroeg hij zich steeds meer af of hij daar verstandig aan had gedaan.

'Waar was je?' vroeg Hanneke op een toon die het midden hield tussen verontwaardigd en ongerust. 'Ik schrok me rot dat je niet naast me lag toen ik wakker werd. Voel je je wel goed?'

'Ik voel me prima.'

'Maar waar was je dan? Niets voor jou om weg te gaan zonder iets te zeggen.'

Hij probeerde iets te bedenken, maar kon er even niet op komen. 'Gewoon even een rondje rijden,' zei hij toen maar.

'Gewoon even een rondje rijden,' herhaalde Hanneke.

'Ja.'

'Dat doe je anders nooit.'

'Nou, vandaag deed ik het wel.'

'Hoef je toch niet zo te snauwen.' Hanneke klonk gekwetst.

Willem, zich meteen bewust van zijn botheid tegen de enige persoon die ooit onvoorwaardelijk van hem had gehouden, gaf haar een kus en zei: 'Sorry, schat. Het spijt me. Ik wilde je niet laten schrikken.'

Hanneke zette een kop thee voor hem neer. Terwijl hij aan de eettafel kleine slokjes nam, keek hij toe hoe ze het ontbijt klaarmaakte. Twee zachtgekookte eieren, een boterham met kaas en een boterham met hagelslag. Hetzelfde recept, dag in, dag uit.

'Hoe heet die kleur nou ook alweer. Dat grijzige bruin?' vroeg hij haar.

'Taupe?'

'Ja, taupe, dat bedoel ik.'

Vreemd genoeg gaf het antwoord hem troost. Onder het waakzame oog van Hanneke at hij zijn ontbijt. Misschien moest hij vanavond weer eens bloemen voor haar meenemen. Werkte altijd.

Controle, Willem. Controle.

Ik heb Ron Casper de hele nacht alleen gelaten.

Hij moet dood zijn nu. Het kan niet anders. Een mens kan drie tot zes dagen zonder water voordat hij bezwijkt aan uitdroging.

Ron Casper is oud. Heeft een klap gehad van het slangengif. Drie dagen is het maximum, lijkt me.

Alleen, de grote vraag is: is dit kantorenpand veilig? Wat als iemand hem vindt? Niet alleen blijft hij dan doorleven en wordt hij ongetwijfeld honderdtien, ook wijst hij mij dan aan als dader. Ben ik net op tijd de gevangenis uit om zijn begrafenis bij te wonen.

Probleem nummer twee: zal straks aan zijn dode lichaam te zien zijn dat hij niet aan een hartaanval, maar aan uitdroging is gestorven?

En hoelang zal het duren voordat hij echt gemist wordt? Misschien moet ik naar zijn huis gaan om het bed er beslapen uit te laten zien. Misschien kan ik de tijd zo nog wat rekken.

Als dit te lang duurt, moet ik overschakelen op een ander plan. Ron Casper voorgoed laten verdwijnen. Of hem op een andere plek neerleggen. In beide gevallen zal de politie ingeschakeld worden.

13

Zoals bijna iedere dag werd Marloes wakker van de telefoon. Ze keek op het scherm: Hanneke. Haar schoonzusje belde dagelijks, net als haar moeder. Nog zo'n oud wijf dat niks beters te doen had. Daarna keek ze op haar wekker: halftien. Ze waren vroeg vandaag. Meestal lieten ze haar 's ochtends wel met rust.

Marloes nam op. Het enige wat ze hoorde was een onregelmatige ademhaling.

'Wat is er? Is er iets gebeurd?'

'Ja,' wist Hanneke uit te brengen.

Het was niet de eerste keer dat Marloes haar schoonzusje huilend aan de telefoon had. De laatste keer was er iets met Max geweest. Er was altijd wel iets met Max. Typisch zo'n joch waar nooit iets van terecht ging komen.

Terwijl Hanneke hortend en stotend begon te praten, als een oude stoomlocomotief die langzaam op gang kwam, rekte Marloes zich uit. Haar oksels roken, haar haar was plakkerig.

'Willem doet vreemd,' zei Hanneke op dramatische toon. 'Ik herken mijn eigen man niet meer.'

'Hoezo?'

'Ik vond hem al zo kortaf gisteren. En toen ik vanochtend wakker werd, was hij verdwenen.'

'Hoe bedoel je? Waar was hij dan naartoe?'

'Dat weet ik niet.' Hanneke had weer een minuut nodig om uit te huilen voordat ze verder kon praten. Marloes probeerde geruststellende geluiden te maken door de telefoon, maar voelde zelf ook wel dat ze daar niet echt in slaagde. Hanneke had het natuurlijk altijd makkelijk gehad met een man als Willem. Willem kwam netjes thuis na zijn werk, plaste zittend en ruimde uit zichzelf de vaatwasser leeg.

'Ik werd vanochtend wakker en hij was weg. Hij kwam pas binnen toen ik al ontbijt aan het maken was. Helemaal raar was-ie. Ik weet het niet... Hij keek zo raar uit zijn ogen, alsof hij me niet herkende. En toen ik vroeg waar hij was geweest, zei hij dat hij een rondje met de auto had gereden.'

Marloes hoorde zichzelf heel diep zuchten. 'Maak je toch geen zorgen, Hanneke. Hij is vast een beetje gestrest. Door dat gedoe op de zaak,' verzon ze er snel bij. 'Dat gaat hem natuurlijk niet in de kouwe kleren zitten.'

'Zou dat het zijn?'

'Natuurlijk. Je had Harm-Jan moeten meemaken. Die was soms niet te genieten als-ie gedoe had op zijn werk. Weet je wat het is, Hanneke? Jij bent gewoon niets gewend.'

'Willem is gewoon echt een hele goeie man.' Ze klonk nog steeds wat huilerig.

'Willem is écht een hele goeie man,' beaamde Marloes. 'Heel anders dan zijn vader, geloof me nou maar.'

Hanneke leek wat gerustgesteld. Ze ademde al een stuk rustiger door de telefoon.

'Ik kom later nog wel bij je aanwippen. Ik moet eerst even langs het huis van pa om de schoonmaak te controleren,' zei Marloes.

'Dat je dat nog steeds doet.'

'Ik weet het. Vraag me niet waarom.'

Rons auto stond op de oprit, met één wiel op het gazon. Zoals Ron Casper parkeerde leek het altijd alsof hij haast had. Hij liet nog net niet het portier openstaan.

Normaal gesproken was hij nooit thuis als Marloes haar inspectieronde kwam doen. Altijd aan het werk. Of naar die vieze hoeren van hem. Ja, heel soms was-ie er wel. Maar denk maar niet dat Marloes dan een kopje koffie kreeg aangeboden. Ze had zich aangewend om zich hier niets van aan te trekken. Als dochter deed ze nou eenmaal bepaalde dingen voor haar vader, of ze er nou waardering voor kreeg of niet. Ja, soms, als z'n humeur ernaar stond, was hij opeens heel aardig. 'Hallo lieve Loezesnoes, wat fijn dat je even je ouwe vadertje komt bezoeken.' Dan maakte hij grappen over vrouwen en seks en dan deed ze of ze het nog leuk vond ook.

Ze belde kort aan zodat Ron zou weten dat ze eraan kwam. Daarna haalde ze een paar keer diep adem en stak de sleutel in het slot. 'Joehoe!' riep ze voor de zekerheid, zich ervan bewust hoe tuttig het klonk. 'Joehoe!'

Ze voelde zich nooit prettig als ze zijn huis binnenging. Ook al was ze er honderden keren geweest, het wende nooit. Toen het weer wat beter ging met Riet, moesten Willem en zij om het weekend komen logeren. Zaten ze daar leuk te doen in het nieuwe gezinnetje, terwijl ze wisten dat hun moeder thuis zat te verpieteren. Riet was van de medicijnen af en deed weer het huishouden, zodat Willem en Marloes in schone kleding naar school gingen en normaal te eten kregen. Maar altijd bleef er de dreiging dat ze weer zou instorten. Soms zei ze het ook: 'Ik weet niet hoe ik dit weekend door moet komen. Misschien spring ik wel van de flat.' En dan moesten zij en Willem maar gezellig opzitten bij 'het andere gezinnetje', zoals Riet het noemde.

Het bevreemdde Marloes dat Ron niet in de woonkamer zat. Als hij er was, zat hij altijd in de hoek van de woonkamer achter zijn computer, te chatten. Stel dat hij hier dood ligt, dacht ze ineens. Het was natuurlijk mogelijk. Over vier jaar zou hij tachtig worden en hoewel hij pretendeerde dat de jaren geen vat op hem hadden, was statistisch gezien de kans iedere dag groter dat hij ermee op zou houden.

Deed hij dat maar, schoot er door haar heen.

Nee, zo mocht ze niet denken. Het bleef toch haar vader, ondanks alles.

Hij zat in ieder geval niet in de woonkamer. Ze riep een paar keer voor de vorm 'Ron!', maar er kwam geen antwoord. Ze checkte of hij toevallig geen hartaanval had gekregen op de wc – je wist natuurlijk maar nooit – en liep toen de trap op naar boven.

Op de overloop aarzelde ze. 'Ron,' riep ze nog een keer. Straks was hij uitgegleden in de badkamer en zou ze hem naakt op de grond vinden. Of misschien lag hij wel te slapen. Of te wippen. Ze had heus de viagra wel in de badkamer zien staan.

Ze klopte op de slaapkamerdeur. Omdat er niet werd geantwoord, deed ze voorzichtig de deur open. Ze was zich bewust van haar hartslag en ademhaling, alsof ze op het punt stond iets verkeerds te doen. Toen stapte ze naar binnen.

Marloes had nooit begrepen dat Ron in deze kamer was blijven slapen nadat zijn derde vrouw er was overleden. Heel tragisch, al moest ze eerlijk bekennen dat ze het Lot destijds van harte had gegund om te ervaren wat het is om ingeruild te worden. Net zoals hij bij haar en Willem had gedaan.

Ron had zelfs nog hetzelfde bed. Marloes huiverde.

Het verbaasde haar dat het bed zo keurig was opgemaakt. Ron was doorgaans te lui om zelfs maar het dekbed recht te trekken, en er was alweer een nacht verstreken sinds Gea was geweest. Ze streek even over de zachte dekbedovertrek. Satijn. Alles moest altijd het mooiste van het mooiste, het duurste van het duurste.

In een opwelling ging ze op het bed liggen, haar armen en benen gespreid, als een zeester. Ze dacht weer aan Giovanca. Ze had haar een paar keer ontmoet en het was best een leuke meid geweest. Op het laatst wilde ze natuurlijk niemand meer zien, en Marloes al helemaal niet. Zij had nog bloemen gestuurd. Want ze snapte heus wel dat dat arme kind er ook allemaal niets aan kon doen. Kanker, op zo'n jonge leeftijd. Vreselijk.

Ze hoorde beneden een deur dichtslaan.

Met een schok kwam ze overeind. Haar eerste gedachte was dat Ron was thuisgekomen. Snel kwam ze van het bed af en liep op haar tenen de slaapkamer uit. Boven aan de overloop bleef ze staan luisteren. Ze voelde zich betrapt, al had ze het volste recht om in het huis van haar vader te zijn. Ze was toch zijn kind, ondanks alles.

Ze hoorde helemaal niets, behalve haar eigen gejaagde ademhaling.

Doe normaal, zei ze tegen zichzelf. Voor de zekerheid riep ze Ron nog een keer.

Niemand antwoordde. De stilte werd doorbroken door de beltoon van haar eigen telefoon. Het was, zoals te verwachten, haar moeder.

'En, ben je al bij pa geweest?'

'Ik ben er nu, mam. Kan ik je zo terugbellen?'

Riet snoof. 'Ik begrijp niet waarom je die moeite iedere keer neemt. Ron heeft nooit naar je omgekeken. Nooit. In plaats van dat je wat vaker bij mij op bezoek komt. Maar nee hoor. Wat die ouwe ook doet, altijd blijven jullie voor hem klaarstaan. Wat dat betreft ben je net zo erg als Willem. Jullie...'

Marloes onderbrak haar: 'Ma, ik moet ophangen.'

'Hoezo dan?'

'Daarom.' Ze drukte haar snel weg.

Terwijl ze de trap af liep, besloot ze nooit meer een voet in dit huis te zetten. Ze haatte dit huis, ze haatte Ron, ze haatte Nana, ze haatte Lot, ze haatte alles wat zich in dit huis had afgespeeld. Riet had gelijk, ze kon beter energie in haar moeder steken dan in die ouwe.

Toen ze bijna beneden was, hoorde ze gerommel in de keuken. 'Ron?' riep ze. 'Ben je daar?'

Er werd geen antwoord gegeven. Hij mocht dan een overjarige casanova zijn, doof was hij zeker niet. 'Ron?' riep ze nog wat harder.

Er kwam geen antwoord. Ze meende toch echt gehoord te hebben dat er iemand in de keuken was. Er gingen kastjes open en dicht, er klonken voetstappen. Als het niet haar vader was, wie dan wel? Ze voelde een nerveuze spanning op haar borst. Misschien was dit zo'n geval waar je weleens over las in de krant. Vrouw die op het verkeerde moment op de verkeerde plaats is. Ze keek om zich heen of er iets was wat ze kon gebruiken om zich te verdedigen, mocht het erop aankomen. Het enige wat in aanmerking kwam was een schemerlamp met een massieve bronzen voet. Een wanstaltig ding, peperduur Italiaans antiek, als je Ron moest geloven. Ze haalde de lampenkap eraf zodat alleen het zware deel overbleef.

Ze zou ook gewoon weg kunnen gaan. Waar had Ron Casper het aan verdiend dat ze zich ook maar een seconde druk om hem maakte? Had hij zich ooit druk gemaakt om haar welzijn? De laatste keer dat ze hem had gesproken was alweer vijf dagen geleden. Of ze alsjeblieft het gazon kon laten maaien, want ze 'regelde dat soort dingen altijd zo goed'. Het werd tijd dat ze voor zichzelf koos. Een nieuw leven opbouwde, misschien wel verliefd werd op Andres, die haar sinds hun afspraakje al drie keer had gewhatsappt en die ze de dag erna in zijn atelier zou bezoeken.

Tegen beter weten in opende ze de deur naar de keuken, bronzen voet in de aanslag. 'Hallo?' zei ze weer. 'Is daar iemand?'

Ze zwaaide de deur verder open. Een jong Chinees meisje gilde en liet een pan vallen. Water spatte door de hele keuken. De spetters maakten donkere vlekken op Marloes' broek.

En ondertussen bleef het meisje maar gillen.

Marloes had zin om keihard met haar mee te brullen. Pas toen bedacht ze dat het misschien zou helpen als ze de bronzen voet liet zakken zodat het er niet meer uit zou zien alsof ze ermee zou slaan.

Nog steeds gilde het meisje door. 'Rustig,' zei Marloes. 'Doe nou rustig.'

Ze kon hooguit een jaar of twintig zijn, al was leeftijd bij Oosterse vrouwen erg moeilijk in te schatten. Ze droeg een jurkje waarvan niet duidelijk was of het als bovenkleding of lingerie was bedoeld.

Ze hield maar niet op. Ze klonk als een puppy in doodsnood.

'Stil!' schreeuwde Marloes uiteindelijk zo hard dat het pijn deed aan haar keel.

Dat hielp.

Het meisje stopte met gillen en keek Marloes met grote ogen aan. Een verdwaalde traan gleed naar beneden.

'Waar is Ron?' Marloes probeerde geduld en begrip in haar stem te leggen, terwijl ze eigenlijk wilde zeggen: 'Rot op uit dit huis. Ik heb genoeg van jou en van al je voorgangers.'

'Ron?' herhaalde het meisje verbaasd, alsof ze de naam nog nooit had gehoord.

'Mijn vader.' Omdat het meisje het niet leek te begrijpen, zei Marloes het maar in het Engels: 'My father.'

'Your father?'

Marloes wachtte tot het meisje nog meer zou zeggen, maar dat deed ze niet. 'Who are you?' vroeg ze toen maar.

Het meisje keek haar nogal verward aan.

'Who... are... you?' Duidelijker kon ze het niet maken, maar nog steeds kwam er geen antwoord. Hoe haalde Ron het in zijn hoofd om zo'n jong ding hiernaartoe te halen? Ze beheerste niet eens de taal. Was ze eigenlijk wel meerderjarig?

'Me... Marloes.' Ze wees naar zichzelf. 'My name is Marloes. What is your name?' Ze wees naar het meisje.

'Aaaah,' zei het meisje en ze wees naar haar kokette tietjes. De tepels prikten door de dunne stof van het jurkje. 'Mei Wei.'

'Mei Wei?' reageerde Marloes verbaasd. 'You are Mei Wei?'

'Yeeeees,' zei ze stralend. Ze had de stem van een speelgoedbeest waar je in kon knijpen en waar dan een piepgeluid uitkwam.

'From the internet?' vroeg Marloes. 'You chat with my father, Ron?' En ze dacht erachteraan: diepgaande gesprekken moeten dat geweest zijn.

Weer begreep het meisje haar niet. 'You won soup?' Ze raapte de pan van de grond. 'Me make soup.'

Marloes schudde haar hoofd. 'Where is Ron? The man of this house. Ron?'

'Ron no here.'

'I see that. Maar waar is hij?'

Het meisje haalde haar schouders op en zei iets in het Chinees.

Marloes haalde een pen uit haar handtas en schreef op de achterkant van een van de ongeopende enveloppen die op de keukentafel lagen: *Bel me. Vandaag nog. Marloes.*

'You give this to Ron,' zei ze streng.

Het meisje knikte.

'Bye,' zei Marloes. 'And maybe put on some clothes.'

Laat hem dood zijn. Laat hem in godsnaam dood zijn.

Ik blijf voor de deur staan en haal diep adem. Ik wil dit niet. Ik wil dat het voorbij is. Dat we allemaal verder kunnen met ons leven.

Een geluid uit de kamer.

Een menselijk geluid. Verdomme. Het is Ron Casper. Zijn stem klinkt zwak; hij is niet in staat om woorden te vormen, laat staan zinnen, maar hij is het.

Ik wil naar de uitgang rennen. Maar opgeven is geen optie. Linksom of rechtsom moet ik hier een einde aan zien te maken.

14

Ze hoorde hem al door de gang sloffen. Willem tilde nooit zijn voeten op en dat vond Lot mateloos irritant.

'Willem?' riep ze. Normaal liep hij altijd door zonder haar te groeten, maar dit keer zou hij daar niet mee wegkomen. 'Willem?'

Hij bleef in de deuropening staan. Lot vroeg zich af waarom hij een lange Burberry-jas droeg terwijl het nog steeds warm weer was. Zijn hoofd was rood en opgezwollen en zijn nek was nat van het zweet.

'Waarom weet ik niets over de mogelijke overname?'

Ze zag de ergernis over zijn gezicht trekken. Normaal gaf Willem geen krimp. Het was doorgaans alsof je naar zo'n dik Boeddhabeeld keek, maar ondertussen deed hij van alles en nog wat achter je rug om.

'Moet dat nu?'

Ze keek op haar horloge. Het was halfvijf. Willem ging altijd idioot vroeg naar huis. Een slecht voorbeeld voor het personeel. 'Ja, waarom niet?' zei ze liefjes. 'Of wil je me er misschien over een jaar of twee over vertellen?' Omdat hij niet antwoordde, vroeg Lot: 'Gaat het wel goed met je?'

'Hoezo?'

'Je lijkt geïrriteerd.'

Hij herpakte zich en zette zijn vriendelijke, professionele Willem-gezicht weer op. 'Nee, hoor.'

'Mooi. Vertel me dan eens wat er aan de hand is.'

'Dit soort processen is altijd heel precair. Ik vertel het je liever pas als het wat concreter wordt.'

'Maar ik ben de directeur!' riep Lot uit. 'Je kunt zoiets groots toch niet bij mij vandaan houden?'

'Jij bent de directeur? Heb je dan enig idee wat voor een enorm probleem we hebben door pa's gedrag? Maar in plaats van dat je de moeite neemt om serieus met mij en Marloes naar oplossingen te zoeken, loop je boos weg. En dan wil jij dat ik deze vertrouwelijke informatie met jou deel, terwijl je je telkens als een kind gedraagt?' Het was de eerste keer ooit dat Lot Willem zijn stem hoorde verheffen. 'En dan nog iets. Je weet dat we in zwaar weer zitten, en wat wil jij? Jij wilt slangengif bestellen! Heb je enig idee hoe duur dat spul is? Je lijkt echt precies op pa, weet je dat? Net zo egocentrisch.'

Ze wist niet meer wat ze moest antwoorden. Willem bleef haar maar aankijken met dat opgeblazen hoofd van hem, met ogen die bijna uit hun kassen rolden. Ze voelde zich opeens heel klein worden. Als een kind, ja.

'Sorry,' zei ze toen. Haar stem leek van heel ver weg te komen. 'Sorry.'

Willems blik verzachtte. 'Het is allemaal zo ziek,' zei hij. 'Wíj zijn allemaal verziekt.'

Voordat Lot die dag naar huis ging, poetste ze haar tanden twee keer, spoelde ze haar mond met mondwater en waste ze haar handen met desinfecterende zeep om de drie sigaretten die ze na het gesprek met Willem had gerookt weg te krijgen.

Ruben stond in de keuken spaghetti bolognese te maken. Alleen al vanwege zijn spaghetti zou ze altijd bij hem blijven. Ze mocht hem niet verliezen. Zonder hem was ze niemand. Had ze niemand. Ze moest zich inhouden om zich niet als een drenkeling aan hem vast te klampen.

Ze ging achter hem staan en gaf hem een kus in zijn nek.

'Je ruikt naar rook,' zei hij, terwijl hij onverstoorbaar in de pan bleef roeren.

Lot liet hem meteen los en zette een stap achteruit. 'Ik stond nog even met Herman te praten. Ongelofelijk hoe hardnekkig die geur is. Hoe hebben de kinderen het gehad?'

'Goed. Ik denk alleen niet dat ze nog honger hebben. Ze kregen aan het einde een suikerspin.'

'Walgelijk,' zei Lot. Ze was al helemaal vergeten dat de kinderen een feestje hadden gehad.

'Zeg dat wel,' zei Ruben.

Na het eten ruimde hij de tafel af, deed de vaat in de vaatwasser en veegde het aanrecht schoon. Ondertussen deed Lot de tweeling in bad. De kinderen waren doodmoe en vervelend, niet heel anders dan zij zich zelf voelde. Ze vroeg zich af waarom ouders elkaar straffen met het organiseren van dit soort pedagogisch onverantwoorde evenementen die kinderen zich later toch niet meer zouden herinneren. Gelukkig nam Ruben de meeste feestjes op zich, net als de kleutergym. Haar tegenprestatie was dat hij de zaterdagen voor zichzelf had, die zij met de moed der wanhoop doorbracht in speelparadijzen, dierentuinen en pannenkoekenboerderijen. Ze had hem nooit durven vertellen hoe opgelucht ze altijd was als hij thuiskwam.

'Ik heb honger,' zei Elias op uitdagende toon.

'Maar we hebben net gegeten.'

'Dat vond ik vies.'

'Morgen is er weer een dag.' Lot probeerde warmte in haar stem te leggen, al was dat erg veel gevraagd voor dit moment. 'Nu zit je lekker in bad en straks ga je slapen.'

Elias begon te huilen. Omdat hij maar niet wilde stoppen, tilde ze hem uit bad en droogde hem af. Met de handdoek om hem heen bleef hij midden in de badkamer door huilen, terwijl Lot Lily ook maar uit bad haalde.

'Zal ik hem even in bed stoppen?' Ruben was haastig de badkamer binnengelopen. Hij pakte Elias op, die zich meteen tevreden tegen zijn vader aan nestelde. Zo stonden Ruben en Lot even in de badkamer, ieder met een kind in hun armen.

'Je bent echt een goede vader,' zei ze.

'Waar komt dat nou opeens vandaan?'

'Omdat het zo is. Je bent een goede vader en een geweldige man.'

Ruben voelde zich zichtbaar ongemakkelijk. 'Nou, dank je wel dan.'

Nadat ze de kinderen naar bed hadden gebracht, zei hij: 'Ik denk dat ik nog even met de hond naar het strand ga.'

Lot probeerde hem te peilen. Zou zij daar ook zijn? Zou hij deze tijd alleen willen gebruiken om met haar te bellen? Of wilde hij naar het strand om alleen te zijn, om bij de ondergaande zon weg te kunnen dromen als in een sentimentele film? Ze had niet meer de gelegenheid gehad om zijn telefoon te checken. Slingerde het ding vroeger door het hele huis, nu nam Ruben hem zelfs mee naar de wc.

Ze dwong zichzelf om rustig te blijven. Het slim te spelen. 'Zal ik met je meegaan?' vroeg ze. 'Ik kan wel wat frisse lucht gebruiken.'

Als de suggestie hem ongemakkelijk maakte, wist hij dat goed te verbergen. 'En de kinderen dan?'

'We kunnen de babyfoon toch even bij de buurvrouw neerzetten?'

'Om heel eerlijk te zijn ga ik liever alleen. Ik heb vanochtend gewerkt en ben de hele middag met de kinderen op dat stomme feestje geweest. Ik snak naar wat tijd voor mezelf.'

Lot spande zich in om niet al te gekwetst te kijken. 'Natuurlijk,' zei ze toen. 'Ik snap het.'

De hond stond al om hem heen te springen. Sherlock was een vreemde mix van cockerspaniël en labrador, en soms zou je denken dat er ook een baviaan aan te pas was gekomen. Niet echt een hond waarmee je indruk maakt op het andere geslacht. Of misschien juist wel.

'Hoe weet dat beest nou weer dat we uitgaan?' vroeg Ruben. Hij leek blij met de afleiding. Hij boog voorover en aaide Sherlock over zijn hoofd. 'Ga je mee, ouwe boef?' Hij gebruikte de enthousiaste hondenbezitterstoon die hij ook wel tegen de kinderen hanteerde. 'Ga je mee?'

Hij gaf Lot een geroutineerde kus, zo half op haar mond.

'Wat is nou de echte reden dat je niet wilt dat ik meega?' vroeg ze, nu op een fellere toon.

'Dat heb ik net toch al gezegd?' Hij keek op zijn horloge. 'Ik ben zo terug. Laat me nou even.'

Toen hij weg was, stak ze een sigaret op, weer op het bankje in de tuin. Ze inhaleerde diep. De lucht was behoorlijk afgekoeld. Na de eerste paar trekken kreeg ze al kippenvel, maar ze kon het niet opbrengen om naar binnen te lopen om een vest te pakken. Dus bleef ze zitten, starend naar de hortensia's die in volle bloei stonden. Koud en, al wilde ze dat niet toegeven, wanhopig.

Ze vroeg zich af wat Ruben op dit moment aan het doen was. Zou hij naast haar lopen op het strand, als een jong verliefd stel uit een romantische film? De honden uitgelaten voor hen uit rennend, alsof ze één grote, gelukkige roedel waren.

Lot voelde een branderig gevoel in haar slokdarm opkomen. Als ze verstandig was, zou ze nu voor afleiding zorgen. Nog even wat werken. Of Ron proberen te bellen. Televisiekijken. Iets. Maar in plaats daarvan belde ze Ruben. Ze zou hem vragen of hij een ijsje voor haar mee wilde nemen. Tampons wellicht. Iets wat ze per se nú moest hebben.

Ze haalde een paar keer diep adem terwijl zijn telefoon overging. Haar hartslag hoog in de borst. Ze was nooit deze vrouw geweest. Ze herkende zichzelf niet. Maar wat moest ze anders?

De telefoon schakelde over op voicemail. Hij hoort de beltoon niet, probeerde ze zich voor te houden. Hoe moet hij dat ding horen op een strand waar het waait en waar honden blaffen?

Ze liet de telefoon opnieuw overgaan, met hetzelfde resultaat. Haar hartslag was inmiddels zo hoog dat ze er duizelig van werd.

Ze stond op en liep het huis binnen. Ik moet het weten, dacht ze toen. Ik kan hier niet lijdzaam zitten afwachten. Ik moet het met eigen ogen zien om het te kunnen geloven.

Ze liep de trap op om bij de kinderen te kijken. Beiden lagen diep te slapen. Lily met haar mond halfopen, Elias met zijn arm om zijn knuffelbeer geslagen. Het zag er niet naar uit dat ze wakker zouden worden. Ze kon best even weg.

'Doe normaal, trut,' zei ze hardop. 'Ben je helemaal gek geworden?'

Maar toen ze beneden was, kon ze de drang alsnog niet weerstaan om opnieuw Rubens telefoon te laten overgaan. Weer werd er niet opgenomen. Toen nam ze het besluit. Ze zou naar de strandopgang fietsen. Alleen maar om te kijken of zijn fiets er stond. Ze zou hooguit tien minuten weg zijn. Niemand zou het merken.

Ze moest snel zijn. Ze rende naar de schuur, haalde haar fiets eruit. Nog een laatste keer bleef ze staan in een poging tot bezinning te komen. Maar het leek of het al besloten was. Ratio speelde geen enkele rol meer. Ze fietste als een bezetene naar de strandopgang. Wat zou ze doen als ze Ruben tegenkwam? Hoe moest ze verklaren dat ze hem al die keren had gebeld en nu de kinderen alleen had gelaten? Wat zou ze doen als ze hem met Yo betrapte? Zou ze schreeuwen, hem slaan of juist koelbloedig blijven? Maar bij ieder scenario dat in haar opkwam, zag ze zichzelf verliezen.

Nog steeds kon ze geen enkele steekhoudende reden voor haar actie bedenken. Bij iedere meter die ze verder fietste, voelde ze zich kleiner worden. Een hysterische vrouw, en een slechte moeder bovendien. Toch fietste ze door.

De zon hing inmiddels laag aan de hemel. Ze had het nog kouder gekregen in haar dunne topje. Je bent gek, zei ze tegen zichzelf. Je bent aan het doordraaien. Geen wonder dat Ruben naar een andere vrouw verlangt.

Een groepje tieners fietste in tegengestelde richting voorbij. Bruinverbrande, mooie jongeren die op luide toon met elkaar aan het praten en lachen waren. Daardoor voelde ze zich nog belachelijker.

Bij de afslag naar de strandopgang bleef ze staan. Het was maar een smal pad dat naar de staanders waar je je fiets tegenaan kon zetten leidde. Als Ruben net op dat moment onderweg zou zijn naar huis, zou ze zich nergens kunnen verbergen. Ze zou keihard door de mand vallen. Stel dat dat Ruben was geweest, dacht ze toen er iemand voorbijkwam. Stel je voor. Hoe ontzettend dom. Als je dit wilt verliezen, moet je vooral zo doorgaan. Ze draaide zich om en fietste de terugweg nog sneller dan de heenweg.

Thuis liep ze eerst naar de slaapkamer van de kinderen. Ze keek naar hun onschuldige gezichtjes en vroeg zich af wat haar had bezield. Ze dacht aan alle jaren dat zij en Ruben al bij elkaar waren. Oké, misschien vlogen de vonken er niet vanaf, misschien voerden ze niet meer tot vier uur in de ochtend diepzinnige gesprekken over het leven, als ze dat al ooit hadden gedaan. Maar hadden ze niet een harmonieuze relatie waarin de taken goed waren verdeeld? Betekende dat dan helemaal niets? Dat gedoe met Yo zou vanzelf overgaan. Nu was het nog even leuk en spannend, maar uiteindelijk zou Ruben kiezen voor zijn gezin. Dat deden al die mannen toch uiteindelijk? Ze moest sterk zijn. Verstand op nul, ontspannen en loslaten.

Een halfuur later hoorde ze het tuinhek opengaan. Ze waste snel haar handen voor de zoveelste keer, nam een kauwgompje en drapeerde zichzelf op de bank met een boek. Ze hoopte dat ze er ontspannen uit zou zien, ondanks haar gejaagde ademhaling en de gespannen trek om haar mond. Rustig ademen, zei ze tegen zichzelf. Adem diep in, adem langzaam uit.

Even later rende Sherlock de kamer binnen. 'Dag jongen!' hoorde ze zichzelf op overdreven toon zeggen. 'Heb je lekker gerend?'

'Die heeft zeker lekker gerend,' zei Ruben.

Ze keek hem aan. Hij zag er knap uit zo. Zijn haar wat verwaaid, blozende wangen. Ze kon zich voorstellen dat vrouwen naar hem keken. 'Was het druk op het strand?'

'Viel wel mee,' zei hij. 'Wat kijk je vreemd. Is er iets?'

'Nee, niets,' zei ze te snel.

'Weet je dat zeker?'

'Ja.' Ze sprong overeind. 'Zullen we een wijntje drinken?'

'Op een doordeweekse dag?'

'Maar misschien wel een van de laatste warme zomerdagen.'

'Ik heb eerlijk gezegd niet zoveel zin in wijn. Maar neem jij gerust, als je wilt.'

Hij liep de kamer uit. Blijkbaar had hij geen flauw idee hoezeer hij haar daarmee kwetste. Waarom zou hij niet gewoon tijd met haar willen doorbrengen?

Ze had het liefst weer een sigaret gerookt, maar dat was nu geen optie. Dus zette ze de televisie aan en staarde naar het scherm zonder iets te zien.

De tijd dringt. Het is een kwestie van dagen, uren voordat iemand alarm slaat. Nu al beginnen mensen vragen te stellen. Ron Casper was niet de betrouwbaarste persoon op deze planeet, maar nooit eerder was hij zo lang weg zonder duidelijke reden.

Ik steek de sleutel in het slot, maar aarzel. Ik heb hem niet vastgebonden. Wat als hij achter de deur staat? Rustig nou, zeg ik tegen mezelf. Doe normaal.

Ik denk aan de stoel in de hoek van de kamer. Zou hij me daarmee kunnen aanvallen?

Ik druk mijn oor tegen de deur en luister scherp. Het is stil.

Laat hem dood zijn. Laat hem alsjeblieft dood zijn.

Ik doe de deur open. Langzaam. Ik blijf de hele tijd staan, tot mijn ogen aan het halfduister zijn gewend en ik de contouren van de matras zie.

Hij ligt er nog. En hij stinkt.

Ik blijf luisteren.

Geen geluid. Het is nog steeds stil.

Met dichtgeknepen neus nader ik de matras.

Ron heeft zijn ogen gesloten. Er straalt zoveel rust van hem af dat ik tranen voel opwellen. Ik realiseer me dat ik ook liefde voor hem heb gevoeld. Zelden zijn gevoelens eendimensionaal. We houden van degene die we haten, we haten degene van wie we houden.

'Dit was het,' zeg ik hardop. 'Het is voorbij.'

Ik strek mijn hand uit om zijn halsslagader te voelen. Om zeker te weten dat hij dood is.

Mijn hand raakt bezweet vlees. Hij is nog warm.
Dan doet Ron Casper zijn ogen open en kijkt me strak aan.
Ik schreeuw en deins achteruit.
Fokking hell, wat nu? Wat moet ik nu doen?

VRIJDAG

15

Controle, Willem, controle.

Uiterlijk was hij dezelfde, maar inwendig beefde hij als zo'n klein kuthondje. Wat die trut van een Mirjam hem had geflikt was toch in iedere andere branche ondenkbaar geweest? Stel dat hij tegen zijn klanten zou zeggen: 'Sorry, maar we houden er per direct mee op. Zoek het lekker uit met je puisten. Of je rimpels.'

Zoiets deed je natuurlijk niet. Al gebeurde het andersom wel. Drogisterijen die al jaren vaste afnemers waren, plaatsten opeens geen orders meer. En als je belde, vertelden ze doodleuk dat Casper Cosmetics had plaatsgemaakt voor een ander merk. 'We moeten met onze tijd mee,' zeiden ze dan bij wijze van uitleg, zich niet realiserend dat ze het daarmee alleen maar erger maakten. Willem wist heus wel dat het tijd werd dat het bedrijf met iets nieuws kwam, maar hij had een hard hoofd in zowel het feromonengedoe van zijn pa als dat slangengifding van Lot. Dat beiden honderd procent overtuigd waren van hun gelijk en niet voor rede vatbaar, maakte het er niet beter op.

Hij had er onlangs nog een hele discussie over gevoerd met Ron.

'Ik heb een ongekende doorbraak gerealiseerd! Je zult hiervan steil achteroverslaan.' Ron Casper was Willems kantoor binnengestapt en gewoon begonnen met praten, terwijl Willem overduidelijk midden in een e-mail zat. Hij was maar halverwege de zin gestopt en had naar Ron opgekeken, wetende dat die toch niet op zijn beurt zou wachten.

'Ik praat hier over baanbrekende wetenschap.'

Willem vroeg zich af welke baanbrekende wetenschappelijke ontdekking de man in een bordeel gedaan kon hebben, want de afschriften van de laatste paar weken hadden er niet om gelogen. Hij probeerde niet al te geërgerd te kijken, al stootte werkelijk alles aan Ron Casper hem af. Het donkerbruin geverfde haar, het feit dat hij nog altijd drie keer per week naar de sportschool ging, de aanstellerige Italiaanse zijden dassen...

'Luister goed, Willem. Ik hoef jou niet uit te leggen dat onze verkoopcijfers dramatisch dalen. Ieder zichzelf respecterend cosmeticamerk heeft al groene thee... gehád. Het is voorbij. Niemand raakt nog opgewonden van groene thee.'

Willem knikte maar, als een mak schaap.

'Waar ik de afgelopen paar maanden in het geheim aan heb gewerkt, is werkelijk innovatief. Iets waarmee we gegarandeerd de internationale pers gaan halen.'

'Viagra bestaat al twintig jaar, hoor.'

'Daar heb ik het toch niet over?'

'Wat kun jij dan in vredesnaam aan research in een bordeel hebben gedaan?' Hij was niet van plan geweest iets te zeggen, maar had het toen toch maar gedaan.

'Willem toch.' Ron zette met een plechtig gezicht zijn handpalmen tegen elkaar. 'Eerst luisteren, dan pas commentaar geven. Zoals ik al zei: de concurrentie is groot. We kunnen het niet meer bijbenen, dus zullen we met iets werkelijk unieks moeten komen. Een nichemarkt aanboren. Wij gaan in de feromonen.'

Willem was te verbijsterd geweest om iets te zeggen.

Ron Casper negeerde bewust de gelaatsuitdrukking van zijn zoon of was zich er totaal niet van bewust, zoals hij zich er nooit van bewust leek hoe ook maar iemand zich voelde, en praatte enthousiast verder. 'Ik heb contact met een laboratorium dat erin is geslaagd om menselijke seksferomonen te extraheren. We gaan voor mannen een crème ontwikkelen met deze lokstof. Niet alleen zie je er beter uit, je voelt je beter én de vrouwtjes vallen als een blok voor je.'

Willem betrapte zichzelf erop dat zijn mond openstond.

'Het wordt een hit. Nog spectaculairder dan destijds mijn antiacnelotion.'

Ron wilde alweer weglopen. Het was Willem allang duidelijk dat zijn mening er niet toe deed, en toch was hij er nog steeds niet in geslaagd zijn verwachtingspatroon hierop aan te passen. Voor de zoveelste keer vroeg hij zich af waarom Ron hem financieel directeur had gemaakt, als hij niet van plan was naar hem te luisteren. Deze keer zou hij het niet over zijn kant laten gaan.

'Wacht even. Nog nooit van Axe gehoord? Zij voeren al jaren campagne dat vrouwen wild worden van hun product.'

Ron draaide zich om en wierp hem een geërgerde blik toe. 'Ik zal deze opmerking maar even negeren. Jij zou toch het verschil moeten weten tussen werkzame stoffen en marketing. Axe roept maar wat. Dit is echt.'

'Dan nog: je hebt me nog steeds niet uitgelegd wat je in die bordelen te zoeken had.'

'Zo dom ben je toch niet? Ik heb de verschillende feromonen getest. En waar kun je beter de reacties van vrouwen peilen dan in een professionele omgeving?'

Willem kon gewoon niet geloven wat hij hoorde. 'Ron, die vrouwen worden betaald om jou aantrekkelijk te vinden. Correctie: om te doen alsof ze jou aantrekkelijk vinden.'

'Ik verwacht niet dat een burgerman als jij dit zal begrijpen. Maar evengoed zal ik het proberen uit te leggen: dat soort vrouwtjes zijn experts op mannengebied. Zij hebben niet die valse schaamte of drempels van zogenaamd fatsoen. Ik had nergens beter kunnen researchen. En geloof me dat ik mijn research grondig heb aangepakt.' Hij knipoogde.

'Dus jij denkt echt dat die vrouwen jou aantrekkelijk vinden? Omdat je die zooi hebt opgesmeerd?'

'Dat heb ik aan den lijve mogen ondervinden.'

Willem keek goed naar zijn gezicht omdat hij tegen beter weten in hoopte dat Ron een grap maakte. Maar hij was serieus. Bloedserieus.

'Kom op, dit geloof je toch zelf niet. Die feromonenlotion, tja, we kunnen het overwegen. Maar nadat jij de afgelopen drie maanden een kleine ton hebt gespendeerd aan hoeren, is iedere kans op winstgevendheid uitgesloten. Heb je enig idee hoeveel potjes crème we moeten verkopen voor we dat ooit hebben terugverdiend?'

'Een kleine ton lijkt me wat overdreven. En bovendien kost productontwikkeling nou eenmaal geld.'

'Dat is toch echt iets anders dan geld over de balk smijten bij bordelen.'

'Was je nou maar niet zo kleingeestig. Je bent precies je moeder.'

Willem kreeg zin om Ron Casper op zijn bek te slaan. Het duurde even voordat het hem lukte om dat weg te drukken en hij kon zeggen: 'Dit heeft niet met kleingeestigheid te maken, maar met gezond zakelijk verstand.'

'Jij hoeft mij niets te vertellen over zakelijk verstand. Wie heeft dit bedrijf opgebouwd? Dacht je dat me dat was gelukt als ik geen zakelijk verstand had gehad?'

'Ron, luister. Er werken hier vijfentwintig mensen, sommigen al jaren. We zijn verantwoordelijk voor hen. Het gaat niet goed met de zaak, hoor je me? We gaan allemaal kapot. Als jij zo doorgaat, weet ik volgende maand al niet meer hoe ik de salarissen moet uitbetalen, en vanaf dat moment kan het hard gaan. Straks moet jij je huis verkopen, moet ik mijn huis verkopen, moet Lot haar huis verkopen... En dat allemaal omdat jij geen controle hebt over jezelf.' Hij merkte dat hij steeds harder was gaan praten.

Op dat moment was Herman langsgelopen en had ongerust naar binnen gekeken. 'Kan ik helpen?' vroeg hij.

'Loop door,' snauwde Ron. 'Dit is een familieaangelegenheid.'

Herman maakte een afwerend gebaar. 'Wat jij wilt, Ron.'

Willem keek naar het gezicht van zijn vader, die het geen enkel probleem leek te vinden dat hij zijn trouwste medewerker had afgebekt. 'Wat ben jij een klootzak,' zei Willem. Het was de eerste keer dat hij ooit zoiets tegen Ron zei. 'Een echte klootzak.'

'Vind je? Waarom neem je dan geen ontslag? Ik hou je niet tegen,' zei Ron met een valse glimlach.

Weer voelde Willem de impuls om hem op zijn bek te slaan. Hij was zeker een halve kop groter dan zijn vader en woog anderhalf keer zoveel. Hij zou hem zo tegen de grond kunnen slaan en dan op hem intrappen en trappen en trappen totdat die vuile grijns van zijn bek verdwenen zou zijn.

Maar toen dacht hij aan Hanneke, aan zijn hypotheek en aan Miriana, van wie hij toen nog niet wist dat ze eigenlijk Mirjam heette en ermee ging stoppen. Controle. 'Ik wil dat je weggaat,' had hij toen heel rustig gezegd. Hij was trots geweest op zijn zelfbeheersing.

Willem bedacht dat hij Ron sinds deze discussie al een week niet meer had gezien. Nu kwam hij wel vaker een tijd niet opdagen, maar Willem kon zich niet herinneren dat hij ooit zo lang niets van zich had laten horen.

Hij ging achter zijn computer zitten om de creditcardafschriften van Ron Casper te bekijken. Hij had hem al honderd keer uitgelegd dat hij de kaart alleen voor zakelijke doeleinden mocht gebruiken, maar daar trok die ouwe zich niets van aan. Willem moest nu iedere maand door al zijn uitgaven heen om te kijken welke nog met goed fatsoen op de zaak gezet konden worden. De rest trok hij dan af van Rons salaris (dat overigens het dubbele was van het zijne). Het deel dat dan nog openstond boekte hij af als privéschuld van Ron aan de firma. Op papier was het allemaal nog wel recht te zetten, maar ondertussen werd hun liquiditeitsprobleem groter en groter. Ron had geklaagd dat hij op deze manier geen geld overhield. 'Het is míjn zaak, Willem,' zei hij dan. 'Míjn zaak. Als ik dood ben, mag je doen wat je wilt, maar tot die tijd run ik hier de show en geef ik zoveel geld uit als ik wil. Ik heb er per slot van rekening hard voor gewerkt.'

'Maar er ís geen geld meer, Ron,' had Willem hem keer op keer uitgelegd.

'Dan máák je maar geld,' antwoordde zijn vader dan.

Willem logde in. De laatste uitgave die Ron had gedaan was alweer een paar dagen geleden. Grappig, dacht hij: terwijl wij zaten te bedenken hoe we hem dement moesten laten verklaren, zat die ouwe uitgebreid te dineren bij een sterrenrestaurant. Voor vierhonderdachtendertig euro aan liflafjes weggevroten. Alsof het niets was.

Hij keek naar Rons uitgavenpatroon in de dagen ervoor. Op vrijdagavond, enkele uren na hun discussie over feromonen, was de man gewoon weer vrolijk naar de hoeren gegaan. Champagne Lounge: driehonderdvijfenzestig euro. Zaterdag overdag had hij nog vijfenzeventig euro besteed aan online chatten. Verder had hij geld uitgegeven aan zaken als benzine, boodschappen bij de Albert Heijn en een kleine honderd euro bij de Bijenkorf.

Eén ding was duidelijk. Ron Casper gebruikte die creditcard voor bijna alles. Het was toch wel heel vreemd dat er nu al een paar dagen geen afboekingen waren.

'Willem?'

Lot was zijn kamer binnengekomen. Wat dat betreft was ze net Ron: nooit kloppen, nooit vragen of het schikte. Nee, gewoon binnenvallen op het moment dat hun dat uitkwam. Ze stond half in de deuropening, gekleed in een vormeloze outfit in een vaalgrijze kleur. Totaal geen gevoel voor stijl, daarin was ze dan wel heel anders dan pa. Per se directeur willen zijn, maar zich ernaar kleden, ho maar.

'Ik heb nog eens nagedacht na ons gesprek. Over wat we met Ron moeten.'

'Dat is grappig. Ik wilde het ook met jou over pa hebben. Kom eens kijken.' Hij toonde haar de creditcardafschriften.

Ze keek er vluchtig naar. 'Champagne Lounge?' vroeg ze. 'Bedoel je te zeggen dat hij nog steeds naar de hoeren gaat?'

'Ja, maar nee, dat bedoel ik niet. Kijk eens naar de data.'

'En?'

Je zou af en toe niet zeggen dat zij anderhalve academische opleiding heeft gedaan, dacht Willem, terwijl hij een gezicht trok alsof hij alle tijd van de wereld had. 'De data, Lot.'

'Hij heeft al drie dagen zijn kaart niet gebruikt? Bedoel je dat? Nou, dat is goed nieuws. Misschien gaan we dan toch niet met z'n allen failliet.'

'Vind jij het niet raar?'

'Ja, misschien wel.'

Ze keken elkaar even aan. 'Moeten we hier wat mee?' vroeg Willem. Voor het eerst had hij het gevoel dat ze echt familie van elkaar waren. Hij besefte dat hij haar al die tijd daarvoor als een indringer had gezien. Iets waar je nooit van afkomt en waar je daarom maar mee leert leven.

Maar toen haalde ze haar schouders op. 'Weet je wat? Hij doet maar. Ik ben er klaar mee om me druk te moeten maken over pa. Het enige wat ik wil, is mijn lijn opzetten.'

Wat ben jij een trut, dacht Willem. 'Misschien is hij wel dood,' zei hij. 'Of ligt hij ziek in z'n huis. En jij denkt alleen maar aan jouw slangengifgedoe?'

'Het is geen gedoe. Ik ben bezig met baanbrekende research. Een crème die beter is dan een combinatie van botox en fillers. Ik ben al heel ver met het toepassen van veilige doseringen slangengif.'

Ze klonk exact hetzelfde als Ron toen hij losging over zijn feromonenverhaal. Met dezelfde gezichtsuitdrukking. Felle ogen met een kaarsrechte neus en zo'n minachtende smalle mond eronder.

'Maar wat de crème pas echt bijzonder maakt, is dat we ook hyaluronzuur gebruiken met een ongekend hoge penetratiegraad,' ging Lot onverstoorbaar verder. 'De eerste resultaten zijn ongelofelijk. Dus aan de ene kant leg je de huid plat en aan de andere kant vul je bestaande lijntjes op.'

'Denk je niet dat alle grote merken al op dit soort producten zitten? Wees realistisch, Lot: wij kunnen nooit met grote laboratoria concurreren. Het geld dat jij wilt investeren, gaan we nooit terugverdienen.'

'En met een feromonenlotion wel, denk je?' Ze spuugde de woorden uit.

'Er is altijd een markt van mannen die meer seks willen,' zei Willem, niet omdat hij het meende, maar vooral om haar kwaad te maken.

Ze keek hem nog even woedend aan en liep toen zijn kamer uit.

God, wat was dat mens vermoeiend.

De stank is nóg erger geworden. Ik heb hem een paar uur alleen gelaten in de hoop dat hij eindelijk vertrekt.

Maar nog voor ik naast de matras sta, hoor ik hem kreunen. Hij heeft zijn ogen open en kijkt me aan als een verbaasd kind. Zijn lichaam lijkt gekrompen. Weer kreunt hij.

'Waarom leef je nog, Ron?' vraag ik hem. 'Waarom ga je niet gewoon dood? Waarom laat je niet los?'

Hij lijkt iets te willen zeggen, maar er komt niets. Hij opent en sluit zijn mond als een vis op het droge. Zijn lippen zijn gebarsten en er zit opgedroogd vuil onder zijn neus. Ik druk een gevoel van medelijden weg.

Dan zie ik een natte plek naast zijn hoofd. Even denk ik dat het bloed is. Of kwijl. Ik haal mijn vinger over de matras en kom uit bij een natte muur. Ik kijk omhoog. Er zit een vochtplek in het plafond, waaruit water langs de muur naar beneden loopt.

Ron kon al die tijd zijn hoofd opzij draaien en aan de muur likken om vocht binnen te krijgen.

Hoe kan hij verdomme zoveel geluk hebben?

Ik hoor een zacht gebrom van boven komen. Natuurlijk, het kantoor boven ons. Het enige kantoor waar nog mensen zitten in dit hele fucking pand. En uitgerekend zij hebben een lekkende airco.

Verdomme.

Al die tijd zit Ron Casper me aan te kijken met die verbaasde blik. Weer maakt hij geluid. Een zwaar, raspend geluid. Een van zijn handen wordt opgetild en blijft trillerig hangen op zo'n tien centimeter boven de matras. Hij wil me aanraken. Hij wil contact.

Ik kan het niet meer aanzien.

16

Marloes was die ochtend uit zichzelf om acht uur wakker geworden. Ze kon zich geen dag herinneren waarop ze zo vroeg was opgestaan sinds Sanne het huis had verlaten. Toen Harm-Jan nog leefde, stond ze altijd tegelijk met hem op om koffie te zetten en om brood te smeren voor hem en Sanne. Harm-Jan at altijd trouw wat ze voor hem klaarmaakte. Maar het broodtrommeltje van haar dochter vond ze meestal onaangeroerd terug. Ze had wat bij de supermarkt gehaald met vriendinnen, zei Sanne dan. Toch bleef Marloes iedere dag haar lunch bereiden.

Vandaag had ze bijna hetzelfde gevoel als vroeger. Het gevoel dat ze aan de slag moest. Dat de wereld op haar wachtte. Of beter: dat Andres op haar wachtte.

Drieëntwintig paar voeten. Omdat Andres naar het keukentje was, was Marloes ze maar gaan tellen. Aan de muren van het atelier hingen drieëntwintig schilderijen van voeten.

Ze keek naar de voeten van een vrouw die overduidelijk op een podium stond voor een groot publiek, sterk en uitdagend. Voeten van een balletdanseres, elegant en licht. Voeten die in een yogapose tegen elkaar aan waren gedrukt, spiritueel en mysterieus. Voeten die eruitzagen alsof ze een lange weg hadden afgelegd. Vermoeid, kwetsbaar. Het was niet meer nodig om de eigenaar te zien. De voeten vertelden het hele verhaal.

Zou hij seks hebben gehad met deze vrouwen, vroeg Marloes zich af. De schilderijen hadden iets erotisch, al kon ze niet benoemen waarom. Ongetwijfeld had hij ook al een idee voor haar voeten in zijn hoofd. Hoe zou hij haar zien? Als de gepassioneerde vrouw die nog tot volle bloei moest komen? Het klonk vreselijk cliché, maar ook opwindend, moest ze bekennen.

Ze had zichzelf nooit als een spannende vrouw ervaren. Wel als een goede vrouw. Een lieve vrouw. En toen ze jonger was een redelijk aantrekkelijke vrouw. Maar blijkbaar zag Andres iets in haar wat anderen nooit hadden gezien.

'Vind je het wat?' vroeg Andres. Hij drukte haar een glas wijn in de handen. 'Ik heb overigens niet altijd voeten geschilderd. Hiervoor zat ik in de navels. En daarvoor in de sleutelbeenderen.'

'Een hele geruststelling,' zei Marloes. 'Hoeveel ga je er nog maken?'

'Geen idee. Misschien nog wel honderd. Misschien alleen nog de jouwe. Ik ga door tot het me verveelt. Dan stop ik en wacht ik tot er iets anders komt.'

'O.' Ze wist opeens niet meer wat ze moest zeggen. Ze nam nog maar een keer de ruimte in zich op. Een oude fabriekshal van een kleine tweehonderd vierkante meter met een plafond van zeker zes meter hoog. In de hoek stonden ongebruikte doeken en een eindeloze hoeveelheid potten met verf. In het midden van de ruimte stonden twee megalomane chesterfields met een salontafel ertussenin. Er zaten nogal wat kringen in het hout, van eerdere wijnavonden, vermoedde Marloes.

'Kijk eens naar dit paar.' Andres wees een van zijn schilderijen aan. 'Kijk naar die voeten. Wat vertellen ze je? Of zeg liever, wat vertellen deze zesentwintig botjes, drieëndertig gewrichten en honderdzeven banden je?'

Marloes keek naar het schilderij en probeerde iets intelligents te bedenken. 'Eh, het zijn de voeten van een jong meisje,' zei ze toen maar. 'Ergens in de twintig.'

'Heel goed,' zei Andres. 'En wat zie je nog meer?'

Het waren mooie, gelijkmatige voeten. Je zou er een liniaal langs kunnen leggen. 'Ze is erg ordelijk. Ze houdt ervan als alles duidelijk en overzichtelijk is.'

'Zie je?' zei Andres. 'Het is eigenlijk veel makkelijker dan je zou denken.'

'En die sleutelbeenderen en navels dan? Kan je die ook lezen?'

Hij schoot in de lach. 'Die vond ik gewoon mooi.'

Ze lachte met hem mee. 'Had gekund, toch? Misschien zeggen al onze lichaamsdelen wel iets over ons karakter, alleen weten we nog niet wat en hoe.'

'Dat zou goed kunnen. Als jij daar nou eens een studie naar begint. Wat dacht je bijvoorbeeld van ellebogen? Laat je duizend mensen een karaktertest doen en neem je bij iedereen een foto van de elleboog. Vervolgens leg je alle resultaten naast elkaar en kijk je of er overeenkomsten zijn tussen bepaalde eigenschappen en de vorm en belijning van de elleboog.'

'Ik ga er meteen mee aan de slag.'

Hij keek haar onderzoekend aan en nam een slok wijn. Hij had zijn glas alweer bijna leeg. Een gulzige man. 'Je bent niet echt gelukkig, hè?'

'Hoe kom je daar nou bij?' vroeg Marloes. 'Of zie je dat ook aan mijn voeten?'

Hij lachte niet om haar grap. 'Ik denk dat je niet half weet hoe bijzonder je bent. Heeft iemand dat weleens tegen je gezegd?'

Mensen denken allemaal dat ze bijzonder zijn, dacht Marloes. Mensen denken allemaal dat ze mensenkennis hebben. Mensen denken allemaal dat ze sterk zijn. En mensen denken allemaal dat ze humor hebben. Het enige wat je hoeft te doen om iemand te vleien, is een van bovenstaande eigenschappen bevestigen. De woorden van Ron Casper.

'Jij weet echt precies wat vrouwen willen horen, hè?'

'Hoe bedoel je dat?'

'Je maakt de hele tijd exact de goede opmerkingen. Zoals bij onze ontmoeting. Toen zei je dat ik mooi was. Dat ik gepassioneerd was. En nu weer dat ik bijzonder ben. Maar weet je wat het is? Jij en ik weten allebei dat dat allemaal niet het geval is. Ik ben gewoon een wat oudere vrouw, van negenenveertig by the way, niet vierenveertig, en ik ben best aardig en echt niet lelijk en ook niet dom, maar alle eigenschappen die jij mij toedicht, zijn volstrekt overtrokken. Denk je nou echt dat ik dat niet doorheb? Dus bespaar jezelf de moeite.'

Hij keek haar een moment verbijsterd aan en schoot toen in de lach. 'Ben jij negenenveertig?'

'Ja,' zei ze nukkig. 'Ik ben negenenveertig. En over een paar maanden word ik vijftig.'

'So what? Ik ben vijfenvijftig.'

'Dus jij hebt ook gelogen in je profiel?'

'Sorry.' Hij grijnsde en stak zijn handen verontschuldigend de lucht in. 'Mag ik overigens zeggen dat jij er echt uitziet als vierenveertig? Nog wel jonger zelfs. Ik zou je schatten op... tweeënveertig.'

'Hou daarmee op.'

'Met wat?'

'Met dat geslijm. Denk je dat ik dat niet doorzie? Je bent net als mijn vader. Die is zesenzeventig en denkt nog steeds dat hij een casanova is die alle vrouwen dwangmatig moet inpalmen.'

'Maar wat als ik je echt bijzonder en mooi vind en echt vind dat je eruitziet als vier... ik bedoel tweeënveertig?'

Ze moest lachen. 'Jij bent echt niet te doen.' Marloes leegde in een grote slok haar glas. 'Schenk me nog maar een keer bij dan.'

Hij kwam terug met twee flessen wijn, de witte voor haar en de rode voor hem. Ondertussen was ze op de bank gaan zitten. Het leer voelde zacht en verweerd aan haar blote benen. Haar jurk was wat omhoog gekropen tot halverwege haar dij. Ze registreerde het, maar had geen zin om het te corrigeren.

Hij ging op de bank tegenover haar zitten en vulde haar glas tot aan de rand bij.

'Jij ziet er trouwens wel uit als vijfenvijftig,' zei Marloes baldadig. 'Ik had meteen door dat je had gelogen. Zodra je binnenkwam in het café. Waarom denk je anders dat ik weg wilde?'

'Echt?'

'Ja. Komt door die enorme bos donker haar, denk ik.'

'Misschien moet ik me kaalscheren dan.'

'Een grijze kleurspoeling wil ook nog weleens helpen.'

Hij lachte even. Daarna keek hij haar weer aan met die foutemannenblik. Een blik die hij vast in de spiegel had geoefend om uit te proberen op al zijn veertien internetdates. 'Jij bent leuk,' zei hij.

'Begin je nou alweer?'

'Sorry. Het is echt heel moeilijk om er niet over te beginnen. Oké, iets anders dan. Wat wil jij in je leven?'

Ze wenste dat ze van tevoren over dit soort vragen had nagedacht. Dan had ze met interessante antwoorden kunnen komen waardoor ze écht leuk en bijzonder over zou komen. Het enige antwoord dat ze nu kon bedenken was 'een man'. Dus zei ze: 'Gelukkig zijn.'

'Wat maakt jou gelukkig dan?'

'Ehm... Mijn dochter, Sanne... Mijn vriendinnen... Lekker eten...'

'Lekker eten? Volgens mij wordt het anders hoog tijd dat iemand weer eens een lekkere biefstuk voor je bakt.'

Ze besloot nu toch maar haar jurk naar beneden te trekken. Ze zat er wel heel uitdagend bij. 'Jij bent echt erg.'

'Ik vond die jurk net beter zitten,' zei hij.

'Wat maakt jou gelukkig?' vroeg ze om de aandacht af te leiden.

'Doe je schoenen eens uit.'

'Daar gaan we weer.'

'Wees blij dat ik niet in mijn navelperiode zit, dan had je nu je jurk uit moeten trekken.'

Ze schoot in de lach en deed wat hij vroeg. Natuurlijk deed ze dat. Hoewel ze hem helemaal doorzag, was ze speciaal die middag naar de pedicure geweest. Ze gaf toe dat dat nogal tegenstrijdig was.

'Aah, koraalrode nagels. Mijn lievelingskleur.' Hij reikte over de tafel heen. 'Geef me je voet.'

Aarzelend strekte ze haar been naar hem uit. Hij pakte haar voet vast. Hij had prettige, stevige handen. 'Om in te bijten, die voeten van jou.'

'Hou op.'

'Oké, ik hou op. Weet je waar ik gelukkig van word? Hij streelde over de welving aan de onderkant van haar voet. 'Hiervan. Van deze mooie boog. Ik vind dit het mooiste wat er is.'

'O.'

Hij streek nu met iets meer druk over de onderkant van haar voet. 'Prachtig.'

Ze trok haar voet snel terug. 'Dus een vrouw met platvoeten is bij jou niet aan het goede adres.'

'Bah, nee. Vreselijk,' zei hij. 'Eksterogen, knobbels, eelt, likdoorns... Nee, nee en nog eens nee. Maar een mooi gevormde, gave voet als de jouwe... Wist je dat ik tegenwoordig aan het gezicht van een vrouw kan zien of ze mooie voeten heeft?'

'Hoe dat nou weer?'

'Het is iets met de verhoudingen. Ik kan er nog niet helemaal de vinger op leggen wat het is. Het is iets wat ik intuïtief aanvoel.'

'Dit is echt het slapste verhaal dat ik ooit heb gehoord.'

'Het is echt waar. Ik weet ook niet wat het precies is. Ik geloof iets met de verhouding tussen de breedte van de neusbrug en de breedte van de mond. En aan de huidkleur kun je ook veel zien.'

'Jij zegt ook maar gewoon wat, hè? Maar je maakt wel mooie schilderijen.'

'Vind je dat echt?'

'Ja, dat vind ik echt.'

Hij boog quasibescheiden zijn hoofd. 'Dank u wel, mevrouw.'

Bij het afscheid zoende hij haar op haar mond. Het was een droge kus, stevig en met ietwat geopende lippen, die zes seconden duurde. Marloes wist dit omdat ze stiekem zat te tellen. Ze verwachtte dat hij haar na die kus opnieuw zou zoenen. Langer, intenser, met tong deze keer. En dat hij haar daarna vast zou pakken en zijn handen over haar lichaam zou laten gaan en dat ze naakt op de bank zouden eindigen. En dat ze dan niet voor niets haar bikinilijn voor het eerst in jaren geschoren had.

Maar het bleef bij die ene kus.

'Ik wil je zondag schilderen,' zei hij. 'Komt dat gelegen?'

Ze dacht even na, al wist ze natuurlijk allang dat ze niets had. Na enkele seconden waarin ze een moeilijk gezicht trok, zei ze: 'Ik kan 's middags wel.'

'Kun je zo vroeg mogelijk komen? Op zo'n eerste dag heb ik wel even tijd nodig om een opzet te maken.'

'Hoeveel dagen gaan er komen dan?'

'Veel. Reken maar op een stuk of zes, zeven keer. Maar je kunt gerust een tijdschriftje meenemen. Of een breiwerkje.' Hij knipoogde. 'Je bovenlichaam komt toch niet in beeld.'

'Oké,' zei ze. 'Ik zal er om een uur of één zijn.'

'Perfect.' Hij drukte nog een kus op haar mond. Een korte dit keer.

Ik had hem meteen extra waglerin 3 moeten toedienen. Ik had dit kunnen weten. Uitgerekend Ron Casper is het type dat niet kapot te krijgen is.

Ik heb dit te netjes willen doen. Ik had veel grover te werk moeten gaan. Dan was deze lijdensweg zowel mij als Ron Casper bespaard gebleven.

Mensen beginnen zich af te vragen waar hij uithangt. Het had allang rond moeten zijn. De rouwkaarten hadden nu geschreven moeten worden. Welke kist, welke muziek en hoe houden we de vijandige kampen zo ver mogelijk bij elkaar vandaan tijdens de begrafenis?

Maar nee. Ik zit nog steeds met de stinkende, stervende Ron Casper. Misschien een kussen in zijn gezicht drukken. Is dat niet wat je altijd in films ziet? Een kussen laat geen sporen na.

Ik vraag bij de Hema wat het meest verkochte kussen is en koop dat.

Ik haal het kussen uit de plastic verpakking en druk het een paar keer op het tafelblad om aan het idee te wennen. Iemand een drankje geven met een dodelijk ingrediënt voelt een stuk onschuldiger dan iemand eigenhandig verstikken.

17

Ooit had Lot een yogales gevolgd en ontdekt dat ze een hopeloos geval was. Andere mensen zouden dan bedenken dat ze meer lessen moeten volgen, maar zij kwam tot de conclusie dat het nooit iets zou worden. Bij yoga draait het immers niet om prestaties, maar om intenties. En daar ging het dus mis. Bij Lot moest altijd duidelijk zijn hoe ze had gescoord.

Yo bleek vlak bij Marloes te wonen. Niet dat Lot ooit bij Marloes thuis was geweest, maar Willem had niet na kunnen laten om te vertellen dat Marloes na de dood van haar man een riant appartement had gekocht met uitzicht op de duinen. Yo's appartement bevond zich een straat verderop.

Toen ze de deur opende, stelde Lot direct vast dat Yo alleen de erg flatteuze foto's op Facebook plaatste. In het echt was ze iets kleiner en iets grover gebouwd. Ook had ze nogal grote poriën en hyperpigmentatie op haar bovenlip, zodat het leek alsof ze een snor had. Evengoed was ze niet lelijk.

Lot vroeg zich af of ze het erger zou vinden als Ruben een affaire zou hebben met een lelijke vrouw of met een mooie, maar beide gevallen waren op meerdere manieren te interpreteren en het gedachte-experiment dus zinloos.

Yo glimlachte haar warm toe. 'Wij hebben elkaar aan de telefoon gehad, toch?'

Lot stak haar hand uit en stelde zich voor als Corinne. Het leek haar een naam die snel weer vergeten kon worden.

'Yo. Is dit de eerste keer dat je yoga doet?'

'Ja.'

'Mooi,' zei ze tevreden. 'Heel mooi. Welkom, zou ik zeggen. Je zult zien dat je door yoga heel anders in het leven komt te staan.'

Je meent het, dacht Lot wrang.

Yo liep voor haar uit haar woonkamer/studio in. Lot kon het niet laten om naar haar kont te kijken. Yo had een mooie kont. Gespierd en rond, Braziliaans. En Ruben was een billenman, tenminste dat zei hij altijd.

Enkele vrouwen in joggingpakken zaten al klaar op roze yogamatjes. De rolgordijnen waren naar beneden, zodat er een zacht, flatterend licht was ontstaan, en er brandde wierook. Mannen waren ook welkom, had Yo op haar Facebookpagina laten weten. Dat die op heel andere tijden kwamen voor heel andere dingen, vertelde ze er niet bij. In de hoek van de kamer stond een hondenmand. Van de hond zelf ontbrak elk spoor.

'Meiden,' zei Yo, 'dit is Corinne. Zij is er voor het eerst vandaag.'

Lot had er een hekel aan als vrouwen elkaar 'meiden' noemden. Sowieso vond ze 'meid' een vreselijk woord alleen al vanwege de harde klank en de homofonie met mijt, maar daarnaast vroeg ze zich af wie ze voor de gek probeerde te houden. Iedereen was overduidelijk de dertig gepasseerd.

Er lag een roze matje voor haar klaar, helemaal voor in de kamer, op nog geen meter afstand van het matje van Yo. Ernaast lagen twee eveneens roze blokken en een riem. Wat deed ze eigenlijk hier? Waarom pijnigde ze zichzelf zo? Zodat ze tot de conclusie kon komen dat Ruben inderdaad gelijk had om een affaire met deze Yo te beginnen?

Ze sprak zichzelf streng toe. Ik ben Corinne, een huisvrouw die graag aan haar lenigheid en spiritualiteit wil werken. Ze deed haar schoenen uit, zette ze bij de muur bij de andere schoenen en ging op het matje zitten, benen over elkaar gekruist zoals de andere vrouwen dat ook deden.

Yo ging met een serene glimlach voor de groep zitten. 'Zo,' zei ze met een zalvende stem, een speciale yogastem. Net had ze een stuk harder geklonken, nasaler ook. 'Mag ik jullie om te beginnen complimenteren met het feit dat jullie hier vanochtend naartoe zijn gekomen? Deze tijd is helemaal van jou. Je hoeft nu helemaal niets te doen, al zou je alleen maar ademen, dan is dat al helemaal goed.' Ze glimlachte de aanwezigen een voor een toe. 'Maar eerst gaan we er eens goed voor zitten. Til je billen op en voel hoe je zitbotjes contact maken met de aarde.' Yo pakte haar billen beet en drapeerde ze op de mat. Ze zuchtte er nadrukkelijk bij.

'Laat alles los: je zorgen, de drukte van de dag, de mensen om je heen. Je hoeft alleen maar te zíjn.'

Zo praatte ze minstens tien minuten door over contact maken met je lichaam, diep in de buik ademen, een driehoek vormen tussen navel, vagina en anus om de energie beter vast te houden... Deze oefeningen moesten met gesloten ogen worden gedaan, maar die van Lot stonden wijd open. Ze kon niet stoppen met naar Yo kijken: hoe ze met haar yogastem verder praatte, haar ogen ontspannen gesloten en een zachte glimlach om haar mond. Ze stelde zich voor hoe Ruben haar lag te pompen, hoe haar lichaam schokte onder zijn stoten.

'Jullie mogen nu je ogen openen en dan gaan we langzaam het lichaam opwarmen.' Ze ging op handen en knieën zitten en stak haar kont vol naar achteren als een hitsig dier. 'Cat en cow-stretch, meiden. Adem mee. In... en uit...'

Lot bleef als versteend op haar handen en knieën zitten.

'Kom op, Corinne,' zei Yo. 'Je kunt het.' Ze stond op en liep naar Lot toe. Ze ging over haar heen staan en trok zachtjes haar buik omhoog. 'Mooi,' zei ze alsof ze het echt meende. 'Heel mooi.'

Ze had heel zachte, maar dwingende handen. Was dat wat Ruben zo aantrok? Lot nam een mengeling van afschuw en opwinding bij zichzelf waar.

'Blijf diep doorademen,' zei Yo. 'Je lichaam kan dit, het is je geest die zich verzet.'

Als versteend bleef Lot in dezelfde houding.

'Geeft niet,' zei Yo. 'Het kan in het begin heel heftig zijn. Zak maar lekker door je knieën met je hoofd op de mat. Doe je knieën maar lekker uit elkaar. Adem maar in en uit. Ja, mooi. De child's pose noemen ze dit. Een pose waarin je alleen maar hoeft te zijn.'

Ze duwde Lots billen zachtjes verder naar beneden. 'Zo ja,' hijgde ze. Lot kon haar adem over haar rug voelen strijken. 'Zooo. Ontspan je maar. Al blijf je de hele les in deze houding liggen, dan is dat oké.'

Terwijl de rest van de groep een heel arsenaal aan oefeningen deed, bleef Lot woedend in de child's pose liggen. Waarom was ze hier gekomen? Om erachter te komen dat ze inderdaad geen partij was tegenover Yo? Bovendien, als Ruben en zij hierachter zouden komen, had ze zichzelf volledig voor schut gezet. Lot, de wanhopige bedrogen echtgenote. Hoe kwam ze hier ooit nog uit?

Na afloop van de les deed Yo de slaapkamerdeur open. Palmer kwam de woonkamer in gerend. Er werden verrukte kreten geslaakt. Yo zag het allemaal glimlachend aan, als een trotse moeder. Palmer maakte een kleine ronde langs de gretig uitgestoken handen en kwam toen bij Lots schoenen aan.

Hij rook er even aan, pretenderend dat hij niet doorhad dat er acht vrouwen verrukt naar hem zaten te kijken. Hij bleef luidruchtig de geur van haar Adidas-gympen opsnuiven.

Uit het niets tilde hij toen zijn poot op en piste over de schoenen heen.

De vrouwen slaakten geschokte kreten, terwijl Yo naar Palmer rende om hem weg te trekken. Maar het was al te laat. Een penetrante pislucht vulde de kamer. Yo ging voor Palmer staan, met haar opgestoken vinger op enkele centimeters afstand van zijn neus. 'Foei, Palmer. Foei!'

Palmer, overduidelijk niet gewend aan enige vorm van correctie, droop af. Hij had geen noemenswaardige staart, maar een zielig stompje, dus die kon hij ook niet tussen zijn benen verstoppen.

'O wat erg,' zei Yo tegen Lot. 'Dat doet hij anders nooit.' Ze pakte de schoenen behoedzaam tussen duim en wijsvinger. 'Ik zal ze even voor je afspoelen. Het spijt me echt. Sorry, sorry, sorry.' Vlak voordat ze de keuken in liep, draaide ze zich nog een keer om. 'Sorry,' zei ze nog een keer.

Zeg dat wel, dacht Lot.

'Nou ja zeg, dat heb ik hem echt nog nooit zien doen,' zei een van de vrouwen tegen haar. 'En ik kom hier al jaren. Heb je zelf soms een hond?'

'Nee,' zei ze.

'Dat zal het ook niet zijn,' zei een ander. Ze had rode krullen en een melanoom op haar gezicht waar echt naar gekeken moest worden. 'Ik heb toch ook een hond?'

'Ik begrijp er helemaal niets van,' zei de eerste vrouw. 'Echt heel vreemd. Dan zie je toch dat het dieren zijn. Volstrekt onberekenbaar.'

Feromonen, dacht Lot, een woord waar ze maar niet van los leek te komen. Dit had niets met onberekenbaarheid te maken: via haar schoenen probeerde Palmer met Sherlock te communiceren.

'Gaat het?' vroeg een andere vrouw. 'Dat dit jou moet overkomen tijdens je eerste les!'

'Ik zou de volgende keer maar je schoenen in de gang zetten als ik jou was.'

Yo kwam terug uit de keuken. 'Ik heb ze afgespoeld, maar ze zijn nu een beetje nat. Als je nog even hebt, föhn ik ze droog.'

'Zal ik het doen,' bood de roodharige gretig aan.

'Het hoeft niet,' zei Lot. 'Ik heb andere schoenen in de auto liggen.'

'Weet je het zeker?' Yo keek haar onderzoekend aan. Lot werd er een beetje zenuwachtig van. Straks herkende Yo haar alsnog. Maar aan de andere kant: waarvan? Ze nam niet aan dat Ruben haar vol trots een foto had laten zien.

'Heel zeker,' zei Lot.

'Goed.'

Een moment lang zeiden ze allebei niets.

'Kom je snel weer?' vroeg Yo toen. 'Er is iedere ochtend een les.' Op vertrouwelijke toon ging ze verder: 'Ik voel dat er heel veel spanning in je lichaam zit. Je zou er echt heel veel baat bij kunnen hebben.'

'Ik zie wel,' zei Lot.

'Je zou ook een paar privélessen kunnen nemen. Om te wennen aan het proces. Je lichaam heeft dit echt nodig. Het is ongezond om met al die spanning rond te blijven lopen.' Om te laten zien wat een fijne, warme vrouw ze was, legde ze even haar hand op Lots schouder.

Lot schudde die meteen van zich af. 'Ik zie wel,' zei ze nog maar een keer. Al in de gang hoorde ze de andere vrouwen over haar praten. Met een knal trok ze de voordeur achter zich dicht.

Ik moet doorzetten nu. Dit mag ik hem en mezelf niet langer aandoen.

Ik pak het kussen en druk het op zijn gezicht. Terwijl ik blijf drukken, blijf ik zijn ogen voor me zien. Heldere, mooie ogen die me stomverbaasd aankijken. Verdomme, verdomme, verdomme.

Terwijl ik kracht blijf zetten op het kussen – synthetisch en antiallergeen – druppelen de tranen op het kussen waar aan de andere kant Ron Casper voor zijn leven vecht. Dit heb ik nooit zo gewild. Het spijt me echt. Het spijt me echt ontzettend dat dit zo moet lopen.

18

Er zat natuurlijk wat in, in feromonen. Maar niet zodat zielige mannetjes zoals Willem en haar vader argeloze vrouwen hun bed in konden lokken. Nu ze er goed over nadacht, verlangde Lot intens naar een wereld waarin niets gezegd hoefde te worden, waar een chemisch stofje alles vertelde. Dan zou zij niet tegen Ruben hoeven zeggen dat ze het wist van Yo van yoga, zou ze tegelijkertijd ruiken dat hij ondanks alles altijd bij haar wilde blijven en zou Yo ruiken dat ze kansloos was in dit verhaal. Sterker nog, Lot zou op Ruben primerferomonen afscheiden die Yo's libido onderdrukten, en om een lang verhaal kort te maken zou ze dan misschien weer gewoon kunnen slapen 's nachts.

Maar nee, beschaafde mensen vonden nou eenmaal alles beter dan lichaamsgeuren en hadden hun vomeronasale organen verstikt met Gucci Envy, zodat iedereen in het duister tastte. Als modern mens kon je alleen maar hopen dat je van de juiste informatie werd voorzien.

Toen Lot thuiskwam uit haar werk, zat Ruben de krant te lezen. Elias en Lily zaten voor de televisie. Geen van drieën keek op. Vrijdag was altijd haar dag om te koken, maar ze had besloten het gezin mee te nemen naar hun favoriete strandtent. Misschien zou het dan lukken om de barrière tussen haar en Ruben te doorbreken. Ze had geen idee wanneer en waarom er zo'n afstand tussen hen was ontstaan. Na de bevalling? Daarvoor al? Sinds hij minder was gaan werken? Sinds ze geen seks meer hadden? Het enige wat ze wist, was dat ze moest proberen weer contact te krijgen.

'Hallo allemaal,' zei ze opgewekter dan ze zich voelde. Ze gaf de kinderen een knuffel. 'Wat zijn jullie aan het kijken?' De kinderen lieten zich kussen, maar bleven ondertussen apathisch naar het scherm staren. 'Jullie hebben vast wel zin in frietjes, toch? En een hamburgertje?' ging Lot door. Ze begon zich net een stewardess te voelen. Kip of pasta?

'McDonald's!' riepen ze blij.

'Ik bedoelde eigenlijk dat we naar Strandlust zouden gaan,' zei ze snel.

Ze keken een beetje teleurgesteld.

'Je weet wel, met dat speeltuintje, en we kunnen de bal meenemen.'

'Ik dacht dat jij zou koken,' zei Ruben vanachter zijn krant.

'We kunnen toch ook gezellig uit eten gaan?' Ze stond op, sloeg haar armen van achteren om Ruben heen en kuste hem in zijn nek. 'Het is zulk mooi weer en we doen bijna nooit meer iets leuks met z'n vieren.'

Hij zuchtte diep.

'Wat is er?' vroeg ze. 'Had je een zware dag op je werk?'

'Ja,' zei hij. 'Problemen met een klant, de brochure was op de verkeerde papiersoort gedrukt, nou ja... je kent het wel. Gedoe.'

'Welke klant?'

'Doet er niet toe.'

Lot aarzelde of ze door zou vragen, gewoon om hem zich ongemakkelijk te laten voelen, want ze had zo'n vermoeden dat zijn slechte humeur niets met zijn werk te maken had. Natuurlijk wilde hij niet naar het strand met háár. Ze had zijn telefoon nog steeds niet te pakken gekregen. Alleen dat al maakte duidelijk dat de affaire nog lang niet voorbij was.

'Een paar wijntjes en versgebakken sliptongetjes zullen je goeddoen,' zei ze opgewekt.

'Oké,' zei Ruben met lichte tegenzin.

Ze glimlachte nog een keer lief naar hem. Er kwam een lafhartig lachje terug.

Je moet flink zijn, zei ze tegen zichzelf. Je gaat nooit winnen als je nu hysterisch wordt.

Toen ze bij Strandlust zaten was hij onrustig, zoals ze al had verwacht. Hij checkte regelmatig zijn telefoon en op de momenten dat hij dat niet deed, dwaalden zijn ogen onrustig over het strand. De kinderen hadden hun frietjes en kipnuggets naar binnen gewerkt en speelden in het speeltuintje.

'Verwacht je nog iets?' vroeg Lot.

Hij borg snel zijn telefoon weer op. 'Ja, van de drukkerij.'

'Op vrijdagavond?'

'Ze moeten dit weekend opnieuw gaan drukken, maar er is nog een discussie gaande over wie de kosten op zich neemt.'

'Vervelend,' zei ze. 'Verwachten ze dat jij dat doet?'

'Ik hoop het niet. Ze laten het nu nog in het midden. Ze willen natuurlijk eerst dat het probleem wordt opgelost.'

'Misschien moet je eens aan yoga gaan doen.' Lot meende een minimale schrikreactie te zien. Of misschien pikte ze de alarmferomonen op die hij ongetwijfeld uitstootte na haar opmerking. Mensen denken dat ze alles onder controle hebben, maar in wezen zijn ze niets anders dan een opeenstapeling van chemische reacties die zich in het lichaam voltrekken, hoe hard de geest ook zijn best doet om dat te ontkennen.

'Hoezo?' vroeg Ruben. Er zat iets agressiefs in zijn toon.

'Schijnt heel ontspannend te zijn.'

'Lijkt me meer iets voor vrouwen.'

'Je hoort anders dat steeds meer mannen ook yoga beoefenen. Misschien moet je er eens naar informeren. Ik zit er zelf ook over te denken om eraan te beginnen.'

Hij had nog steeds een verdwaasde blik in zijn ogen. 'Waarom denk jij dat ik dat nodig heb? Zo gestrest ben ik meestal toch niet?'

'Nee, helemaal niet. Alleen de laatste tijd een beetje prikkelbaar. Afwezig ook. Vind je zelf niet?'

'Nee hoor.' Hij deed zijn best om zo nonchalant mogelijk te klinken. 'Volgens mij doe ik precies hetzelfde als altijd. Maar het spijt me als je me als minder betrokken hebt ervaren.'

Daarom was Ruben de perfecte marketeer. Hij wist precies wat iedereen in welke situatie dan ook wilde horen. Of iets echt waar was, was voor hem van ondergeschikt belang. Het ging om het verhaal. Storytelling, noemde hij het zelf. 'Minder betrokken,' alsof hij voorlas uit een managementboek.

'Oké, dan heb ik niets gezegd,' zei ze, omdat ze vermoedde dat dat hetgene was wat híj zou zeggen in haar plaats. 'Ik heb zelf nogal veel aan mijn hoofd, misschien projecteer ik dat op jou.' Ze vertelde hem over het feromonen'onderzoek' van Ron. Het leverde tot haar plezier zeker een kwartier gespreksstof op, waarbij Ruben Yo van yoga even vergeten leek te zijn.

'Heb je enig idee hoe dicht ik bij een doorbraak ben in mijn onderzoek? Ik ben bijna op het punt dat ik proteasen uit het slangengif kan distilleren, zodat we een baanbrekende nieuwe formule kunnen lanceren. Weet je wel hoe geweldig dat is?' Ze vermoedde dat Ruben geen idee had wat proteasen waren, al had ze het hem al honderd keer uitgelegd. Het waren de stoffen in slangengif die weefsel lieten afsterven. Niet echt wenselijk in een crème die de huid zou moeten verzorgen. Niet voor niets gebruikten alle andere cosmeticafabrikanten synthetisch gif in plaats van het echte spul.

'Waarom begin je niet voor jezelf?'

Ze zuchtte. 'Met welk geld? Niet dat Casper Cosmetics nog al te kapitaalkrachtig is, maar we hebben in ieder geval een volledig ingericht laboratorium en alle afzetkanalen.'

'Het geld kan van een investeerder komen.'

'Alsof iemand wil investeren vandaag de dag.'

'Ik help je wel.' Ruben leek zowaar oprecht enthousiast bij dit idee. 'Je kunt natuurlijk ook je nieuwe lijn laten produceren bij een andere cosmeticafabriek. Dan lever jij de receptuur aan. Waar het dan vooral om gaat is de marketing.'

'En daar ben jij dan toevallig weer heel goed in.' Ze hoopte dat hij zich gevleid voelde en zich realiseerde wat een geweldig team ze opnieuw zouden kunnen zijn. Ze hoopte ook dat tot hem doordrong hoe bijzonder het was dat zij binnenkort proteasen uit slangengif zou kunnen destilleren en dat dat heel wat lastiger was dan de lachende dolfijn, zingende giraf of schuimbekkende hond of hoe die yogaposes ook mochten heten. Misschien zou hij toch voor haar kiezen en was haar leven gered.

Zoals verwacht kwam er even een zelfingenomen glimlach op

zijn gezicht. Ze besefte dat ze het nooit zo hadden moeten oplossen: zij fulltime aan het werk en hij grotendeels thuis met de kinderen. Vond je het gek dat hij buitenshuis bevestiging zocht dat hij nog steeds een echte man was?

Ze zag dat Elias en Lily tegelijkertijd van het glijbaantje af probeerden te gaan. Ze schatte in dat het nog precies drie minuten zou duren voordat een van hen ging huilen. 'En het personeel dan?'

'Hoe bedoel je?'

'De vijfentwintig mensen die al lichtjaren bij Casper Cosmetics werken. Wat denk je wat er gebeurt als ik wegga en mijn vader zijn gang laat gaan?'

'Lot, het is niet zo dat je je eigen geluk voor hen hoeft op te offeren. Denk je dat als zij een ander aanbod krijgen, ze zich ook maar één seconde afvragen hoe dat voor jou is?'

Terwijl Lot hierover nadacht, zag ze zijn gedachten afdwalen en hem verlangend over het strand uitkijken. Natuurlijk hoopte hij dat hij haar hier zou zien lopen, gekleed in een luchtige zomertrui van biologisch katoen met die doorgefokte hond die uitgeput achter haar aan strompelde. Maar tegelijkertijd was hij natuurlijk bang dat zij hem zou zien zitten met zijn gezin. Wist ze eigenlijk wel dat hij getrouwd was? Kon het haar ook maar iets schelen?

Op dat moment wist Lot dat het niets zou worden met een eigen zaak. Ruben kon zich nog geen tien minuten op haar concentreren, hoe zou hij ooit de aandacht en energie kunnen opbrengen om met haar zoiets groots op te bouwen? Ze realiseerde zich dat ze moe was. Doodmoe. Ze stond abrupt op en liep naar het speeltuintje.

Ruben vroeg niet eens wat ze ging doen, als het hem al opviel dat ze niet meer naast hem zat.

Om beurten duwde ze Elias en Lily op de schommel, terwijl ze ondertussen Ruben druk met zijn telefoon bezig zag. Hij heeft natuurlijk op dit moment gewacht, dacht ze zuur.

Hou op, zei ze tegen zichzelf. Je moet stoppen met deze onzin.

Ze ging aan de andere kant van de schommel staan, met haar rug naar Ruben toe, en probeerde even te vergeten dat hij bestond en te genieten van de kinderen.

Natuurlijk faalde ze daar jammerlijk in.

’s Avonds in bed vroeg ze hem: ‘Ben je eigenlijk nog wel blij met mij?’

‘Natuurlijk.’ Hij trok haar naar zich toe en wilde met zijn gezicht in haar haar in slaap vallen, zijn arm om haar buik, zoals hij meestal deed. Toch werden ze nooit in deze houding wakker. Ze eindigden iedere ochtend elk aan hun eigen kant van het bed, zo ver mogelijk bij elkaar vandaan, leek het wel. Wie zou wie afstoten, vroeg Lot zich opeens af. Duwde zij hem weg, of draaide hij zich van háár af? Of was het een gezamenlijk besluit, genomen in een collectief onderbewustzijn?

‘Ik meen het serieus. Ben je…’

‘Natuurlijk,’ zei hij. ‘We hebben het toch goed samen? We hebben het gezellig, mooi huis, twee leuke, gezonde kinderen…’

‘En een beeldschone hond,’ vulde ze aan.

‘En een beeldschone hond,’ herhaalde hij slaperig.

‘Maar mis je niet iets? Vind je niet dat we meer tijd met z’n tweeën door zouden moeten brengen? Misschien andersoortige gesprekken met elkaar zouden moeten hebben dan alleen maar over de kinderen, hoe mijn werk was en hoe jouw werk was?’

Zijn ademhaling werd steeds dieper. ‘Hmm,’ was het enige wat hij nog zei.

Ze wachtte even of er nog wat zou komen, maar dat was niet zo.

Als hij van plan was om bij haar weg te gaan, zou hij dan zo makkelijk slapen? Zou híj niet degene moeten zijn die gespannen lag te luisteren naar de ademhaling van de ander? Waarom lag zij dan met opengesperde ogen naar de cijfers van de wekker te staren? Waarom?

Er was zoveel spanning in haar lichaam dat het onmogelijk was om te blijven liggen. Ze haalde voorzichtig Rubens arm van haar af en kroop het bed uit.

Ruben kreunde even en draaide zich om. In zijn broekzak vond ze zijn telefoon. Ruben haalde nog steeds gelijkmatig en diep adem, wat haar op een vreemde manier woedend maakte.

Ze nam zijn telefoon mee naar de badkamer en opende zijn WhatsApp. Yo stond helemaal boven aan zijn chatlijstje, maar toen ze het gesprek opende, zag ze een leeg scherm. Hij had het gesprek dus gewist.

Ze had het al vermoed. De hele avond was hij afwezig en op de rand van chagrijnig, totdat hij een appje binnenkreeg en opeens heel vrolijk begon te doen. Wat zou Lot hebben gedacht als ze het niet had geweten van Yo? Misschien had ze zich afgevraagd of het aan haar lag. Of zou ze serieus hebben gedacht dat problemen met de drukker de oorzaak waren van zijn chagrijnigheid.

Ze schrok van het trillen van de telefoon in haar hand. Een nieuw berichtje kwam binnen.

BEN JE NOG WAKKER?

Kut. Yo had natuurlijk gezien dat Rubens telefoon online was. Lot overwoog te reageren om te kijken wat er zou gebeuren. Wat zou ze zeggen: DIT IS DE VROUW VAN RUBEN. IK WAARSCHUW JE ÉÉN KEER. ALS JE GEHECHT BENT AAN JE HOND, BLIJF JE VOORTAAN HEEL VER BIJ MIJN MAN VANDAAN.

In plaats daarvan bleef ze naar het schermpje staren, zich bewust van Rubens zware ademhaling enkele meters bij haar vandaan.

Er gebeurde een tijdje niets. De telefoon trilde opnieuw.

JAMMER, IK HAD NOG WEL EVEN WILLEN KLETSEN.

IK MIS JE.

GELUKKIG ZIE IK JE SNEL. GEEF IK JE EEN DELUXE. XXX.

Yo ging offline. Lot staarde nog een tijdje naar het scherm terwijl ze hoopte dat de letters zouden oplossen, de woorden teruggenomen zouden worden. Maar Yo, met haar uitgelaten lachende profielfoto, wist van geen wijken. Hoe durfde ze haar man te appen terwijl ze wist dat hij thuis was bij haar, zijn vrouw? Had deze yogatrut dan werkelijk geen enkele ethiek?

Na een tijdje stopte ze de telefoon terug in Rubens broekzak. Omdat ze met geen mogelijkheid kon bedenken hoe ze ooit nog in slaap moest komen, ging ze buiten zitten met een sigaret in de hoop dat ze daar moe van zou worden. Toen ze na een halfuur nog steeds klaarwakker was, nam ze een slaappil.

Rigor mortis treedt na twee uur in. Ik moet hem voor die tijd verplaatsen. Maar eerst wassen. Ik kan hem niet met poep, pis en al op bed neerleggen. Dit is het verhaal: hij heeft een douche genomen en is op bed gaan liggen. En toen: hartaanval.

Ron Casper is al bijna niet meer te herkennen in het kleine, bleke wezen dat op de gore matras ligt. Behalve zijn ogen. Dit beeld raak ik dus nooit meer kwijt. De ogen van Ron Casper zullen mij de rest van mijn leven verwijtend aanstaren.

Dan die doordringende ammoniaklucht. Goed, wassen. Ik moet hem wassen.

Ik trek rubberen handschoenen aan, maak de knoopjes van zijn overhemd los en schuif mijn arm onder zijn bovenlichaam om het uit te trekken. Zijn hele rug is nat. Urine, airconditioningwater, zweet. Ik hijs hem overeind. Je weet pas wat dood gewicht is als je daadwerkelijk een dode hebt opgetild. Het lichaam is slap, bijna rubberachtig. Gelukkig is Ron Casper niet al te groot.

Nu het ergste: zijn broek. Ik maak zijn riem los, dun Italiaans leer van een peperduur merk. Dan het knoopje en zijn gulp.

Er komt een walgelijke geur van de zwarte herenslip af. Ik trek mijn T-shirt uit en bind het voor mijn mond en neus.

Ik haal diep adem. Zijn onderbroek gaat moeizaam naar beneden.

Een oud, gerimpeld dingetje. Geschoren schaamhaar. Een raar idee dat een zesenzeventigjarige nog dat soort dingen doet. Deed.

Water halen. In de wc kijk ik in de spiegel. Ik herken mezelf bijna niet. Wie ben jij? Wie ben jij dat je dit allemaal kunt?

De waarheid is dat ik dit helemaal niet kan. Dit ben ik helemaal niet. En dan zit ik te janken als een kind.

Ik heb Terre d'Hermès-douchegel gekocht. Hij had het vast lekker gevonden. Wat over is, zet ik straks in zijn badkamer neer. Het zijn de details die tellen. Ik moet scherp blijven. Dat het allemaal zo lang heeft geduurd is al erg genoeg.

Ik schrik al niet meer van het dode lichaam. Alles went, weer een cliché dat klopt. Ik maak een washandje nat, spuit er wat Terre d'Hermès op en was hem.

De huid van zijn schaamstreek is vurig rood door de ontlasting en urine. Ik had hem moeten verschonen. Zinkzalf op zijn reet moeten smeren als bij een baby. Hoe kon ik weten dat het zo zou lopen?

Weer schiet ik vol, ik ben nog nooit zo emotioneel en labiel geweest als nu. Hou op, spreek ik mezelf toe. Hou godverdomme op.

Later

Als Ron Casper eenmaal in de archiefkast – een laag metalen ding van twee meter lang – ligt, lijkt alles makkelijker. Terwijl ik door de lege gangen loop, gaan automatisch de tl-lampen aan. In de receptieruimte staat een balie die niemand de moeite waard vond om mee te nemen. Het pand heeft lange tijd dienstgedaan als bedrijfsverzamelgebouw, maar wordt binnenkort gesloopt. Er is nog maar één andere huurder, die van die airco, maar die zal er 's avonds niet zijn. Het is de perfecte locatie.

Als ik de archiefkast het pand uit rol en de deur achter me op slot doe, hoor ik iemand achter me lopen. Normaal doen, zeg ik tegen mezelf. Je bent de laatste spullen uit je kantoor aan het halen. De normaalste zaak van de wereld.

Ik kijk op. Naast me staat een man met verwaaid haar en een shirt van een skateboardmerk waar hij te oud voor is. 'Niet op slot doen nog. Ik was even een sigaretje aan het roken.' Hij lacht. 'Idioot dat ik nog steeds naar buiten ga. Ik bedoel maar, wie kan er nog last van hebben.'

Ik knik en haal de deur weer van het slot, me bewust van mijn bezwete hoofd en de onbestemde bruine vlekken in mijn T-shirt. Heel normaal als je aan het verhuizen bent, zeg ik tegen mezelf. Normaal. Ik herhaal: heel normaal.

'Werkt op de zenuwen, vind je niet, zo'n leeg kantoorpand. Het heeft iets engs.' De man steekt nog een sigaret op. Blijkbaar denkt hij dat ik om een praatje verlegen zit. 'Ik voel me nooit prettig als ik hier zit. Gelukkig kan ik eind deze maand weg.'

'Tja,' zeg ik. 'Nog even de laatste spullen verhuizen en ik ben hier ook weg.' Waarom zeg ik dit? Geven leugenaars niet altijd te veel informatie? Ik moet m'n kop houden en opschieten.

De man wil al verder praten, maar ik onderbreek hem met: 'Ik moet door. Fijne avond.'

De archiefkast is zwaar. Het kost moeite om hem weer in beweging te krijgen.

'Moet ik even helpen?' vraagt de man.

'Niet nodig.' Met alles wat ik in me heb, geef ik de kast een duw zodat hij in beweging komt. 'Het gaat wel. Hij is alleen een beetje zwaar. Hij zit helemaal vol met dossiermappen.'

'Past die wel in je auto?'

'Ik heb een busje.'

'Maar hoe krijg je hem erin?'

Het hulpvaardige type. Ook dat nog.

Dan waag ik het erop. 'Ik heb een loopplank om hem erin te rollen. Maar als jij me wilt helpen?'

Bijna dankbaar trapt de man zijn sigaret uit en loopt achter me aan naar het busje.

Later

Ik parkeer aan de achterkant van Ron Caspers huis. Het is nog niet donker, maar de buitenverlichting staat al aan. De zon is net onder. De lucht is fel oranje. Het past op een vreemde manier bij de laatste reis van Ron Casper.

Ik doe de achterdeur open.

Dan het zware deel: het lichaam uit de auto slepen, het huis door, de trap op en in zijn bed leggen.

Ik haal een paar keer diep adem. Niet opgeven nu. Doorzetten is de enige optie. Ik open de achterklep van het busje en staar naar de archiefkast. Het is handiger als ik eerst de lichten in huis aandoe, denk ik dan.

Ik loop het huis in en doe lichten aan op de route die ik straks moet afleggen. Er hangt een vreemde geur die ik niet kan plaatsen. Het lijkt wel wiet.

Ik loop de trap op. Alleen nog het licht in de slaapkamer aan en het zware werk kan beginnen. Ik had iets moeten eten, iets met snelle suikers. Ik voel me licht in mijn hoofd en slap in mijn benen.

Ik open de slaapkamerdeur. Tot mijn verbazing is het licht is al aan. Het bed lijkt beslapen en er ligt damesondergoed op de grond. Er staat een roze koffertje.

Dan hoor ik de douche lopen.

Ik schreeuw inwendig van frustratie. Ik wil Ron Caspers slaapkamer kort en klein slaan. Zijn aanstellerige bed, de wortelnotenhouten televisiekast, de tuttige gordijnkoorden. Wie denkt die man dat hij is, pardon: wás? Lodewijk de Veertiende?

De douche wordt uitgedraaid. Wegwezen hier. Snel de kamer uit, het huis uit. Ik sluip de trap af. Hoe krijg ik dit wijf het huis uit zodat ik Ron kan neerleggen zoals gepland?

Godverdomme. Dit gaat helemaal mis.

Later

Ik rijd doelloos rond met Ron Casper in de archiefkast. Bij leven was hij al een lastpak, als dode is hij de meest onhandelbare motherfucker die je kunt bedenken.

Ik kan niet meer. Kapot ben ik. Ik moet naar huis, douchen, rusten, nadenken. Alleen, hoelang duurt het voordat een dode begint te ruiken?

Ik kan hem niet zomaar een nachtje laten staan.

Ik sluit mijn ogen en bid om kracht. Ik wou dat dit voorbij was. Ik kan niet meer. Ik weet niet hoe ik dit nog op moet brengen.

De supermarkt is tot tien uur open. Ze hebben nog drie zakken ijs op voorraad. Het is niet veel, maar beter dan niets.

Ik rijd naar een verlaten parkeerplaats en leg de zakken ijs in de archiefkast. Een bij zijn voeten, een in het midden en een bij zijn hoofd. Mijn eigen amateurmortuarium. Als ik niet zo uitgeput en wanhopig was, zou ik me kapot lachen.

ZATERDAG

19

Normaal verheugde Willem zich op het weekend. Zaterdag uitgebreid de krant lezen en ontbijten met Hanneke, daarna vaak nog een rondje op de golfbaan en 's avonds uit eten met vrienden. Hij had een mooi, rijk gevuld bestaan opgebouwd. De meeste mensen werkten zich hun hele leven uit de naad in de hoop op maar een kwart van dat hij had.

Voor het eerst in zijn leven zag hij op tegen het weekend. De spanning in zijn lijf was nog verder opgelopen. Hij voelde zich zweterig en trillerig en maakte zich zorgen om de druk op zijn borst. Het enige voordeel was dat hij totaal geen eetlust had en met een beetje geluk wat kon afvallen.

Wat ook niet meehielp, was dat Hanneke de laatste dagen als een havik over hem waakte. Het had hem nooit eerder gestoord, maar nu ergerde hij zich kapot aan haar bedilleriheid. 'Waarom eet je je ontbijt niet, Willem?' 'Heb je het warm, schat?' 'Zou je niet een schoon overhemd aantrekken?' Had die vrouw werkelijk niets anders te doen dan op hem letten?

Zo mocht hij natuurlijk niet over haar denken. Ze was altijd goed voor hem geweest. Een lieve, zachtaardige vrouw. Misschien wel te goed. Mensen worden daar lui van. Kijk maar naar Max. Die voerde de hele dag geen flikker uit. Al beweerde Hanneke dat hij haar soms hielp in het huishouden. Waarmee dan? Het leegeten van potten Nutella om halfvier 's nachts?

Max had altijd meer naar zijn moeder getrokken. Dat hebben sommige kinderen. Maar dat wilde niet zeggen dat Willem de jongen links had laten liggen zoals Ron dat bij hem had gedaan. Integendeel. Had hij niet uren langs het hockeyveld gestaan toen Max jonger was? Had hij er niet voor gezorgd dat de jongen niets tekort was gekomen? Al moest hij eerlijk zeggen dat hij zich niet meer kon herinneren wanneer ze voor het laatst samen iets hadden gedaan. Max was natuurlijk ook eenentwintig, hield Willem zichzelf voor. Zou zijn taak er niet op moeten zitten zo langzamerhand?

Was het niet wrang dat hij die nooit liefde had gehad, die alles zelf had moeten doen, het zo ver had geschopt, terwijl Max, die alleen maar liefde had gehad, alles in zijn schoot geworpen had gekregen, er niets van bakte?

Die zaterdag zaten Hanneke en hij aan het ontbijt. Hij had de *NRC* opengeslagen en hield de krant zo hoog mogelijk om Hannekes wakende ogen te vermijden.

'Jij nog koffie, schat?' vroeg ze.

Hij wees naar zijn koffiekopje als antwoord.

Ze schonk in en ging tegenover hem zitten wachten. Willem las extra lang door. Niet dat het hem lukte om zich te concentreren. De woorden, iets over het zoveelste hervormingsplan van het kabinet, schoten meteen weer weg. Hij kon werkelijk nog geen zin onthouden. Hij hoorde heus wel hoe Hanneke op haar stoel zat te wiebelen. Deed ze altijd als ze zenuwachtig was. Het goeie mens. Misschien moest hij maar proberen gezellig met haar te praten, ook al was dat het laatste waar hij behoefte aan had. Met tegenzin legde hij de krant opzij.

Ze greep meteen haar kans. 'Heeft iemand iets van pa gehoord?'

'Nee.'

'En hij is ook niet op de zaak geweest?'

'Nee.'

'Moeten we niet even langs zijn huis rijden dan? Marloes is donderdag langs pa geweest en zij zegt dat er een Chinees vrouwtje in zijn huis zat.'

'Een Chinees vrouwtje?'

'Ja. Ik wilde het al eerder vertellen, maar je was iedere keer zo laat thuis en je leek nogal moe.'

'Wat voor Chinees vrouwtje?'

'Dat weet Marloes ook niet. Een jong meisje. Mei Wei. Marloes denkt dat dat het meisje is dat hij eerder wilde opzoeken in China.'

'Dat was een klip-en-klaar onzinverhaal.'

'Ze liep er echt rond. Ik denk dat we met haar moeten proberen te praten. Misschien weet zij waar pa is.'

Willem zuchtte geërgerd. 'Wie zegt dat hij weg is?'

Hanneke trok haar hoofd in honderd rimpels. Ze werd oud. Willem vroeg zich af of zij weleens hetzelfde dacht als ze naar hem keek. 'Marloes zei dat zijn auto wel gewoon voor de deur stond. Maar hijzelf was er niet. Vreemd, toch?'

'Laten we zo maar langs zijn huis rijden dan.'

Hanneke leek opgelucht, blij dat ze weer een gezamenlijk doel hadden.

Rons auto stond er nog steeds. Tot zover niets alarmerends. Hanneke en Willem stapten uit. Hanneke loerde uitgebreid om zich heen alsof ze een detective was in een van die Engelse series waar ze zo graag naar keek. Daarna liep ze naar de auto van haar schoonvader toe en keek door het raampje naar binnen. 'Hij is niet op slot,' zei ze, alsof dat een belangrijke ontdekking was.

Het zou pas echt uitzonderlijk zijn geweest als Ron zijn auto wél op slot had gedaan. Willem had hem al herhaaldelijk gewaarschuwd, maar volgens Ron voorkwam hij hiermee juist dat iemand zijn ruit insloeg. Willem, bij wie al drie keer een poging tot auto-inbraak was gedaan, weigerde hem gelijk te geven in zijn aanpak.

Hanneke belde aan, maar er werd niet opengedaan. Ze gluurde door het raampje naast de voordeur naar binnen. Voor de zoveelste keer die dag stoorde Willem zich aan haar. En het was nog maar ochtend.

'Hij doet niet open,' zei ze toen, alsof Willem zelf niet tot die conclusie had kunnen komen.

Willem belde nu zelf aan. Harder, indringender.

Weer gebeurde er niets.

'Marloes heeft de sleutel,' zei Hanneke. 'Misschien moeten we die even halen.'

De gretigheid in haar stem maakte Willem agressief. Hij drukte de bel nog maar een keer heel hard en heel lang in, terwijl hij het bloed naar zijn gezicht voelde stijgen.

Door het matglas zagen ze iemand naar de deur lopen.

Hanneke stootte hem opgewonden aan. 'Gelukkig, daar zul je hem hebben. Ik maakte me toch wel ongerust, jij niet?'

De deur werd opengedaan, maar in plaats van Ron Casper stond Max daar. Hij zag eruit alsof hij al drie dagen niet had geslapen en staarde zijn ouders met slome, bloeddoorlopen ogen aan. Willem was te verbaasd om iets te zeggen.

'Wat doe jij nou hier?' vroeg Hanneke en ze wierp haar armen om hem heen. Kijk, daar ging het dus mis. Max had nooit in zijn leven iets hoeven doen voor haar goedkeuring, zelfs nu niet. 'En waar is opa?'

Als een slappe pop hing Max in de armen van zijn moeder, die hem bij zijn schouders pakte en doordringend aankeek. 'Wat is er? Ben je ziek? Voel je je niet lekker?'

Willem schudde zijn hoofd en liep langs Max heen naar binnen. In de woonkamer was de geur van wiet onmiskenbaar. Overal lagen lege bierblikjes, op de salontafel een overvolle asbak met peuken, en op de bank lag een meisje te slapen. Een Chinees meisje. Van die ouwe was geen spoor te bekennen.

Het meisje werd niet eens wakker. Ze droeg niet al te veel kleren en haar jurkje was hoog opgekropen, zodat Willem vrij zicht had op de rand van haar slipje. Best een lekker mokkeltje. Ondanks de situatie voelde hij een lichte druk in zijn kruis.

Hanneke en Max kwamen de woonkamer binnen. 'Ga maar zitten, Max,' zei Hanneke, alsof ze het tegen een zieke had. 'Zet ik even lekker een kopje thee.' Op weg naar de keuken trok ze geroutineerd het jurkje van het meisje naar beneden. Ze leek helemaal in haar element.

Willem ging in de grote lederen fauteuil zitten en keek Max eens goed aan. Die was onderuitgezakt op de bank gaan zitten, met zijn ogen halfdicht. Overduidelijk stoned.

'Wat moet dit voorstellen, jongen?' vroeg Willem streng.

'Huh?' Max keek lodderig naar zijn vader op.

'Je hoorde me wel. Wat is dit? Wat doe jij hier?'

'Gewoon chillen. Met haar.' Hij knikte naar het Chinese meisje, dat nog steeds niet had bewogen. Alleen aan het rustige rijzen en dalen van haar smalle borst was te zien dat ze nog leefde.

'Gewoon chillen,' herhaalde Willem. 'Gewoon chillen. Heb je niets beters te doen?'

Hij keek zijn vader een beetje dommig aan.

'En waar is opa?'

Nog steeds die dommige blik.

Er knapte iets in Willem. 'Ik vraag je iets,' schreeuwde hij tegen zijn zoon. 'Waar is opa, godverdomme?'

Hanneke kwam de keuken uit gerend. 'Wat is hier aan de hand?' vroeg ze. 'Doe nou eens rustig, Willem. Zo bereik je helemaal niets. Het is nog maar een kind.'

'Een kind? Een kind? Hij is goddomme eenentwintig. Het wordt tijd dat dat jong zich eens nuttig gaat maken. Toen ik zijn leeftijd had, werkte ik me de pleuris. Maar jij laat hem maar een beetje rondhangen met je ouwewijvenpraat en kopjes thee.'

Hij zag zoals te verwachten viel tranen opwellen in Hannekes ogen. Ook dat nog. Hij zou nu meteen sorry moeten zeggen, het moeten verzachten, zeggen dat ze geweldig was en het allemaal zo goed bedoelde, maar hij kreeg het niet uit z'n strot.

Nu was ook het Chinese meisje wakker. Ze rekte zich uit en keek verbaasd om zich heen met grote, angstige ogen.

'En wie is zij dan?' vroeg Willem.

Max keek hem dommig aan.

'Geef antwoord. Wie is dit meisje?' Willem keek het meisje aan. 'Wie ben jij?'

'Volgens Marloes spreekt ze alleen gebrekkig Engels,' zei Hanneke met een snotterige stem.

Willem kon niet eens meer naar zijn vrouw kijken. Hij was bang dat hij zich niet meer zou kunnen beheersen. Dit kende hij helemaal niet van zichzelf, die agressie. Controle, Willem, zei hij tegen zichzelf. Controle.

'Who are you? What are you doing here?'

Het meisje keek hem nog een seconde wezenloos aan en begon te huilen. Ook al. Het enige wat vrouwen konden als ze het even niet meer wisten: janken.

Hanneke wierp haar man een verwijtende blik toe en ging naast het meisje zitten. 'It's okay,' zei ze. 'It's okay.' Niet dat het hielp. Het meisje jankte gewoon door.

Willem keek eens goed om zich heen. Naar Max die inmiddels met zijn hoofd in zijn handen zat; Hanneke die dat meisje over haar rug aaide terwijl ze geen idee hadden wie ze was, voor hetzelfde geld had ze die ouwe omgebracht en was ze in zijn huis getrokken, wie zou het zeggen; deze vreselijke kamer waar hij alleen maar slechte herinneringen aan had.

Het werd hem allemaal te veel. De druk in zijn lichaam was nog verder opgelopen. Als hij hier nog langer zou blijven, zou hij uit elkaar barsten. Hij stond op en wilde de deur uit lopen, maar Hanneke kwam alweer achter hem aan.

'Willem, Willem,' riep ze met een hysterische stem. 'Wat ga je doen? Waar ga je heen?' Ze pakte zijn arm beet en klemde zich aan hem vast.

Hij rukte zich los, hardhandiger dan de bedoeling was, waardoor ze haar evenwicht verloor en tegen het gangkastje viel. Hij voelde heel even spijt. Daarna bedacht hij dat het haar eigen schuld was, zoals zij aan hem was gaan hangen als een behoeftige koalabeer.

Hij mompelde toch maar iets van 'sorry' en liep de deur uit. In de auto zette hij de radio aan. The Prodigy. Op tien. 'Smack my bitch up'.

Liever had hij het andersom.

Het was achttien minuten rijden vanaf het huis van Ron Casper. De gordijnen waren open, er stond een damesfiets voor de deur. Het was zo'n fiets met een krat voorop, handig voor de boodschappen. Hij wilde er niet aan denken hoe die trut van een Mirjam door de supermarkt liep en chips en bier insloeg voor de zaterdagavond, o, en voor zichzelf appelsap natuurlijk nu ze zwanger was. Hij wilde Miriana. Haar afkeurende blik. Dat geile leren jurkje. De klappen van haar zweep.

Hij sloot zijn ogen en dacht aan de kooi. Hij hoefde niet veel moeite te doen om helemaal terug te zijn. Naakt, koud, het staal tegen zijn billen. Zijn pik drukte hard tegen zijn gulp. Niemand maakte hem zo geil als Miriana. Zij was de enige bij wie hij zich echt een man voelde. Zij was de enige die hem begreep. Die zag wat hij nodig had. Die hem echt kende. Hij hield het bijna niet meer. Hij ritste zijn gulp open en begon woest te rukken. Binnen een minuut kwam hij klaar. Met enige trots constateerde hij dat hij tot aan het plafond van de auto had gespoten. Donkere vlekken op de beige bekleding.

Eindelijk was hij verlost van de druk in zijn lichaam. Het moment van opluchting was kort. Al snel werd hij zich ervan bewust dat het klaarlichte dag was en dat er mensen door de straat liepen. Snel stopte hij zijn zaakje terug en ritste zijn gulp dicht.

Beschaamd keek hij om zich heen. Voor het raam van het huis naast dat van Mirjam stond een oudere vrouw. Ze deed Willem een beetje denken aan zijn moeder. Zo'n zure ouwe kop. Hij wist niet of ze iets had kunnen zien, maar voor de zekerheid startte hij de motor en reed zo snel mogelijk de straat uit.

'Controle, Willem,' zei hij hardop. 'Hou jezelf verdomme nou onder controle.'

Metaal isoleert uitstekend. Het ijs is gesmolten, maar het is nog steeds koel in de archiefkast. Ik leg vers ijs neer en start de auto.

Waar kan ik het lichaam dumpen? Drie mogelijkheden: een plek waar Ron Casper een natuurlijke dood is gestorven. De parkeerplaats van een bordeel. Zo'n leuke seksvilla in de bossen bij de Belgische grens of zo. Geen slecht idee. Alleen moet ik zijn auto er dan naartoe rijden, en hoe kom ik dan zelf thuis? Bovendien stikt het vast van de beveiliging rondom zo'n afgelegen hoerenkeet.

Of zijn lichaam spoorloos laten verdwijnen. Hem een loodgordel omdoen en laten afzinken in een kanaal. Hem begraven in het bos. Hem aan stukken snijden en in een koffer doen.

Of dat wijf vermoorden, haar lichaam laten verdwijnen, Ron Casper op bed leggen en het dan op zijn beloop laten. Maar ik ben nou eenmaal geen moordenaar.

Ik parkeer de auto langs de weg en bonk een paar keer met mijn kop tegen het stuur. Wat een zooi. Wat een ongelofelijke teringzooi.

Kon ik die klootzak maar gewoon ter plekke uitladen en wegrijden.

20

Voor de tweede keer die week belde Hanneke huilend naar Marloes.

Marloes nam op en luisterde zeker een halve minuut naar een onsamenhangend verhaal, aldoor denkend: hier gaan we weer. Ze had een kater van de fles wijn die ze bij Andres in haar eentje had leeggezopen. Dat haar moeder nu bij haar op de koffie zat, was al erg genoeg. Het was een vast ritueel: Riet ging op zaterdag altijd eerst naar de markt en daarna ging ze bij haar dochter langs. Meestal nam ze appeltaart mee en dwong ze Marloes een veel te groot stuk te eten met een enorme toef slagroom.

'Wie is dat?' vroeg Riet op een nogal harde fluistertoon.

Marloes gebaarde dat ze geduld moest hebben.

'Wie is het?' vroeg haar moeder nog een keer. 'Waarom zeg je niets?'

'Hanneke?' zei Marloes door de hoorn. 'Hanneke? Wat is er?'

Riet praatte er nu hard doorheen: 'Waarom belt die jou nou weer?'

'Sst,' zei Marloes.

'Waarom zegt ze niets?' vroeg haar moeder. 'Is ze aan het huilen? Geef d'r anders maar even aan mij.'

Marloes stond op en liep naar de keuken, al wist ze dat ze haar moeder hiermee tot op het bot beledigde. 'Hanneke, wat is er nou? Moet ik naar je toe komen? Waar ben je? Ben je thuis?'

'Nee,' zei ze, nog steeds huilend, maar deze keer iets verstaanbaarder, 'ik ben bij pa.'

Marloes greep zich vast aan het aanrecht. 'Bij pa? Is er iets met hem gebeurd?'

'Dat weet ik niet.'

'Hoezo weet je dat niet. Is hij...' Ze durfde het woord niet uit te spreken.

'Ik weet niet waar hij is. Kun je me komen halen?' Hanneke moest het een paar keer zeggen voordat Marloes begreep wat ze zei.

'Bij het huis van pa?'

'Ja.'

'Wat doe je daar nou weer?'

Hanneke begon weer te huilen.

Marloes onderdrukte een zucht. 'Ik kom eraan.'

Uiteraard liet Riet zich niet eerst naar huis brengen, welk argument Marloes ook bedacht.

'Maar je wilde pa toch niet meer zien?'

'Die is toch niet thuis?'

'Dat weten we nog helemaal niet. Hanneke was behoorlijk vaag.'

Riet stond al klaar met haar tas onder haar arm. Het was verbazingwekkend hoe fit ze was en hoe makkelijk ze zich voortbewoog. Nu wel, dacht Marloes. Waarom was ze niet zo energiek toen ik haar nodig had? Ze dacht weer terug aan hoe haar moeder na de scheiding maandenlang op de bank had gelegen. Meestal zelfs te beroerd om te douchen. Als Marloes thuiskwam uit school, rook het hele huis naar ongewassen lijf en sigaretten. De boodschappen deed Marloes, maar vaak was er niet eens geld in huis om iets te halen. Dan legde ze maar weer aan Willem uit dat ze voor de zoveelste keer oud brood met pindakaas gingen eten. Niet vreemd dat die jongen zich nu volpropte met alles wat-ie maar te pakken kon krijgen.

Natuurlijk begonnen mensen het door te krijgen. Voorheen hadden zij en Willem deel uitgemaakt van de kakkers. Altijd gekleed in dure merkkleding, drie keer per jaar op vakantie, twee keer per week uit eten en een attitude alsof de wereld van hen was. Nu begon het op te vallen dat ze altijd in dezelfde kleding rondliepen, dat ze geen pauzehapje mee naar school namen en dat de juffrouw al tien keer om het geld voor het schoolreisje had gevraagd. Marloes durfde niemand meer bij haar thuis uit te nodigen en droeg Willem op dat evenmin te doen. Toch bleven de vragen toenemen. 'Waar is je moeder? We zien haar niet meer. Wordt er nog wel voor jullie gezorgd? Zien jullie je vader nog? Waar woont hij nu?' Marloes deed nog harder haar best om het verval te camoufleren. Iedere dag na school maakte ze het huis schoon en waste en verstelde kleding.

Ze nam een keer na schooltijd de bus naar het bedrijf van haar vader om hem om geld te vragen. Twee keer overstappen, een hele onderneming voor een meisje van tien. Toen ze daar aankwam, was het al bijna donker geweest. De wintertijd was ingegaan en het begon om kwart over vijf al te schemeren. 'Je hebt hem net gemist,' had de receptioniste gezegd. 'Je vader gaat meestal tegen vijven al weg tegenwoordig.'

Marloes had het koud en had honger. Ze kon gewoon niet geloven dat haar vader er niet was. Had hij enig idee wat zij en Willem nu doormaakten? Dacht hij ooit nog aan hen? Ze bleef de receptioniste sprakeloos aankijken. Wat moest ze doen? Ze had geen idee waar haar vader woonde.

'Gaat het wel met je?' had die gevraagd. 'Je vader had natuurlijk geen idee dat je zou komen. Anders had hij natuurlijk nog wel even op je gewacht.' En omdat Marloes nog steeds niet reageerde, zei ze: 'Anders kom je morgen gewoon weer. Dan zorg ik dat Ron er wél is.'

Marloes probeerde niet te huilen, maar ze voelde dat ze het niet lang ging volhouden. Ze draaide zich om en liep zonder iets te zeggen het bedrijf uit. Op de parkeerplaats hoorde ze haar naam.

Herman was haar achterna gekomen. Ze kende hem van het jaarlijkse kerstfeest. 'Meisje toch,' zei hij toen hij haar had ingehaald. 'Ben je helemaal voor niets hiernaartoe gekomen?' Pas toen was ze in huilen uitgebarsten en had hij haar getroost.

Hij bracht haar naar huis. Toen ze daar aankwamen, haalde hij zijn portemonnee tevoorschijn en gaf haar vier briefjes van vijfentwintig gulden. Ze had zich moeten inhouden om ze niet uit zijn handen te grissen. Daarna had hij zijn telefoonnummer opgeschreven. 'Bel me als je iets nodig hebt. Ik ben er voor jullie.'

Dat hun telefoon een week eerder was afgesloten, had ze maar niet verteld.

Een paar dagen later was ze uit school gekomen en stond haar moeder boerenkoolstamppot te maken alsof er nooit iets gebeurd was. Marloes probeerde te vragen of haar moeder nu beter was en of ze alsjeblieft nieuwe kleren voor hen kon kopen. Maar haar moeder zei dat ze haar huiswerk moest gaan maken en niet zoveel vragen moest stellen. Denk maar niet dat Riet ooit sorry had gezegd. Of: wat fijn dat je zo goed voor jezelf en Willem hebt gezorgd. De eenzaamheid en wanhoop die Marloes had gevoeld, in die periode zelf maar ook daarna, had ze nooit helemaal van zich af kunnen schudden.

Ze wierp een blik op haar moeder. Haar taaie lichaam, de verbeten trek om haar mond. Nooit had ze willen worden zoals zij, maar ze was bang dat het al te laat was. 'Oké, ga maar mee,' zei ze toen, alsof ze een keus had.

Rons auto stond er nog, precies zoals hij er afgelopen donderdag had gestaan. Wat dat betrof leek er niets veranderd. Haar moeder stond al naast de auto en keek met samengeknepen ogen naar het huis. 'Moet je kijken hoe meneer woont. Mij heeft hij op een flatje laten verpieteren.'

Alhoewel Marloes zich aan haar moeder ergerde, begreep ze haar ook wel. Bij de scheiding had ze bijna niets meegekregen. Ze was niet komen opdagen bij de zitting omdat ze daar de energie niet voor had, zei ze. 'Ze hebben puur misbruik gemaakt van de situatie, je vader en zijn slet. Met een fooi hebben ze me afgescheept.' Hoe vaak Marloes dat al had moeten aanhoren. Haar moeder had natuurlijk gelijk, ergens. Maar aan de andere kant: ze had ook gewoon die dag haar nest uit kunnen komen en een goeie advocaat kunnen inhuren, zoals normale mensen doen. Dan had ze misschien ook voor haar kinderen kunnen zorgen en hadden ze niet bij alles wat ze nodig hadden, al was het maar een gummetje voor school, moeten horen dat er geen geld voor was dankzij 'die schoft en z'n slet'.

Ron daarentegen had twee jaar na de scheiding deze enorme villa gekocht met een tuin ter grootte van drie voetbalvelden. 'Met ruimte voor iedereen.' Dat had hij serieus gezegd. Marloes wist nog hoe opgelucht ze was geweest. Eindelijk uit de armoede, uit de kleine flat waar ze met z'n drietjes in waren getrokken. Maar met 'iedereen' had hij het vooral over Johanna en Lot, die een halfjaar daarna werd geboren.

Misschien was het maar beter als pa dood was. Misschien raakte ze dan eindelijk die bittere smaak in haar mond kwijt.

Riet stond al bij de voordeur. Rustig aan doen zat niet in haar systeem. Altijd bezig, altijd in beweging. Wat dat betreft leken zij en Ron op elkaar. Ze hadden een prima oude dag kunnen hebben samen. Gewoon met de dingen die normale gepensioneerde mensen doen. Beetje reizen, beetje golfen, naar het theater, concerten. Alle dingen waarvan Marloes had gehoopt ze ooit met Harm-Jan te kunnen doen.

Haar moeder verwachtte blijkbaar heel wat van dit uitstapje, zo ongeduldig stond ze bij de voordeur. Een echte ramptoerist.

Marloes haalde de sleutel uit haar tasje en opende de deur. Met verbazing rook ze de doordringende wietlucht. En ze had al koppijn. Als ze slim was geweest had ze net een paracetamol genomen, maar daarvoor was het nu te laat.

'Marloes!' Hanneke kwam de hal al in gelopen. 'Ma,' zei ze er snel achteraan, wat minder enthousiast. Ze had overduidelijk gehuild. Er liepen zwarte strepen over haar wangen.

'Wat is er nou allemaal aan de hand?' vroeg Marloes, terwijl Hanneke zich zo'n beetje in haar armen stortte. 'Wat is er gebeurd en waar is pa en waar is Willem?'

'Dat weet ik niet!' Hanneke begon weer te huilen. 'Willem is boos weggelopen. Hij doet zo raar de laatste tijd. Ik weet gewoon niet wat ik moet beginnen.'

'Kom, laten we even in de woonkamer gaan zitten,' zei ze. 'Kun jij rustig worden en dan hebben we het erover.'

'Je wilt niet weten wat voor een bende het hier was. Ik ben al begonnen met opruimen,' zei Hanneke snel. Maar nog steeds waren de sporen zichtbaar. De pakjes vloei op tafel, een leeg blikje dat half onder de bank was geschoven. En het inmiddels weer vredig slapende meisje op de bank.

Ondertussen liep Riet rond met de gretigheid van een bezoeker bij de Drie Dwaze Dagen. Willekeurig voorwerpen oppakkend en ze kritisch bekijkend. Af en toe geluiden makend als 'tsss'. Ron Casper zou woest zijn geweest als hij wist dat Marloes haar moeder in huis had gelaten.

Toen Riet was uitgekeken, ging ze op de bank zitten. 'Moest ik nou helemaal hiernaartoe komen om mijn enige kleinzoon zo aan te treffen? Ga jij eens rechtop zitten, Max.'

Hanneke verschoot van kleur en keek hulpzoekend naar haar schoonzus. Marloes deed haar best om een geruststellend knikje te geven, al meende ze er helemaal niets van. Max wás een puinhoop. Maar ze begreep ook wel waarom Hanneke dat zelf niet wilde zien. Ze wenste dat Sanne een puinhoop was, dan woonde zij tenminste ook nog lekker thuis.

'En kan dat meisje niet iets fatsoenlijks aantrekken?' Riet liep naar de bank en wees naar Mei Wei. 'Wat moet dat hier?'

Niemand gaf antwoord.

'Gaat iemand mij nog vertellen wat er aan de hand is? Waar is Ron?'

'Dat weten we niet,' zei Max.

'Wat doe jij dan hier?' vroeg Riet verontwaardigd. Opeens begreep Marloes waarom ze zo pissig deed: Max was bij Ron op bezoek gegaan en niet bij haar.

'Gewoon,' zei Max. 'Even chillen. Kunnen we naar huis gaan nu?'

'Zo makkelijk gaat dat niet.' Riet begon steeds meer in haar element te raken. 'Vertel eerst aan oma wat er aan de hand is.'

'Nou,' zei Max. 'Ik ging bij opa op bezoek. Zij deed open.' Hij wees naar Mei Wei, die nog steeds sliep. 'En we hebben samen gechilld.'

'Chillen? Bedoel je daarmee een bende maken en drugs gebruiken?' vroeg Riet.

Max begon een beetje stom te grinniken. Hanneke wierp Marloes de zoveelste 'help mij'-blik toe.

Riet stond op en schudde het meisje zachtjes door elkaar. Ze opende haar ogen en maakte weer zo'n soort piepbeestgeluid. Wat deed Ron met zo'n meisje? Misselijkmakend was het.

'Wat doe jij hier?' vroeg Riet streng.

'Ze spreekt geen Nederlands,' zei Marloes.

'What you do here?' vroeg haar moeder doordringend. 'Who are you?'

Het meisje, inmiddels in paniek, stond in een snelle beweging op van de bank en trok een sprintje naar de trap. Terwijl ze naar boven rende, keken Hanneke, Marloes en Riet recht in haar in roze katoen gehulde kruis. Max staarde stoned voor zich uit en miste derhalve de voorstelling.

'Wat heeft die te verbergen?' vroeg Riet, nadat ze eerst een afkeurend geluid had gemaakt. 'Dat is toch raar, dat zo'n kind dan naar boven gaat? Ik ga wel even met d'r praten.'

'Nee,' zei Marloes streng. 'Ik ga. Jij ruimt samen met Hanneke verder op en dan gaan we naar huis.' Ze was verbaasd over haar eigen stelligheid.

'Goed,' zei Riet tot Marloes' verbazing. Ze draaide zich naar Max toe. 'Jij hebt je opa niet gezien? En zij was al die tijd hier?'

'Dat zei ik toch al.'

Riet zei niets terug, maar haar gezichtsuitdrukking zei genoeg. O god, dacht Marloes, straks in de auto gaat ze me vast uitgebreid vertellen wat ze ervan vindt. Zo'n slimme jongen die niets doet en nog een grote mond heeft ook. En Hanneke die niets aan hém doet. Ze kreeg er nu al hoofdpijn van.

'Ik ga even naar boven dan,' zei Marloes.

Alsof dat het teken was waar ze al die tijd op had gewacht, sprong Hanneke op en begon op te ruimen. Riet bleef zitten en keek Max doordringend aan, waarschijnlijk dacht ze dat dat zin zou hebben.

In de slaapkamer was Mei Wei een – hoe kon het ook anders – knalroze koffertje aan het inpakken. Marloes ging op de rand van het bed zitten, alsof zij de moeder was en het meisje de tienerdochter. Wat qua leeftijd waarschijnlijk nog makkelijk had gekund ook.

'How old are you?' vroeg ze.

Mei Wei antwoordde niet, maar concentreerde zich op het opvouwen van een minuscuul doorschijnend jurkje.

'How old?' vroeg Marloes nog maar een keer.

Ze keek even op met betraande ogen. 'I mus go,' zei ze toen.

'I will take you to the station or the airport or wherever you want to go. But you need to help me first. Where is Ron?'

Het meisje haalde haar schouders op.

'Since when are you here?' probeerde Marloes.

'I mus go,' zei het meisje weer. Er werd nog een niemendalletje in de koffer gestopt. Hoeveel had dat kind er wel niet? Marloes probeerde een trui of een broek tussen de gevouwen lappen stof te ontdekken.

'Yes, you can go. But you have to tell me about Ron. Where is he?'

'I don know.' Ze begon weer te huilen. Het arme kind kon er natuurlijk ook allemaal niets aan doen. Aah, ze had ook nog van die hysterische pluizige pantoffels. Alsof ze haar hele garderobe bij een soft-erotisch postorderbedrijf had besteld.

Ze klikte haar koffertje dicht. 'I mus go,' zei ze weer.

'I take you to the station. If you want.'

Ze knikte.

'But' – Marloes zuchtte al bij voorbaat omdat ze zo langzamerhand wel doorhad dat het toch allemaal zinloos was – 'can you please tell me about Ron? My father, Ron.'

'Ron no here.'

'But has he been here? At all?'

Het meisje staarde haar glazig aan.

'When have you last seen Ron?'

Het meisje begon te huilen. 'I don know.'

Marloes kon er niet meer tegen. 'Come, let's go,' zei ze toen maar. Wat moest ze anders? Straks bleek het kind nog illegaal te zijn of iets dergelijks en zaten ze met een probleem.

Ze begeleidde haar de slaapkamer uit, met dat idiote koffertje dat bij een speelgoedwinkel gekocht leek te zijn.

'Gaat ze weg?' vroeg Riet toen ze beneden waren. De kamer was keurig opgeruimd, dat kon je wel aan haar en Hanneke overlaten. Zelfs de wietlucht was weg. Het rook nu naar citroenfris schoonmaakmiddel.

'Ja,' zei Marloes.

'Better,' zei Riet tegen Mei Wei. 'Ron is a bad man. No good for you. Or for anybody.'

Mei Wei zei nog steeds niets terug. Natuurlijk niet, dacht Marloes. Misschien had het kind gedacht dat ze hier kon blijven wonen. Of misschien wist ze donders goed waar Ron uithing.

'Gaat zij zó naar buiten?' vroeg haar moeder. Het meisje droeg een soort onderjurkje met ballerina's eronder. 'Heeft ze niets fatsoenlijks om aan te trekken?'

'Ik geloof het niet,' zei Marloes.

Riet maakte een afkeurend geluid. 'En waar moet dat kind dan heen?'

'Hoe moet ik dat weten?' Het klonk een beetje snauwerig, dat hoorde Marloes zelf ook wel. 'Ik dacht, we brengen haar gewoon naar de trein.'

'De trein?' zei Riet vol afgrijzen. 'De trein? Dat kind kan niet eens fatsoenlijk Engels, laat staan Nederlands. We kunnen haar toch niet zomaar op de trein zetten?'

'Ze kan wel met ons mee...' zei Hanneke voorzichtig.

'Ik neem haar wel mee,' zei Marloes resoluut. 'Ik neem haar mee tot we weten waar ze naartoe moet.' Ze zuchtte maar weer een keer. Nog dieper dan de vorige keer.

'We doen het samen,' zei haar moeder tevreden.

Natuurlijk.

Fucking rigor mortis. Had ik even niet meer aan gedacht met m'n stomme kop. Ron is zo stijf als een zoutpilaar. Volgens het internet duurt dit tussen de zesendertig en achtenveertig uur. Zo krijg ik hem nooit uit die archiefkast. Tenzij ik hem met archiefkast en al ergens dump. Maar als ze hem dan vinden, weten ze zeker dat hij door een misdrijf is omgekomen.

De hele middag rijd ik doelloos rond met Ron in de achterbak. Ik voel heel sterk zijn aanwezigheid. Ik praat zelfs tegen hem. 'Heb jij een beter idee? Waar wil jij dan naartoe?'

Natuurlijk hoef ik niets van hem te verwachten. Ik hoor hem spottend lachen en ik meen zelfs dat hij zegt: 'Zoek het lekker uit.'

21

Lot werd wakker met een smerige smaak in haar mond. Voordat ze gisteravond was gaan slapen had ze droog brood gegeten (absorptie), haar mond uitgespoeld met bijtend mondwater (distillatie), drie keer gepoetst en drie stukjes kauwgom gekauwd. Toch werd ze wakker met een ranzige droge rooklucht in haar mond. Dankzij de slaappil was ze in een diepe slaap gevallen en had ze zelfs niet gemerkt dat Ruben al was opgestaan. Zaterdag was zijn vrije dag, zij was dan degene die vroeg opstond zodat hij even kon blijven liggen en zich niet om de kinderen hoefde te bekommeren. Meestal kwam hij pas tegen tienen zijn bed uit, om daarna te gaan voetballen met vrienden. Maar nu was hij dus al opgestaan, zonder dat zij er ook maar iets van had gemerkt.

Het was al tien uur. De laatste keer dat ze ooit zo lang had uitgeslapen, was ver voor de geboorte van de kinderen geweest. Ze hoorde in de verte Elias huilen, maar niets in haar voelde de drang om op te staan en hem te troosten. Misschien moest ze gewoon maar een dag in bed blijven met de dekens over haar hoofd getrokken en wachten tot alles weer was zoals vroeger. Of misschien moest ze weg. Op reis. Alles helemaal vergeten. Misschien werd zij dan ook wel verliefd op iemand anders. Zou dat niet de beste oplossing zijn voor iedereen?

Ze was alweer bijna in slaap gevallen toen de telefoon ging. Haar moeder. De laatste persoon op aarde waar ze zin in had.

'Lieverd!' riep Nana geëxalteerd uit. 'Hoe gáát het met je?'

'Goed,' zei Lot kortaf.

‘Nou, met mij ook, leuk dat je het vraagt. En met de expositie ging het ook goed, leuk dat je bent komen kijken.’

Lot hield haar mond omdat ze wist dat het zinloos was om iets terug te zeggen en omdat haar moeder toch wel door zou praten. Wat die expositie betreft: ze kon zich niet herinneren dat haar moeder haar had uitgenodigd. Niet dat ze zou zijn gekomen, trouwens. Haar moeder maakte monsterlijke naakten met uitvergrote geslachtsdelen.

‘Ik heb vier werken verkocht,’ ging haar moeder onverstoorbaar door. ‘Toch helemaal niet slecht in deze crisistijd, vind je niet? Maar het allerleukste is nog wel dat ik ben gevraagd voor Art Basel. Niet in Basel, maar in Miami. Ik zeg het er maar even bij, want dat soort dingen weet jij natuurlijk niet.’

‘Ook in Basel. En in Hongkong.’

‘Nou goed, ik ga dus naar Miami. Hoe leuk is dat?’

‘Heel leuk voor je.’ Waarom had ze opgenomen? Waarom?

‘Jammer dat je niet blij voor me kunt zijn. Want ik wilde jou vragen om met me mee te gaan.’

‘Wat?’

‘Ja. Jij en ik. Voor moeder-dochter quality time. Lijkt je dat niet enig? Volgens mij moet jij heel nodig eens uit je dagelijkse sleur ontsnappen. Je zit daar maar te verpieteren. Je bent nog hartstikke jong. Ik dacht: misschien wordt het tijd dat ik je laat zien wat leven is.’

‘Wat?’ vroeg Lot nog maar een keer.

‘Ik denk heus wel aan je, hoor. Zeg, is Ron al getraceerd?’

‘Hoe weet jij dat nou weer?’

‘Willem belde vanochtend. God, die man is net zo’n droogkloot als z’n moeder. Niet te geloven hoe gezapig hij al is, en dat op zo’n jonge leeftijd.’

‘Willem belde jóú?’

Ze giechelde. Er waren weinig vrouwen van haar leeftijd die nog konden giechelen als Nana. Je zou overigens niet zeggen dat ze in de zestig was. Ze had een geweldige plastisch chirurg en trainde vijf keer per week met een personal trainer. De laatste keer dat Lot haar in bikini had gezien, al was dat alweer een paar jaar geleden, had haar moeder zelfs een sixpack.

'Hij belt wel vaker,' zei Nana. 'Willem en ik hebben een heel goede band, hoor. Hij maakt zich een beetje ongerust.'

'Pa is waarschijnlijk in slaap gevallen in een bordeel.'

Haar moeder giechelde weer. Op een serieuzere toon zei ze: 'Ik wil echt werken aan beter contact met jou, Lot. En met je kinderen ook. Weet je wat het is, soms ga ik zo in mijn werk op en vergeet ik gewoon dat jullie nog bestaan.'

Dit gesprek had Lot al heel vaak met haar moeder gevoerd.

'Maar we gaan het helemaal goedmaken. In Miami!' Het laatste woord sprak Nana uit alsof ze een quizmaster was en Lot een prijs had gewonnen.

'Ik kan niet wachten.'

'Nou, niet zo enthousiast. Ik bedoel het goed. Dat weet je toch?'

'Je bedoelt het goed. Natuurlijk.'

'Lot! Doe nou gewoon gezellig! Ik snap niet hoe die man van je het met je uithoudt. Ik zou maar goed op hem letten als ik jou was.'

'Hoe bedoel je?' vroeg Lot scherp. Ze had altijd het gevoel dat haar moeder niet begreep wat een man als Ruben met een vrouw als zij deed. De eerste keer dat Nana hem ontmoette – uiteraard had Lot dat zo lang mogelijk uitgesteld – belde ze haar dochter na afloop op en schalde door de hoorn: 'Maar lieverd, wat ziet hij er goed uit, en hij is slim bovendien!' Lot was doodsbang geweest dat Ruben dit hoorde. Hij zat nota bene naast haar in de auto. Zonder iets te zeggen had ze opgehangen.

Nana zuchtte. 'Ik hoop dat je tegen hem wat vriendelijker bent dan tegen mij. Goede mannen zijn schaars, Lot. Al denk jij van niet. Dat je het nou nodig vindt om tegen mij zo bot te doen...'

'Mail me over Miami, goed?' zei Lot om duidelijk te maken dat het gesprek wat haar betrof was afgelopen.

'Doe ik,' zei Nana.

Lot hoorde haar diep inademen.

'Zo slecht heb ik het toch niet gedaan?'

'Nee, mam.'

'We gaan het echt leuk hebben.'

'Ja, mam. Ik moet nu ophangen, goed?' Voordat haar moeder kon antwoorden, drukte ze haar weg.

Nana had altijd geweigerd Lots moeder te zijn, behalve nu het al te laat was. Het maakte haar nooit uit hoe laat Lot naar bed ging, welke films ze op televisie zag en of ze volgens de schijf van vijf at. In plaats van dat Lot gebruik had gemaakt van haar vrijheid, had ze zich ontpopt tot een modelkind dat er zelf voor zorgde dat ze genoeg nachtrust kreeg, nog een extra portie broccoli opschepte en van zender veranderde als het te bloederig of seksueel werd. Zo'n kind dat anderen welopgevoed noemden.

Als iemand Nana complimenten maakte over het goede gedrag van haar dochter, zei ze: 'O, daar heb ik helemaal niets aan hoeven doen. Heeft ze hélemaal zelf gedaan.' Mensen dachten dan dat ze een grapje maakte, dat was nog het ergste. Nana zag het niet als een probleem dat ze nooit al te veel aandacht aan haar kind had geschonken. Op een bepaalde manier was ze er zelfs wel trots op. Opvoeden beschouwde ze als iets burgerlijks.

De aandacht die ze aan Lot gaf was meer de aandacht die een bazige mooie vrouw aan haar muizige vriendin zou geven. Ze vroeg Lot bijvoorbeeld of ze vond dat een bepaalde jurk haar mooi stond en vertelde haar ongevraagd over haar seksleven.

Het verwarrende was dat Nana blijkbaar wel zin had om een goede stiefmoeder te zijn. Toen Lot wat ouder was, kwamen Willem en Marloes om het weekend logeren. Lot vermoedde dat ze niet eens kwamen omdat ze dat wilden, maar vooral om haar te treiteren. Willem zei dan helemaal niets tegen haar, Marloes kneep hard in haar armen als er niemand keek, altijd op een plek die bedekt werd door kleding, en fluisterde dingen in haar oor als: 'Je wordt vast net zo'n slet als je moeder.' Of: 'Je bent net zo lelijk als je moeder.' Of: 'Kutkind, je hebt onze vader afgepakt.'

Lot vroeg zich altijd af waarom haar moeder zich niet gewoon op háár concentreerde. Vooral de maaltijden waren een drama. Nana deed zowaar haar best om lekker te koken voor haar stiefkinderen. Niet dat het haar in dank werd afgenomen. Marloes, die maar veertien jaar jonger was dan Nana, schoof steevast haar bord opzij en zei: 'Wij hoeven deze gore zooi niet.' Als Willem dan niet snel genoeg reageerde, voegde ze eraan toe: 'En jij ook niet, Willem.'

Nana zat zich dan de rest van de maaltijd in te houden om niet te gaan huilen en Willem friemelde nerveus aan zijn servet, om vervolgens 's nachts stiekem de koelkast leeg te eten.

De enige die onverstoorbaar bleef, was Ron. Hij was of slecht-, of goedgehumeurd. Hoe de rest van het gezelschap zich gedroeg, leek daar geen enkele invloed op te hebben.

Lot hoorde Ruben de trap op komen en was zich opeens erg bewust van haar slechte adem, van haar zweetoksels en ja, ook van dat daarbeneden. Ze wilde niet dat hij haar zo aan zou treffen. Vooral niet nu het inmiddels al 1000-1 stond voor Yo van yoga. Ze sprong snel uit bed en vluchtte de badkamer in. Onder de douche zeepte ze zich uitgebreid in en schrobde ze zich net zolang met een borstel tot haar huid rauw en pijnlijk was. Pas toen durfde ze onder de douche vandaan te komen. Hoeveel tijd er was verstreken, wist ze niet. Veel, waarschijnlijk.

Toen ze de slaapkamer in liep, zag ze op bed een dienblaadje staan met een beschuitje en een kopje thee erop. En een kindertekening. Wat moest dit voorstellen? Was dit Rubens manier om zijn schuldgevoel te compenseren, als hij daar al last van had? Misschien vond hij wel dat hij het volste recht had om vreemd te gaan. Lot had immers nooit zin in seks en was ook nog eens altijd aan het werk. O, en waarschijnlijk vond hij dat zij hem niet begreep. Dat was nog waar ook.

Ze besloot haar best te doen om wat van deze dag te maken, hoe graag ze zich ook ergens zou willen verstoppen om de rest van de dag te huilen. Ze trok een schoon T-shirt en een onderbroek aan, deed de slaapkamerdeur open en riep naar beneden: 'Elias! Lily! Komen jullie?'

Ze hoorde Ruben op de liefdevolle, enthousiaste toon die hij altijd tegen de kinderen gebruikte en misschien wel een van de grootste redenen was dat ze zoveel van hem hield zeggen: 'Volgens mij is mama onder de douche vandaan. Ga maar gauw kijken.'

Ze ging snel in bed liggen en luisterde naar de kindervoetstappen op de trap. Wat zou er met hen gebeuren als Ruben zou besluiten haar te verlaten? Een fulltime werkende moeder, geen enkele rechter zou hier lang over na hoeven denken.

Elias en Lily kwamen de kamer binnengerend. 'Mama! We waren op je aan het wachten, maar je duurde uren en uren.'

Ruben bleef in de deuropening staan.

'Komen jullie eens gauw gezellig bij me in bed liggen en laat me eens zien wat voor lekkers jullie hebben gemaakt.' Zat Ruben haar nou kritisch te bekijken, of verbeeldde ze zich dat maar? Misschien was hij op dat moment zelf wel de afweging aan het maken of hij bij haar zou blijven of niet. Focus op de kinderen, zei ze tegen zichzelf. Ontspan.

Ze nam een slok van de inmiddels koude thee. 'Heerlijk. En wie heeft die mooie tekening gemaakt?'

'Ik!' riepen Elias en Lily tegelijk.

'Echt?' Ze keek lachend naar Ruben op zoek naar een gedeeld moment. Ze hoopte maar dat hij niet doorhad hoeveel moeite die lach haar kostte.

'Het is echt waar,' beaamde hij. 'Ze hebben samen de tekening gemaakt.'

'Kijk,' zei Elias, 'ik had de rode stift en Lily de gele.'

'Heel mooi. Is het een... paard?'

Ze schudden driftig hun hoofd.

'Een vis met een brommerhelm op?'

Ze begonnen te lachen. Ruben lachte mee, zag ze uit haar ooghoek.

'Een krokodil met een badpak aan?'

'Nee, mama, dit ben jij. We hebben jou getekend. Kijk maar.'

'Maar ik lijk best een beetje op een krokodil, vinden jullie niet?'

'Krokodillen bijten,' zei Lily.

'Dat doe ik ook, hoor.' Ze nam een overdreven hap uit het beschuitje. 'Mjam, mjam, mjam... Maar niet zo lekker als... kinderbillen!'

De kinderen begonnen te gillen en stoven het bed uit. Gelukkig leken ze niet door te hebben dat deze hele show niet voor hen bedoeld was, maar voor hun vader. De grote 'kijk wat een leuke moeder'-show.

'Kom, we laten mama even alleen. Dan kan ze zich aankleden en kan papa zo de deur uit,' zei Ruben.

'Moest je eigenlijk niet naar voetbal?' vroeg Lot zo nonchalant mogelijk.

'Ja, we spelen vanmiddag wat later. En daarna gaan we borrelen. Het kan laat worden.'

Lot was zich er pijnlijk van bewust dat ze daar vroeger nooit over nagedacht zou hebben. Ze dacht aan zijn vrienden van het voetbalelftal. Ze kenden elkaar al jaren. Ze was bij allemaal op de bruiloft geweest, op kraamvisite, bij de etentjes die geregeld werden georganiseerd. Zouden zij op de hoogte zijn van Rubens overspel? Of zou hij zich na de wedstrijd met een smoes uit de voeten maken? Misschien zouden ze zelfs denken dat het aan háár lag dat hij meteen weg moest. Alsof zij zo'n bezitterig, dominant type was zoals bijvoorbeeld Karen, die haar Peter had verboden later dan zes uur thuis te komen, 'omdat ze ook quality time samen nodig hadden'. Als een stoute schooljongen moest hij meteen na het eerste biertje de kantine verlaten, paniekerig kauwgom kauwend omdat Karen het ook niet prettig vond als hij overdag al dronk. 'En bovendien,' zo had ze Lot zelf verteld tijdens het jaarlijkse diner waarbij het voetbalelftal voor de vrouwen kookte, 'het past toch ook helemaal niet bij de sport, dat gedrink?' Alle andere vrouwen hadden instemmend geknikt. Dat verbaasde Lot, want van Marjet wist ze bijvoorbeeld dat zij een warm voorstander was van het nuttigen van vele eenheden alcohol, sport of geen sport.

Lot had zich doodgeërgerd. 'Je bent toch zijn moeder niet?' had ze gevraagd.

Er was een doodse stilte gevallen. Zelfs de mannen die zich even verderop uitsloofden aan het kookeiland, keken geschrokken hun kant op.

'Nou, zolang Peter zich als mijn derde kind blijft gedragen...'

De andere vrouwen lachten opgelucht. Lot ving even Rubens blik. Misschien vroeg hij zich wel af waarom hij met iemand als Lot was getrouwd en niet iemand die overal makkelijk in paste. Bij haar wrong het altijd, ze had blijkbaar een moeilijke vorm. Na Giovanca had ze nooit meer een echte vriendin gehad. Ja, ze had Frannie, met wie ze soms op zaterdag met de kinderen afsprak in de speeltuin. Frannies kinderen hadden dezelfde leeftijd als Lily en Elias en ze was pas in de buurt komen wonen. Lot hield er al rekening mee dat ze haar minder vaak zou zien naarmate ze meer mensen zou leren kennen. Ook onderhield ze sporadisch contact met haar vroegere huisgenoot Suzanne, die inmiddels vier kinderen had en in een Vinex-wijk woonde.

Lot wenste nu dat ze een betere band had opgebouwd met de andere vrouwen van het elftal, zodat ze zou kunnen navragen hoe laat de wedstrijd was en hoe laat de andere mannen thuis waren gekomen. Maar nu zouden ze haar al zien aankomen.

'Hoezo wordt het laat?'

'Ik heb gewoon wat tijd voor mezelf nodig. Ik moet mijn hoofd leegmaken. Resetten.'

'Hoofd leegmaken waarvan?' vroeg ze.

'Gewoon, van de hele week.'

'Is het opgelost met de drukker?'

'Hoe bedoel je?'

'Dat probleem met de drukker dat je gisteren had.'

Hij dacht te lang na. 'O ja, dat,' zei hij toen. 'Geregeld. Wat stel je veel vragen.'

'Belangstelling,' zei Lot bits. 'Ik probeer belangstelling te tonen. Je vond toch dat ik dat te weinig deed?'

Hij keek haar nog even peilend aan en verliet toen de kamer.

Meer bevestiging dat hij inderdaad met die Yo had afgesproken had Lot niet nodig. Wat moest ze nu doen? Het gewoon door laten gaan? Hem achtervolgen, hem op heterdaad betrappen en een scène schoppen? Ze had in ieder geval niet zo tegen hem moeten snauwen. Wat zou hij straks tegen Yo zeggen: 'Mijn vrouw begrijpt mij niet'?

In de biologie bestond er zoiets als oversprongged rag. Onlogisch lijkend gedrag dat ontstaat door conflicterende gedragssystemen. In plaats van vecht- of vluchtgedrag besluit een dier uit pure paniek tot ogenschijnlijk neutraal gedrag.

Een normale vrouw zou de confrontatie aangaan, hem uit huis schoppen, haar rivale met de dood bedreigen. Zo niet Lot. Ze kleedde zich aan, ging naar beneden en begon opgewekt te praten over niets in het bijzonder. Dat het zo'n mooie dag was, dat ze misschien vanmiddag wel even met de kinderen naar het speelplaatsje zou gaan of naar het strand.

Ook Ruben toonde overspronggedrag. Er was niets aan hem te merken toen hij de kinderen knuffelde en zijn vrouw op haar wang kuste, terwijl hij hoogstwaarschijnlijk op het punt stond een 'deluxe' te krijgen. Dat ze werkelijk niets aan hem kon zien, beangstigde haar.

Ze keek hem na toen hij de straat uit fietste. Ze zou nu nog kunnen ingrijpen. Ze had bijvoorbeeld heel hard kunnen roepen: 'Doe de groetjes aan Yo!' Of hem achterna kunnen gaan.

In plaats daarvan stuurde ze hem een sms. Dat deed ze normaal bijna nooit. En al helemaal geen lieve sms. Niet omdat ze er iets op tegen had, het kwam gewoon bij haar op.

VEEL PLEZIER BIJ HET VOETBAL, LIEVE SCHAT. IK HOU VAN JE.

Ze hoopte dat hij zich schuldig zou voelen. Ze leek wel een marketeer.

Nog steeds stijf als een gereformeerde domineesvrouw, de klootzak.

22

In de auto wist Riet van geen ophouden. Ze bleef maar proberen informatie van het arme meisje los te krijgen. 'Where you live?' en 'How long are you here?' en 'Where is Ron?'

Marloes zag in haar achteruitkijkspiegel het meisje met een gespannen gezicht uit het raam staren. Als de Fiat 500 achterdeuren had gehad, zou ze er misschien wel bij het stoplicht uit gesprongen zijn. Marloes had de auto een paar weken na Harm-Jans dood gekocht. Zijn oude auto had ze ervoor ingeruild. Haar omgeving had er niets van begrepen. Ze wist dat er gezegd werd dat de dood van haar man haar blijkbaar niets kon schelen, waarom zou ze anders een lichtblauwe auto met open dakje gekocht hebben? 'Ze kon zeker niet wachten om de erfenis op te maken,' had ze zelfs een keer gehoord. Uiteraard werd dit niet rechtstreeks tegen haar gezegd, maar via via, zoals dat altijd ging.

Het kon haar niet schelen. Niemand zou begrijpen dat Harm-Jan een gapend gat in haar had achtergelaten. De Fiat was maar een kleine troost geweest. Een heel kleine. Alles beter dan in de auto blijven rondrijden waar hij altijd zo zuinig op was geweest. Ze kon het interieur, dat er na vier jaar nog als nieuw had uitgezien, niet verdragen. Het notenhout van het dashboard. De doos tissues in de middenconsole. De Glassex waar hij iedere week de ruiten vanbinnen mee schoonmaakte en die altijd onder de passagiersstoel lag. Hoe had ze in die auto kunnen stappen zonder iedere keer opnieuw, bij ieder lullig autoritje, met haar gemis geconfronteerd te worden?

Ondertussen bleef haar moeder maar doorgaan. Marloes besloot in te grijpen. 'Mam, hou nou even op. Je ziet toch wel dat dit niet werkt?'

'Denk je nou echt dat zij uit zichzelf gaat vertellen hoe het zit? Nou, ik dacht van niet.'

'Toch moet je even stoppen. Ik krijg hoofdpijn van je.'

Riet maakte een snuivend geluid, zoals ze altijd deed wanneer iets haar niet beviel.

Het was een tijdje stil.

Marloes draaide de straat in waar ze woonde.

'Station?' vroeg het meisje op de achterbank.

'No,' zei Marloes. 'We are going to my house.'

'Train station?' vroeg het meisje weer.

'No,' zei Riet, voordat Marloes de kans kreeg, 'Marloes just tell you. We go to her house.'

'I go,' zei het meisje. 'I mus go.'

Marloes en Riet keken elkaar even aan. 'We kunnen haar niet weg laten gaan,' zei Riet.

'Hoezo niet?' vroeg Marloes.

'Omdat zij de laatste is die Ron levend heeft gezien.'

'Dat weten we helemaal niet.'

'En ook al heeft ze hem niet gezien. Ze was in zijn huis. Ik durf te wedden dat de politie daar wel het fijne van wil weten.'

'De politie?'

'Marloes...' Riet draaide zich helemaal naar haar toe, zodat Marloes nog erger de zenuwen van haar kreeg. 'Niemand heeft Ron nog gezien de laatste tijd. Zijn auto staat voor de deur. Er zit een Chinees in zijn huis. Denk je niet dat het tijd wordt om daar iemand naar te laten kijken?'

'Je hebt helemaal gelijk,' zei Marloes, al was haar moeder gelijk geven het laatste wat ze wilde doen.

'Dat dacht ik ook,' zei Riet tevreden.

'Maar hoe vertellen we het haar?' Marloes knikte even naar achteren. Ze waren inmiddels bij de flat aangekomen waar ze op de bovenste verdieping woonde.

'You come with us,' zei Riet doodleuk.

'No,' zei het meisje. Haar stem klonk paniekerig. 'I mus go.'

Marloes draaide zich om en glimlachte zo vriendelijk en vertrouwenwekkend mogelijk. 'Tomorrow,' zei ze. 'Tomorrow we bring you to the train station. You are a friend of Ron, so we take care of you.' En omdat het meisje er nog steeds niet bepaald gerust op leek, voegde ze eraan toe: 'Don't worry. You can trust us.' Dat is precies wat kinderlokkers tegen kinderen zeggen voordat ze ze de bosjes in sleuren, dacht ze er meteen achteraan.

Het meisje knikte langzaam.

Marloes wilde net uitstappen toen het meisje weer vroeg: 'Train station?'

'We first go to her house,' zei Riet tegen het meisje. 'Later train station.' Tegen Marloes zei ze zelfingenomen: 'Zo los je dat dus op.'

Ze opende het portier en stapte uit. Daarna begon ze woest aan de hendel te rukken om de stoel naar voren te krijgen.

'Laat mij dat maar doen,' zei Marloes geïrriteerd. Ze stapte uit en liep om de auto heen om de stoel naar voren te klappen en het meisje eruit te laten.

Riet pakte Mei Wei meteen bij haar arm.

'Je maakt haar bang, mam,' zei Marloes.

'You come with us,' zei Riet. 'We give you tea. And taart. I have appletaart.'

'Is ze vast dol op,' zei Marloes sarcastisch.

Er liep een vrouw langs met een hondje. Marloes had haar weleens vaker gezien. Meestal droeg ze van die strakke sportpakjes waarin haar kont heel goed uitkwam. Vanzelfsprekend had Marloes een hekel aan haar.

Mei Wei probeerde zich los te rukken.

'Gaat het goed hier?' vroeg de vrouw met het hondje. Zo'n lelijke rashond, Marloes kon er even niet op komen welke.

'Prima,' zei Marloes. 'Niets aan de hand.'

De vrouw trok even haar perfect geëpileerde wenkbrauwen op en liep toen door.

'Had haar dan ook niet zo vastgepakt,' snauwde Marloes toen de vrouw uit het zicht was. 'Vind je het gek dat ze zich probeert los te trekken?'

'Alsof jij het zo goed aanpakt,' snauwde haar moeder terug.

Marloes zuchtte. 'Look,' probeerde ze weer tegen het meisje. 'We bring you to the train station. But first we go to my house. To eat. Are you hungry?' Omdat het meisje haar niet-begrijpend aankeek, maakte Marloes een gebaar alsof ze een vork naar haar mond bracht. 'Eat,' zei ze weer.

Het meisje knikte en liep toen uit zichzelf mee.

In de lift zei Riet: 'Heb jij die pillen nog?'

'Welke pillen?'

'Die slaappillen natuurlijk.'

Marloes dacht even na of het verstandig was de waarheid te vertellen. Het laatste wat ze wilde was dat haar moeder weer zou gaan preken over hoe slecht die dingen wel niet waren en hoe verslavend. 'Ja,' zei ze toen toch maar.

'Mooi,' zei Riet. 'We stoppen er eentje in haar thee. Twee misschien zelfs.'

'Doe normaal. Waarom zouden we dat doen?'

'Hoe wil je haar anders hier houden? Straks heeft ze gegeten en wil ze weer naar het station. Wat zeggen we dan? Dat je band lek is?'

Marloes dacht even na. 'Maar mam, iemand drogeren gaat echt te ver. Er zijn grenzen.'

De liftdeuren gingen open.

'Come mee,' zei Riet tegen Mei Wei met een glimlach die zo overduidelijk nep was dat het zelfs Marloes beangstigde.

Het meisje volgde hen naar binnen, haar roze koffertje achter zich aan slepend.

'You sit here,' wees Riet, die de regie helemaal had overgenomen. 'We bring you food.' Ze gebaarde dat Marloes mee moest lopen naar de keuken. Aarzelend ging het meisje zitten. Ze vouwde haar benen over elkaar en keek onzeker om zich heen in Marloes' ruime woonkamer, waar verse bloemen stonden en het rook naar dure geurkaarsen.

'Oké,' zei Riet in de keuken. 'Waar heb je die pillen?'

'Ik weet niet of dit een goed idee is,' zei Marloes. 'Straks kan ze er niet tegen.'

'Pak jij die pillen, dan zet ik even een lekker kopje thee,' ging Riet onverstoorbaar verder. 'Met een stukje appeltaart. Dat arme kind is vast uitgehongerd.'

'Oké.' Marloes liep de keuken uit omdat ze wist dat haar moeder net zolang zou doorgaan tot ze haar zin zou krijgen. In de badkamer bekeek ze zichzelf in de spiegel. Het viel haar op dat ze er anders uitzag vandaag. Haar ogen stonden opener, leek het wel. Levendiger.

Ze opende het medicijnkastje en liet haar ogen over de voorraad gaan. Ze had inmiddels besloten dat ze het meisje geen slaappil ging toedienen. Zo zat ze niet in elkaar. Haar oog viel op zinktabletten die ze slikte voor extra weerstand en die precies hetzelfde formaat hadden als haar temazepammetjes. Ze haalde twee tabletjes uit de aluminiumstrip en liep ermee terug naar de keuken.

'Waar bleef je nou?' vroeg haar moeder. 'Heb je de tabletten?'

'Wat denk je, mam? Eén of twee?'

'Anderhalf,' zei Riet met een autoriteit die nergens op was gebaseerd. 'We moeten niet hebben dat ze al te snel weer wakker wordt.'

Met een mes sneed Marloes een van de pilletjes doormidden. Ze hoopte niet dat haar moeder dat verdacht zou vinden. Normale slaappillen hadden altijd een breuklijn. Gelukkig had Riet het te druk met het spuiten van een enorme toef slagroom op een enorm stuk appeltaart.

'Van blowen krijg je zin in suiker,' verklaarde ze trots. Waarschijnlijk had ze deze kennis op televisie opgedaan. 'En tel daar maar bij op dat dat kind vast al in geen dagen een normale maaltijd heeft gehad. Jij ook nog een stukje?'

'Nee, dank je,' zei Marloes.

Riet roerde de pilletjes door de thee, deed er nog een extra grote schep suiker in, zette alles op een dienblaadje en liep ermee de kamer in.

Mei Wei zat nog steeds in exact dezelfde positie. Stijfjes rechtop, wijd open ogen, starend in het niets. Misschien heeft ze het koud, dacht Marloes. Alhoewel ze er liever niet naar wilde kijken, zag ze duidelijk de tepels van het meisje door haar dunne jurkje prikken. Ze liep naar haar slaapkamer om een zacht wollen dekentje te pakken. Toen ze terugkwam, had Mei Wei haar tanden al in de taart gezet. Haar moeder zat als een spinnende kat tegenover haar iedere hap die naar binnen ging te volgen. Marloes drapeerde het dekentje ongevraagd om de schouders van het meisje en zei tegen haar moeder: 'Zo, ik rijd denk ik maar even langs Willem en Hanneke.'

'Hoezo?' vroeg haar moeder.

'Ik wil met hen overleggen hoe we nu verder moeten.'

'We moeten de politie bellen,' zei Riet. 'Dat heb ik toch al gezegd?'

'Daar wil ik het dus met hen over hebben.'

'Kunnen ze niet hier komen?'

'Nee, mam. Dat kunnen ze niet.'

Tot haar verbazing had haar moeder daar vrede mee.

Ik heb nu voor de vierde keer ijs bijgevuld. De vrouw van het benzine-station dacht dat ik een feestje had.

23

Voor de tweede keer die week zaten ze rond de keukentafel om over Ron Casper te praten, dit keer met een glaasje port erbij. Op thee en koffie gingen ze het niet redden.

'Moeten we Lot niet ook laten komen?' vroeg Willem.

'Daar valt niet mee te praten, dat weet je toch,' zei Marloes.

Willem keek even naar Hanneke, die nog steeds overstuur was van die ochtend, ook al had hij bloemen voor haar gekocht en alles. Nog steeds kon hij niet verklaren wat hem had bezield. Zoals hij zich die ochtend had gedragen, kende hij zichzelf helemaal niet. Het kwam allemaal door die trut van een Mirjam. Zij had dit op haar geweten. Er zou een wet moeten komen die hoeren verbood om zwanger te worden. Maar daar hoefde hij natuurlijk niet bij Hanneke mee aan te komen.

'Ma vindt dat we de politie moeten bellen,' zei Marloes. 'En ik denk dat ze gelijk heeft.'

'Vind ik ook,' zei Hanneke, die nog een stukje verder bij Willem vandaan schoof. 'Straks is er iets met pa gebeurd en zijn wij nalatig geweest. Ik zou daar nooit mee kunnen leven. Wie weet is hij ergens aan het dwalen,' ging Hanneke verder. 'Je hoort wel vaker dat oude mensen gedesoriënteerd raken. En hij deed toch al verward de laatste tijd. Tenminste, dat zeiden jullie toch laatst tegen Lot?'

Willem keek Marloes aan. Beiden wisten dat de kans dat Ron Casper als een demente bejaarde over straat dwaalde, vrij klein was. Helaas, zou hij bijna zeggen. Was hij maar op drift geraakt, dan zou het zoveel makkelijker zijn om hem eindelijk uit de zaak te zetten.

'Ik zal Lot toch moeten inseinen,' zei Willem toen op zijn speciale verenigingsvoorzitterstoon. 'Of ze hier nu bij betrokken wil zijn of niet, het is ook háár vader.'

Marloes maakte een afkeurend geluid.

'Het is niet anders,' zei Willem. 'We kunnen nou eenmaal niet onder haar uit.'

'Het heeft geen zi-hin,' zei Marloes nog.

Willem toetste haar nummer in. Lot nam op zoals altijd: chagrijnig, kortaf.

'We beginnen ons nu toch wel wat zorgen te maken over pa. Niemand heeft hem gezien,' zei Willem door de telefoon. 'Daarbij opgeteld dat hij zijn creditcard niet meer heeft gebruikt...'

'Is dat zo?' vroeg ze. De agressieve ondertoon in haar stem stoorde Willem. Altijd het lievelingetje geweest, maar nu er iets met pa aan de hand was, had mevrouw geen zin.

'Hanneke en ik zijn al een paar keer langs zijn huis gereden. Hij is er niet. Maar zijn auto staat er wel.'

'Misschien heeft hij een taxi genomen naar het vliegveld en is hij naar Thailand om "research" te doen op minderjarigen.'

'Lot, er klopt iets niet. Hij is nog nooit zo lang weggeweest zonder mij iets te vertellen. En dit weet jij ook nog niet: er zat een Chinees meisje in zijn huis. Die Mei Wei, weet je nog? Dat internetmeisje?'

'Welk internetmeisje?' vroeg ze knorrig.

'Toen pa naar China ging?'

'O, dat. Dan is het raadsel toch opgelost? Pa heeft het even te druk met de "liefde van zijn leven".'

'Zij weet ook niet waar hij is. Ze heeft dagen alleen in zijn huis gezeten. Weet jij wanneer je pa voor het laatst hebt gezien?'

'Weet ik veel, vorige week of zo. Of misschien wel langer geleden. Wacht even...' Willem hoorde haar naar de kinderen roepen: 'Mama zit even buiten, ik kom zo!'

'Waarom weiger je dit serieus te nemen? We hebben het hier wel over een oude man.'

'Die dement is bovendien, toch?'

'Marloes, Hanneke en ik hebben besloten dat we de politie gaan bellen. Het leek me dat ik je daarvan op de hoogte moest stellen.'

'O.'

Hij hoorde haar inhaleren en vervolgens hoesten.

'Gezondheid,' zei Willem. 'Ben je nou alweer aan het roken?'

'Dus?'

'Waar je kinderen bij zijn? Wat vind je daar zelf nou van?'

'Je bent mijn moeder niet. En ook niet mijn vader, waar die dan ook maar mag zijn.'

Willem bleef rustig, al kostte het hem moeite. 'Maak jij je geen zorgen over pa, dan?'

Ze inhaleerde weer. Als directeur van een cosmeticabedrijf kon je echt niet roken, vond Willem. Wat moesten hun klanten daarvan denken als ze erachter kwamen? Dat ze dat zelf niet snapte. Hij zou niet alleen van pa, maar ook van haar af moeten komen, wilde het ooit nog wat worden met Casper Cosmetics.

'Nog geen vijf dagen geleden wilden jullie hem dement laten verklaren omdat je bang was dat hij alle centjes op zou maken. En nu weer wil je hem als vermist opgeven. Sorry dat ik het zeg, maar het is allemaal wel erg toevallig. Heeft dit misschien iets met de mysterieuze potentiële koper te maken waar je me niets over wilt vertellen?'

De druk begon weer op te bouwen in zijn lichaam. Dat Marloes en Hanneke hem allebei aan zaten te staren, hielp ook niet mee. Dit was niet gezond. Straks kreeg hij nog een hartaanval.

'Maar als je zo nodig de politie wilt bellen, ga je goddelijke gang,' ging Lot verder op die betweterige toon. 'Als je het niet erg vindt, ik heb betere dingen te doen.'

'Zie je wel, valt niet mee te praten,' zei Marloes nadat hij had opgehangen.

'Ze gedraagt zich vreemd,' zei Willem. 'Ik vond het ook al niet kies dat ze tijdens ons laatste familieberaad zei dat het tijd werd dat pa zou gaan "hemelen". Wat vonden jullie daarvan?'

'Typisch iets voor haar om te zeggen,' zei Marloes. 'Ze lult altijd maar wat. Heeft geen idee waar ze het over heeft.'

Willem dacht even na. Er klopte iets niet aan Lot. Zoals ze geobsedeerd was door het idee om een eigen cosmeticalijn op te zetten... Hoe goed kende hij haar eigenlijk? Als hij eerlijk was, had hij altijd zijn best gedaan haar zoveel mogelijk te negeren. Vanaf toen ze als klein kind probeerde hem te interesseren voor haar legobouwwerken tot de dag van vandaag. Hij troostte zich met de gedachte dat Marloes nog erger was geweest. Die zei vroeger gewoon: 'Rot op met je domme prutswerken.' Hij had geen idee hoe ver Lot zou gaan om haar zin te krijgen.

'Het zou haar niet slecht uitkomen als pa niet meer terug zou komen...' zei hij aarzelend.

'Wat bedoel je?' vroeg Marloes.

'Precies wat ik zeg,' zei Willem. 'Ik wil zelf geen conclusies verbinden aan haar rare gedrag, maar ik denk wel dat we er melding van moeten maken bij de politie.'

'Denk je dat zij er iets mee te maken heeft?' vroeg Hanneke geschrokken. Voor de eerste keer sinds die ochtend raakte ze hem aan. Hij legde dankbaar zijn hand op de hare.

'Laat ik het zo zeggen: ik sluit het niet uit.'

'Nee toch!' Hanneke hapte naar adem. 'Haar eigen vader. Dat zal toch niet?'

'Er gebeuren wel gekkere dingen in deze wereld,' zei Marloes. 'Maar of Lot de ballen heeft? Ik denk dat ze te laf is.'

'Je weet het niet,' zei Willem. 'Je weet niet hoe wanhopig ze is.'

'Zij, wanhopig?' Marloes snoof. 'Dat verwende nest?'

'Ik ga maar bellen,' zei Willem. 'Dan horen we wel van de politie hoe we hiermee om moeten gaan.'

'Zal ik nog een portje inschenken dan?' Hanneke draaide de dop van de fles open. 'We kunnen allemaal wel een opkikkertje gebruiken.'

'Hoe gaat het met Max?' vroeg Marloes haar terwijl Willem het nummer intoetste. Er zat iets valsigs in haar stem, maar Hanneke pikte dat natuurlijk niet op, wat Willem een beetje ontroerend vond. Goeie, lieve Hanneke.

'Goed,' zei ze. 'Hij slaapt. Hij was natuurlijk doodmoe, die arme jongen.'

Het telefoongesprek met de politie was kort. Of ze naar het bureau konden komen. Met een recente foto van hun vader.

'En wat doen we met dat meisje?' vroeg Marloes. 'Die Mei Wei?'

'Geen idee,' zei Willem. 'Maar het lijkt me wel iets wat de politie graag wil horen.'

'In dat geval houden we haar nog even,' zei Marloes.

24

Marloes reed achter Willem en Hanneke aan naar het politiebureau. Ze probeerde vast te stellen hoe ze zich voelde over de verdwijning van haar vader. Oppervlakkig gezien vertoonde ze alle juiste emoties. Natuurlijk was ze ongerust. Natuurlijk zou ze zich inzetten om hem terug te vinden. Maar als ze echt heel eerlijk was, kostte het bijzonder veel moeite om voldoende aandacht op te brengen. Ze had het in haar hoofd te druk met Andres. Hoe hij naar haar had gekeken, hoe hij lachte, hoe hij had geroken (naar sandelhout en iets exotisch wat ze niet kon plaatsen) en of hij haar nou echt aantrekkelijk vond, of alleen maar uit was op haar voeten (ze erkende meteen hoe belachelijk dit klonk). Waarom had hij haar niet langer gekust, waarom had hij niet met haar naar bed gewild? Mannen wilden toch allemaal seks? Lag het aan haar? Lag het aan hem? Ze leek wel een tiener.

Ze dacht terug aan de dagen na de dood van Harm-Jan. Ze had zich sterk gehouden. Ze wilde niet zijn zoals haar moeder, vooral dat niet. Dus ontving ze het rouwbezoek met koffie, thee en cake, schreef ze bijna opgewekt de rouwkaarten en zorgde ze ervoor dat de begrafenis tot in de puntjes geregeld was. Harm-Jan was een grote Dire Straits-fan geweest. Ze had zorgvuldig de juiste nummers uitgekozen, niet de bekendste hits, maar juist het wat onbekendere werk waar je de echte liefhebber aan kon herkennen. Verder had ze gezorgd voor een juiste mix van sprekers en ze op het hart gedrukt dat ze ieder precies vier minuten spreektijd hadden. Niets was zo erg als langdradige begrafenissen. Ook stak ze veel energie in Sanne.

Het arme kind was veertien geweest. Een lastige leeftijd om je vader te verliezen, daar wist Marloes alles van.

Op de dag zelf had ze een prachtige jurk aangetrokken van dunne zwarte wol, haar haar laten föhnen bij de kapper en hoge hakken gedragen waar ze nauwelijks op kon lopen. Ze had het belangrijk gevonden om er goed uit te zien. Zoals Jackie Kennedy.

De stoelindeling was nog geen makkelijke geweest, omdat Nana erop had gestaan ook naar de begrafenis te komen. Ze had Nana na de begrafenis van Giovanca niet meer gezien, Nana was ook niet uitgenodigd geweest voor hun bruiloft destijds, dus waarom ze nu zo nodig naar de begrafenis van Harm-Jan wilde komen, was Marloes een raadsel. Maar daar zat ze dus met haar moeder en stiefmoeder die onder geen beding met elkaar in aanraking mochten komen.

'Je moet huilen,' zeiden haar vriendinnen. 'Het lijkt wel of het helemaal niet tot je doordringt.' Maar hoe kon ze het laten doordringen met al die dingen die ze moest regelen? Dat rouwen zou later wel komen. Alles op z'n tijd.

Dus plaatste ze Nana ergens schuin achterin en zette ze haar moeder op de voorste rij naast haar vader. Niet dat die twee nog veel contact met elkaar hadden, maar ze dacht dat dit het meest gepast zou zijn. Daarnaast zaten dan zij en Sanne en aan de andere kant had ze Harm-Jans oude moeder neergezet. Zijn vader was enkele jaren daarvoor overleden. Niks geen hartaanval, hij was aangereden op een zebrapad.

Enkele minuten voordat de rouwdienst zou beginnen, was er nog geen spoor van Ron Casper te bekennen. Ze had Ron na de dood van Harm-Jan als een van de eersten gebeld. Waarom uitgerekend hem, dat wist ze niet. Achteraf gezien omdat ze vond dat het zo hoorde. Je informeerde de familie nou eenmaal eerst. Ze had zelfs aan Willem gevraagd of hij Lot wilde bellen.

Ron had gepast gereageerd aan de telefoon. 'Gecondoleerd.' En: 'Wat erg.' Maar daarna had ze niets meer van hem gehoord. Ze had hem uiteraard een rouwkaart gestuurd en was er vanzelfsprekend van uitgegaan dat hij naar de begrafenis zou komen.

'Waar blijft opa?' had Sanne al een paar keer gevraagd toen ze in de kerk zaten.

Marloes had haar arm om haar dochter heen geslagen. 'Die komt zo,' zei ze. 'Opa is altijd te laat, dat weet je toch?' Voor de zekerheid stuurde ze hem een sms'je.

Sanne had zich laten geruststellen en hing zwaar tegen haar moeder aan. Natuurlijk kon Marloes niet gaan huilen. Ook voor haar dochter moest ze sterk zijn.

De rouwdienst begon en Ron was nog steeds niet gearriveerd. Er werden mooie woorden gesproken. Door Harm-Jans beste vriend, zijn baas en zijn broer, en Sanne las een zelfgeschreven gedicht voor. Marloes had zich voorgenomen de dienst intens te beleven, ieder woord dat gezegd werd in zich op te nemen. Dit waren de laatste momenten dat Harm-Jan nog bij haar was, al lag hij in een kist. Met dit afscheid zou ze het de rest van haar leven moeten doen. Maar het enige wat ze kon denken, was: waar blijft die gore klootzak nou?

Zelfs tijdens de condoleance betrapte ze zichzelf erop dat ze naar de ingang zat te kijken of hij nog zou komen. Ze had al een hele preek in haar hoofd voorbereid. Maar hij kwam niet.

Ook haar moeder zat zich behoorlijk op te winden. 'Zat ik daar mooi voor lul naast een lege stoel,' zei ze herhaaldelijk tijdens de koffie en cake, alsof dat het allerergste was. En Sanne was ontroostbaar dat opa niet was gekomen. Moest Marloes nog excuses voor hem gaan verzinnen ook.

Een week later stond hij opeens op de stoep met een cadeautje voor Sanne. Een iPhone maar liefst. Sanne vloog hem om de hals en zei dat hij de liefste opa ter wereld was. Toen ze even later naar haar kamer ging om de telefoon te installeren, probeerde Marloes hem ter verantwoording te roepen.

'Waar was je?' had ze gevraagd.

'Hoe bedoel je?'

Even vroeg ze zich af of hij het speelde. Maar toen moest ze concluderen dat hij echt geen idee had waar ze het over had. 'Op de begrafenis natuurlijk.'

Hij had diep gezucht: 'Maar Loezesnoes, ik kan daar toch niet tussen al die boze vrouwen gaan zitten?'

'Waar heb je het over?'

'Je moeder. Nana.'

'Misschien had je voor mij kunnen komen. Omdat ík je op dat moment nodig had.'

'Ik ben er nu toch,' zei hij. 'Ik ben nu langsgekomen, ik heb een cadeautje voor Sanne meegenomen... Begrafenissen zeggen me helemaal niets.'

'Maar mij wél!' Ze sloeg met haar vuist op de salontafel. 'Doe dan één keer iets voor mij!'

Hij dacht even na. 'Marloes, hoeveel contact had ik nou met Harm-Jan? Vind je het dan niet hypocriet als ik opeens op de voorste rij ga zitten?'

'Je bent toch mijn vader?'

'Ja?'

'Dan hoor je er toch bij te zijn?'

'Als je uitgaat van burgerlijke normen wel. Maar toe nou, Loezesnoes, je kent me toch? Ik kan helemaal niet tegen dat soort dingen. Het betekent toch veel meer dat ik nú bij je ben? Nu hebben we tenminste tijd met z'n tweeën. Op zo'n begrafenis sta je toch de hele tijd handjes te schudden, daar heb je mij echt niet bij nodig.'

Marloes had niets meer gezegd. Ze kon zich niet meer herinneren of dat was omdat ze geen tegenargument kon bedenken of omdat ze gewoon murw was.

Ron had haar hand gepakt. Ze kon zich niet herinneren wanneer hij dat had gedaan sinds ze een klein meisje was. 'Alsjeblieft, maak er nou niet zo'n drama van. Ik maak het goed met je. Dat beloof ik.'

Marloes had geknikt als een mak schaap.

Nu ze terugdacht aan dit gesprek, voelde ze zich alsnog woedend worden. Ze hoopte even dat Ron ergens in een greppel lag weg te rotten, al mocht ze zo natuurlijk niet denken. 'Het blijft toch mijn vader,' zei ze hardop. 'Het blijft toch mijn vader.'

Ze had het zelf natuurlijk ook niet goed gedaan. Ze had hem er veel te makkelijk mee weg laten komen. Hij had toch gezegd dat hij het goed zou maken? Nou, daar had ze weinig van gemerkt. Maar in plaats van dat ze daar consequenties aan had verbonden, was ze braaf iedere week zijn huis blijven controleren en schoonmaakmiddelen komen brengen.

Ze schrok bijna van haar mobiel die overging. Ze keek even op het schermpje. Haar moeder. Ze drukte haar snel weg, maar de telefoon ging meteen weer over.

Omdat ze wist dat haar moeder niet zou stoppen, zette ze haar auto aan de kant van de weg. Willems auto was ze al een tijdje uit het oog verloren. Ze zou hen straks wel bij het politiebureau treffen.

'Ja?'

'Marloes!' Haar moeder hijgde door de telefoon. 'Er is iets heel ergs gebeurd. Ik weet gewoon niet hoe ik het je moet vertellen. Het is echt vreselijk.'

'Praat even rustig,' zei Marloes. 'Wat is er aan de hand?'

'Dat meisje, ze is verdwenen.'

'Hè?'

'Ja, ik ging even je badkamer schoonmaken en toen ik terugkwam, was ze weg.'

Marloes had net de dag ervoor de badkamer schoongemaakt, maar dat zei ze maar even niet. Ze voelde zich ongelofelijk stom. Natuurlijk was Mei Wei er bij de eerste de beste gelegenheid vandoor gegaan. Zou zij niet precies hetzelfde gedaan hebben?

'Ik vind het zo erg,' zei Riet. 'Ik had natuurlijk beter op moeten letten. Echt zo stom van me, hoe heb ik dit nou kunnen laten gebeuren. Ik had...'

'Stop maar, mam,' zei Marloes. 'Jij kunt er niets aan doen.'

'Ik dacht dat ze lag te slapen,' ging Riet door. Ze klonk oprecht overstuur. 'Ik had al zeker een kwartier naar haar zitten koekeloeren en toen dacht ik dat ik me wel even nuttig kon maken, maar... Ik vind het zo dom van mezelf. En wie weet hoe het nu verder moet met dat meisje. Ze heeft bijna niets aan en als het goed is, kan ze bijna niet meer normaal lopen, want ik heb haar dat andere halfje ook nog gegeven. Is dat gevaarlijk, denk je? Straks valt ze dood neer en is het mijn schuld. Of ze wordt overreden.'

'Het is al goed, mama.' Marloes overwoog of ze de waarheid zou vertellen, maar besloot dat toch maar niet te doen. Haar moeder had er nogal een handje van om haar dochters fouten tot in de lengte der dagen te blijven opdissen. 'Die Mei Wei kan vast prima voor zichzelf zorgen. Bovendien weet ze toch niet waar pa is gebleven.'

'Zou het?' Het viel op dat haar moeder oud en vermoeid klonk. Het arme mens. Marloes was misschien te negatief over haar geweest. Was het toch ook niet verschrikkelijk lief hoe ze haar iedere dag belde en zich altijd om haar bekommerde? Heel wat anders dan Ron.

'Ik kom hierna zo snel mogelijk naar huis, goed? Maak je nou maar geen zorgen. Het komt allemaal vast wel goed. Ga maar lekker op de bank liggen met de televisie aan.'

'Echt?'

'Geen zorgen, mam. Ik zorg voor je.' Net als vroeger, voegde ze er in gedachten aan toe.

25

Ze vond haar moeder onder een dekentje op de bank waar eerder Mei Wei had gelegen, in elkaar gedoken als een klein vogeltje. Haar te blonde haar stak aan de zijkanten uit. Toen Marloes dichterbij kwam, zag ze dat haar moeder haar ogen dicht had. Haar lippen waren stijf op elkaar gedrukt, alsof ze woedend in slaap was gevallen.

Marloes dacht terug aan vroeger. Hoe vaak had ze haar moeder zo aangetroffen? Hoe vaak had ze geprobeerd haar moeder over te halen om op te staan? Om zich aan te kleden, te douchen, te proberen er wat van te maken. Soms reageerde haar moeder dan helemaal niet. Vaker was ze boos geworden en had ze haar dochter toegesnauwd dat ze haar met rust moest laten.

'Mam?' vroeg ze voorzichtig. 'Gaat het?'

Riet kwam half overeind. Ze zag er eigenlijk heel goed uit. Helemaal niet zoals toen. 'Ik voel me zo stom, Loes. Had ik nou maar beter opgelet.'

Marloes legde haar hand op haar schouder. 'Jij kon hier niks aan doen, mam. Je kon niet weten dat die pillen niet voldoende zouden werken.'

Zo bleven ze even zitten.

'Denk je nog weleens aan vroeger?' vroeg Marloes.

'Hoe bedoel je?'

'Nou, toen pa bij ons weg was gegaan en je niet meer van de bank kon komen.'

'O, dat,' zei Riet.

Marloes wachtte tot ze nog wat zou zeggen, maar er kwam niets meer. 'Je moet er wel heel erg aan toe zijn geweest dat je zelfs niet meer voor ons kon zorgen.'

'Ik heb altijd voor jullie gezorgd,' zei Riet. 'Altijd. Zelfs toen we geen cent te makken hadden omdat je vader de geldkraan had dichtgedraaid en ik van gekkigheid niet wist hoe ik rond moest komen. Zelfs toen heb ik geprobeerd er het beste van te maken.'

'Maar mam...' Marloes zocht naar de juiste woorden om haar moeder niet voor het hoofd te stoten. 'Je hebt minstens drie maanden op de bank gelegen. Willem en ik hadden soms niet eens te eten. Je...'

'Misschien heb ik een of twee dagen op de bank gelegen,' gaf Riet toe. 'Maar meer dan dat is het absoluut niet geweest. Kunnen we erover ophouden?' Ze kwam overeind. 'Zo, en wat zeiden ze op het politiebureau?'

Marloes slikte. Haar moeder tegenspreken had geen zin, dat had ze zo langzamerhand wel geleerd. 'Ze hebben een dossier aangemaakt. Maar we moeten vooral eerst zelf zoeken. Ik had niet het idee dat ze zich al te veel zorgen maakten.'

'En Mei Wei, vroegen ze daar nog naar?'

'We hebben het natuurlijk verteld, maar ook dat leken ze niet echt alarmerend te vinden.'

'Je had mij mee moeten laten gaan,' zei Riet. 'Dan had ik wel duidelijk gemaakt dat dit geen onzin is.'

'Denk jij dat er echt iets aan de hand is met pa?'

'Ik hoop het wel. Anders halen we ons een berg ellende aan voor niets.' Riet schoot in de lach.

Marloes begreep niet wat er grappig was.

Ze aten samen een salade van tomaat en komkommer en een blikje maïs, het enige wat Marloes nog in huis had. Ze zag haar moeder heus wel kijken toen ze de koelkast opentrok. Gelukkig zei ze niets. Marloes gaf haar niet eens ongelijk: ze moest ook beter voor zichzelf gaan zorgen.

Het kostte behoorlijk wat overtuigingskracht om haar moeder na het eten zover te krijgen dat ze naar huis zou gaan.

'Wat als dat meisje terugkomt met een heel leger Chinezen om wraak te nemen?'

'Dat gebeurt echt niet,' zei Marloes.

'Er schijnt anders een actieve Chinese maffia te zijn in Nederland. Je ziet ze niet omdat ze heel goed georganiseerd zijn en geen sporen achterlaten. Maar ondertussen stikt het van de Chinese criminelen.'

'Hou op. Het komt echt goed. Zal ik je maar even brengen dan?'

Zuchtend liet Riet zich naar de auto leiden. Het begon al een beetje te schemeren.

Marloes startte de auto en reed weg.

'Ik ben moe, zeg,' zei Riet.

'Ik ook,' zei Marloes. 'Echt doodop. Het was me het dagje wel.' Haar moeder woonde een kleine drie kilometer bij haar vandaan. Als ze een beetje doorreed, kon ze over tien minuten weer thuis zijn. Ze sloeg links af.

'Stop,' zei Riet opeens.

'Hoezo? Ben je iets vergeten?'

'Stop nou maar.'

Ze remde af en zuchtte. 'Wat is er nou weer?'

'Kijk daar nou toch eens even. Is dat niet...'

Marloes volgde haar blik. Twee zoenende mensen op de stoep voor een appartementengebouw. Ze waren enorm heftig met elkaar bezig, terwijl de man ondertussen zijn fiets vasthield.

'Verrek,' zei Riet. Alle vermoeidheid was uit haar stem verdwenen. 'Zie jij wat ik zie?'

Een auto achter hen toeterde omdat ze de weg blokkeerden. De zoenende mensen keken even op. Nu waren hun gezichten duidelijk zichtbaar. Beide kwamen Marloes vaag bekend voor.

'Is dat niet die vrouw die we vanmiddag zagen?' vroeg ze aan Riet. 'Die met die hond die zich met Mei Wei bemoeide?' Ondertussen trok de auto achter hen hard op en reed agressief om hun heen. Typisch zo'n man met te veel testosteron.

'Dat zal best,' antwoordde Riet. 'Maar die man, komt die jou niet bekend voor?'

Het stelletje gaf elkaar nog een kus en nog een. Ze waren zo verliefd dat Marloes er bijna misselijk van werd. Toen stapte de man op de fiets. Hij wilde wegfietsen, maar de vrouw hield hem tegen om hem nog een kus te geven. Daarna namen ze lachend afscheid.

'Nee, ik ken hem niet,' zei Marloes. 'Ja, vaag, geloof ik.'

Riet keek haar aan met ogen die glommen van plezier. 'Weet je wie dat is?' Ze pauzeerde even voor maximaal effect. 'Dat is Ruben. Van Lot.'

'Weet je dat zeker?' vroeg Marloes. 'Het is natuurlijk al donker aan het worden.'

'En of ik dat zeker weet,' zei Riet tevreden.

Marloes startte de auto weer. Inmiddels was de vrouw het gebouw weer binnengegaan. De minnares van Lots man. Als het waar was wat haar moeder zei, tenminste. Was er dan werkelijk geen enkele getrouwde man die zijn apparaat in zijn broek kon houden? Ja, Harm-Jan.

Even later zei Riet: 'Zo, die krijgt mooi een koekje van eigen deeg. Dat zal d'r leren, die kleine verwende trut.'

Marloes dacht even na. 'Hoe bedoel je? Zíj heeft pa toch niet van jou afgepakt?'

'Kom je nou voor háár op? Gaat het wel goed met je?'

'Nee, natuurlijk kom ik niet voor haar op,' zei Marloes snel. 'Ik haat dat mens.'

'Ze zal het er zelf wel naar gemaakt hebben dat Ruben met een ander kust,' zei Riet tevreden. 'Geen man die het uithoudt met een vrouw als zij.'

'Mam!' zei Marloes en ze zette de auto weer aan de kant van de weg. Ze waren nu precies twee straten opgeschoten.

'Het is toch zo?' zei Riet. 'Wat heb jij opeens?'

Marloes dacht na over hoe ze dit het beste kon formuleren. 'Weet je wat het is? Jij wilt dingen alleen maar zien zoals ze jou het beste uitkomen.'

'Wat bedoel je daarmee?'

'Precies zoals ik het zeg. Bijvoorbeeld ook waar we het net over hadden. Dat je maanden op de bank hebt gelegen nadat pa was weggegaan...'

'Begin je dáár nu weer over!' onderbrak haar moeder haar. 'Wat heeft het voor zin om dat allemaal op te rakelen? Daar verander je toch helemaal niets mee?'

'Misschien heeft het voor mij zin,' zei Marloes. 'Misschien vind ik het fijn om erover te praten zodat ik het eindelijk een plekje kan geven.'

'Een plekje geven?' herhaalde haar moeder. 'Een plekje geven? Begrijp ik het goed en zit het zo: jouw vader, die vuile klootzak, gaat ervandoor met een ander. Maar daar hoor ik je niet over. Nee, wat je een plekje moet geven is dat ik het toen even zwaar heb gehad. Nou, neem me niet kwalijk, hoor! Het spijt me vreselijk dat ik iets voelde toen ik zo harteloos opzij werd geschoven. Hoe haalde ik het in mijn hoofd.'

'Mam, zo bedoel ik dat natuurlijk helemaal niet. Wat ik bedoel te zeggen is...'

Haar moeder rukte de deur open. 'Ik heb hier geen zin meer in. Stank voor dank. Dat is precies wat dit is.'

'Mam, toe nou.' Maar Riet was al aan het lopen. Marloes stapte ook maar uit de auto en rende haar achterna. 'Mam, laten we hier nou rustig over praten. Ik wil je natuurlijk niet kwetsen. En ik weet echt wel hoe zwaar je het hebt gehad.'

'Jij weet helemaal niets,' snauwde Riet. 'Niets! En nu wil ik met rust gelaten worden!'

Marloes wist niet wat ze moest doen, dus bleef ze maar naast haar moeder lopen. In een belachelijk hoog tempo.

Na een tijd zei haar moeder, een beetje buiten adem: 'Hoe is het toch mogelijk dat jullie maar naar de pijpen van die man blijven dansen? Het maakt niet uit wat hij doet en wat hij niet doet, jullie bedekken alles met de mantel der liefde.'

'Natuurlijk doen we dat niet!' zei Marloes. 'Denk je echt dat ik niet boos ben op pa?'

Haar moeder zei niets terug, maar bleef stug doorlopen.

'Je hebt gelijk,' zei Marloes nadat ze er even over had nagedacht. 'Ik ben eigenlijk nooit écht kwaad op pa. Ik snap ook niet zo goed waarom.'

'Misschien kun jij nu dan de auto halen en mij naar huis brengen,' zei Riet afgemeten.

ZONDAG

Nadat ik de hele dag doelloos heb rondgereden, ga ik langs zijn huis. Kijken of het meisje er nog is. Ik bel aan. Als er niet wordt opengedaan, ga ik achterom.

Ik controleer het hele huis. Geen spoor. Ik heb zelfs de indruk dat er is schoongemaakt. Het ruikt naar citroenallesreiniger. Het roze koffertje is weg. Kon ik Ron maar neerleggen nu. Dan kon ik naar huis en was alles afgelopen.

Maar nee. Hij is natuurlijk het achtenveertiguurstype. Nog steeds stijf. Het verbaast me al niet meer. Ron kennende gaat hij zijn rigor mortis eindeloos rekken.

Thuis googel ik nog een keer rigor mortis en lees dat het opgeheven kan worden door het lichaam te masseren.

Jezus.

26

'Schoonheid!' Andres opende de deur van zijn atelier. Hij was gekleed in een spijkerbroek en een strak lichtgrijs T-shirt met een paar verfvlekken. Hij zag er gebruind en strak uit. Ongelofelijk dat de man vijfenvijftig was. 'Wat fijn dat je kon komen op deze prachtige zondagmiddag. Ben je er klaar voor?'

'Eh, ik geloof het wel,' zei Marloes. Ze vroeg zich voor de zoveelste keer af of ze dit wel kon maken nu Ron misschien wel vermist was. Aan de andere kant: had hij zich ooit door haar ergens van laten weerhouden? Ooit? Waarschijnlijk was Ron Casper ergens in een bordeel blijven hangen en zou hij zich doodlachen als hij wist dat zij zich ongerust maakte.

'Je zou de angstige uitdrukking op je eigen gezicht moeten zien,' zei Andres lachend. 'Kom binnen, ik heb de koffie klaarstaan.'

In het atelier stond een enorm doek. 'Kijk,' wees hij, 'ik heb de achtergrond al opgezet. Wat vind je ervan?'

Marloes keek belangstellend naar het doek en probeerde er iets intelligents over te zeggen, al was er niet meer te zien dan een paar grijsblauwe vegen. 'Mooie kleur,' zei ze toen maar.

'Ga zitten,' zei hij. Hij wees naar een van de chesterfields, waar hij een wit laken overheen had gedrapeerd. De andere bank had hij naar de muur geschoven. 'Wil je koffie? Zwart?'

'Melk en suiker.'

'Had ik niet achter je gezocht.' Hij knipoogde.

Hij kwam terug met twee mokken koffie en een brede glimlach. 'Zullen we maar beginnen dan? Als jij nou eens op dat kussen gaat zitten zodat je voeten de grond niet raken. Ja, dat ze zo naar beneden bungelen, dat bedoel ik.'

Ze keek om zich heen naar de andere schilderijen. Voeten die op een tafel lagen. Een voet die bevallig naast een dijbeen gedrapeerd was. Voeten die schuin van bovenaf geschilderd waren. 'Waarom moeten mijn voeten bungelen?'

'Geen vragen stellen,' zei Andres.

Ze keek naar zijn geconcentreerde gezicht terwijl hij met een potlood met grote halen over het linnen ging. Bungelende voeten. Kwam ze zo over? Als iemand die geen grip had? Dus eerst had hij haar de hemel in geprezen, haar verteld dat ze bijzonder was en speciaal en gepassioneerd en mooi. Maar uiteindelijk zag hij haar als een suf vrouwtje zonder daadkracht. En geen enkele grond om op te staan.

Hij had geen oog meer voor haar. Hij zat alleen nog maar gebiologeerd naar haar voeten te staren. Zou hij zich ervan bewust zijn hoe ze zich voelde? Zou het hem überhaupt iets kunnen schelen? Ze voelde zich nogal dom en naïef. Je zou denken dat ze beter gewapend zou zijn tegen mannen als Andres. Maar ze had zich gewoon laten inpakken, en nu zat ze hier dan. Met bungelende voeten. Wat zouden mensen zeggen bij de expositie? Ze zouden naar haar schilderij wijzen en zeggen: 'Prachtig hoe de nietszeggendheid van deze vrouw is afgebeeld.'

Misschien hadden ze allemaal gelijk dat ze niets voorstelde. Zelfs nu haar eigen vader vermist was, deed ze niets. Ze had het niet eens aan Andres verteld.

Tijdens het gesprek met de politie de dag ervoor had Willem voornamelijk het woord gedaan. Hanneke had als een burgemeestersvrouw braaf zitten meeknikken. Marloes had hem hier en daar aangevuld. Nu ze eraan terugdacht, vielen vooral de dingen op die niet waren gezegd. Dat het slecht ging met het bedrijf. Dat er een potentiële koper aan de poort stond. Nee, het enige wat Willem had genoemd was dat er een conflict was tussen Lot en Ron over het opzetten van een nieuwe lijn.

'Stil blijven zitten,' zei Andres streng.

Ze besefte dat ze ongemerkt met haar benen was gaan zwaaien. 'Sorry,' zei ze.

Nu ze erover nadacht, het was niet Lot die zich vreemd gedroeg. Lot had zich precies gedragen zoals ze zich altijd gedroeg: onmogelijk. Daarbij, misschien had ze wel door dat haar man vreemdging en was ze daarom zo opgefokt. Nee, de enige die zich echt anders dan anders had gedragen deze week, was Willem. Was hij niet tot twee keer toe zonder duidelijke reden verdwenen? Had hij Hanneke niet geduwd? Was hij niet ongeconcentreerd en gestrest?

Nee, zei ze tegen zichzelf. Zoiets zou haar kleine broertje nooit doen. Maar was dat niet wat iedereen dacht over hun man, broer, vader, buurman, totdat ze hen met getrokken mes tegenover zich zagen staan? Wat wist je nou eigenlijk van anderen? In hoeverre kon je werkelijk doordringen tot hun diepste gedachten, gevoelens en verlangens? Je moest het altijd maar doen met de informatie die je aan de buitenkant kon zien. En dan nog moest je maar hopen dat je niet al te zeer verblind was door je eigen sores om iemands woorden en gedrag juist te interpreteren.

Marloes pakte haar telefoon, terwijl ze Andres binnensmonds hoorde vloeken omdat ze zich weer had bewogen. Hanneke nam na een paar keer overgaan op.

'Han,' zei Marloes. 'Ben je alleen? Kan ik je even spreken?'

'Ja, natuurlijk,' zei Hanneke.

'Is Willem niet in de buurt?'

'Die zit naast me.'

'Dan ben je toch niet alleen?'

'Willem en ik weten toch alles van elkaar.'

'Is dat zo?' vroeg Marloes. 'Echt alles?'

Hanneke lachte een beetje nerveus. Op de achtergrond hoorde ze Willem vragen wie ze aan de telefoon had. 'Geef Marloes maar even,' zei hij daarna.

'Je moet echt stilzitten,' zei Andres. 'Je beweegt te veel.'

'Als je voeten bungelen, bewegen ze toch altijd een beetje?' zei Marloes tegen hem. 'Dan had je maar een andere pose moeten bedenken. Willem?'

'Ja, zus,' klonk het aan de andere kant van de lijn.

Ze liet haar stem zo luchtig mogelijk klinken. 'Ik zat nog even te denken, hè. Hadden we de politie niet moeten vertellen dat pa al dat geld van de zaak heeft uitgegeven? En van die koper?'

'Ik zou niet weten waarom,' bromde Willem. 'We hebben ze toch verteld dat hij veel naar bordelen ging?'

'Maar misschien zit daar een aanknopingspunt. Misschien heeft dit met geld te maken.'

'Natuurlijk niet.' Willem klonk een beetje snauwerig. Zo had ze hem nog nooit gehoord. 'Alsof pa zich ook maar één seconde druk maakte over geld. Straks wil de politie het bedrijf helemaal doorlichten, en wat schieten we daarmee op?'

'Je hebt ze toch ook verteld over het conflict dat hij met Lot had?'

'En?'

'Nou, dan moet je misschien de rest ook vertellen.'

'Marloes, wat heeft dat voor zin. Wil je dat ze denken dat ik er iets mee te maken heb?'

'Je hebt gelijk,' zei ze snel. 'Sorry, ik probeer alleen maar mee te denken.' Daarna hing ze op.

Vreemd, dacht ze. Hij doet gestrest en vreemd. Stel dat hij inderdaad iets met de verdwijning van pa te maken heeft? Hij heeft er reden genoeg toe. Gek genoeg kon ze het hem niet eens echt kwalijk nemen.

'Problemen?' vroeg Andres.

'Nogal. Het lijkt erop dat mijn vader vermist is.'

'Wat vervelend, zeg,' zei hij. 'Maar je moet nu echt stil blijven zitten.'

Ze hield het nog precies tien minuten vol; tien minuten waarin ze nadacht over het korte gesprekje met Willem. Moest ze zich zorgen over hem maken? Of sloeg ze nu helemaal door? Zou dit niet een situatie moeten zijn waarin zij aanvoelde wat er klopte en wat niet? Zou ze de waarheid niet in haar onderbuik moeten kunnen vinden? Ze had vaak genoeg in damesbladen dingen gelezen als: 'Ik voelde gewoon dat hij dood was.' Of: 'Ik voelde dat er iets mis was.' Zij voelde, als ze eerlijk was, helemaal niets. Het enige wat ze wist, was dat ze hier niet langer kon blijven.

'Ik moet gaan,' zei ze. 'Kun je niet gewoon een foto maken van mijn voeten?'

Hij kwam achter het doek vandaan en ging naast haar zitten op de bank. ‘Marloes, mooie Marloes,’ zei hij met een glimlach. ‘Heb je dan werkelijk geen geduld?’ Hij pakte een van haar voeten beet en kneep er zachtjes in. Hij had een ferme grip. ‘Vind je dit fijn?’ vroeg hij.

‘Hoe bedoel je?’

‘Nou, als ik zo’ – hij pakte haar kleine teen beet en kneep er zachtjes in – ‘als ik een beetje met je voeten speel.’ Hij stak zijn vinger suggestief tussen haar tenen. ‘Zo dus. Is dat niet waarom je zo ongeduldig bent? Wil je niet gewoon een beetje aandacht?’

Ze kon er niets aan doen dat ze een schokje door haar lichaam voelde gaan. Ze was al zo lang niet meer aangeraakt. Ze overwoog haar ogen dicht te doen en zich aan hem over te geven. Het over haar heen laten komen en zich te laten meesleuren door de stroom. Waarom niet? Ze had al die jaren op safe gespeeld. Misschien werd het tijd dat ze zich liet gaan. Wat had ze te verliezen?

Maar toen zag ze zijn gezicht. Zijn mond hing een beetje open en zijn ogen waren lodderig. Met zijn vinger maakte hij seksbewegingen tussen haar tenen. Straks komt hij nog klaar, dacht ze. Ze trok haar voet snel terug.

‘Hé, wat doe je nou?’ vroeg hij.

‘Heb ik je niet net verteld dat mijn vader wordt vermist?’

‘Ja, lieverd. Lijkt me echt heel naar.’ Hij bleef begerig naar haar voet kijken.

‘Begrijp je niet dat dat mij bezighoudt?’

‘Marloes.’ Hij keek haar nu smekend aan met zijn bruine hertenogen. ‘Een beetje afleiding zal je goeddoen. Waarom ben je anders hier gekomen?’

Het stomme was dat ze zich nog heel even schuldig voelde ook. ‘Ik dacht zelf ook dat het goed voor me zou zijn. Maar… dit is gewoon niet het juiste moment. Mijn vader is misschien wel dood en ik zit hier maar een beetje te… bungelen. Dat kan toch niet?’

‘Blijf dan gewoon heel even poseren. Ik zal niet meer aan je voeten zitten, goed? Hoe aantrekkelijk ik ze ook vind. Maar laat me je dan nog heel even schilderen.’

‘Heb je helemaal niet gehoord wat ik zei?’

‘Ik vind het echt heel vervelend voor je, lieverd. Maar wat wil je dat ik eraan doe?’

'Grappig,' zei ze. 'Je lijkt wel een beetje op mijn vader. Eerst doe je of je heel empathisch bent met dat tenen lezen en die semidiepzinnige gesprekken, maar als het erop aankomt denk je alleen maar aan jezelf.'

'Ik denk juist alleen maar aan jou.'

'Je denkt helemaal niet aan mij. Het enige waar je aan denkt is welke trucs je kunt gebruiken om je perverse voetfetisj uit te leven.'

'Mens, wat lul je nou? Wat wil je nou van me? Jij komt hier toch met blosjes op je wangen en gelakte nageltjes naartoe? Ik heb je toch niet gedwongen? Als je hier niet wilt zijn omdat je vader vermist wordt, je hond ongesteld is of je kanarie in de rui, dan gá je toch gewoon?'

Ze griste haar schoenen van de vloer en liep op blote voeten naar de deur.

'Ik zag trouwens meteen dat je ouder bent dan vierenveertig,' riep hij haar nog na.

Marloes reed niet naar huis, maar naar Amsterdam. Haar dochter woonde midden in de Pijp op een etage die ze deelde met drie andere meisjes. Marloes was er nog maar een paar keer geweest. Meestal sprak ze met Sanne in de stad af omdat ze het appartement smerig vond en Sanne niet wilde dat ze ging schoonmaken.

Haar dochter deed open in haar pyjama, terwijl het al twee uur 's middags was. Ze had het hoofd, haar en uitgelopen make-up van iemand die zwaar op stap was geweest. Ze schrok toen ze haar moeder voor haar deur zag staan. 'Wat is er, mam?' vroeg ze. 'Hebben ze opa gevonden?'

'Nee, schat,' zei Marloes. 'Hij wordt nog steeds vermist. Mag ik binnenkomen?'

'Zal ik me gauw aankleden dan? Kunnen we lunchen in de stad.'

'Nee, blijf maar lekker in je pyjama. Ik heb niet zoveel zin om de stad in te gaan. Heb je... heb je de fotoalbums van papa nog?'

Haar dochter keek verbaasd. 'Ik dacht dat je die niet meer wilde? Je kon er toch niet tegen om foto's van papa te zien?'

'Ja, maar nu wil ik het wel. Ik wil de albums heel graag terug als dat mag.'

'Zullen we lekker samen kijken? Zet ik thee, let jij niet op de troep en bestellen we straks pizza.'

Marloes keek haar dochter dankbaar aan. 'Dat lijkt me helemaal heerlijk.'

27

Het politiebureau zag er vanbuiten uit als een bejaardenwoning en vanbinnen was het niet veel beter. Al was Lot de laatste die daar iets van mocht vinden. De inrichting van hun huis had Ruben voor het grootste deel voor zijn rekening genomen. Uit aardigheid was ze met hem meegegaan bij de aanschaf van de grote dingen zoals het bankstel en de eettafel. Alles wat Ruben aanwees, had ze prima gevonden. Hij had een perfecte smaak. Gevoel voor esthetiek. Als mensen bij hen thuis kwamen en complimenten maakten over de perfect uitgekiende mix van vintage en nieuw, keken ze altijd haar aan. Maar als zij voor de inrichting verantwoordelijk was geweest, hadden ze waarschijnlijk alles bij één winkel op een meubelboulevard gekocht.

Ze meldde zich bij de balie en werd meegenomen naar een klein kamertje ergens achter in het bureau. Een tafel met een paar koffiekringen en een leeg suikerzakje. Een raam dat uitkeek over een grasveld. Ze hadden nogal last van mollen, zo te zien.

'Zo, mevrouw Casper,' zei de vrouwelijke agent die tegenover haar kwam zitten. Lot schatte in dat ze dezelfde leeftijd had als zij. Ze had lachrimpels rond haar ogen, iets wat je niet snel bij een politiebeambte zou verwachten. 'Wat fijn dat u zo snel kon komen op uw vrije zondag. Vindt u het goed als ik een band mee laat lopen?'

'Zeg maar Lot. En het is Staverman, Lot Staverman.'

De agent maakte een notitie. Voor haar lag een mapje met een pasfoto van Lots vader in de rechterbovenhoek geniet. Het was een paspoortfoto, een van de weinige foto's waarop Ron Casper niet lachte. Je zou hem bijna niet herkennen met die vreemde starre blik. Nu Lot erover nadacht, zag haar vader er altijd uit alsof hij aan iets bijzonder grappigs dacht.

Hoe heette deze mevrouw nou ook alweer? Een naamplaatje droeg ze niet. Ze had haar naam genoemd toen ze elkaar de hand schudden. Waarschijnlijk ging ze er bij voorbaat van uit dat Lot het niet ging onthouden en had ze niet veel moeite genomen om haar naam duidelijk uit te spreken.

'Ik heb u gevraagd om te komen omdat ik het graag met u wil hebben over de verdwijning van uw vader. Uw broer en zus zijn hier gisteren geweest en maken zich nogal ongerust.'

'Halfbroer. Halfzus.'

Weer maakte ze een notitie.

'Goed. Dit gesprek is bedoeld om een betere indruk te krijgen van de omstandigheden omtrent de verdwijning van uw vader. Laten we bij het begin beginnen. Wanneer heeft u uw vader voor het laatst gezien?'

Lot dacht even na. 'Ik weet het eerlijk gezegd niet meer zo goed. Vorige week vrijdag, geloof ik.'

'Weet u nog waar u hem zag?'

'Op kantoor. Hij kwam aan het einde van de dag nog even binnenvallen.'

'En toen heeft u met hem gesproken?'

'Ja.' Opeens werd ze bang dat dit heel lang zou duren. Ze keek op haar horloge. Het was vier uur. Ze was meteen na het telefoontje van deze mevrouw naar het bureau gekomen, om vooral niet de indruk te wekken dat het haar allemaal niets kon schelen.

'Kunt u vertellen hoe dat gesprek is verlopen?'

'Gewoon. We hadden het over werk. Ik ben directeur van het bedrijf dat mijn vader heeft opgericht.'

'Dat vertelde uw broer... halfbroer al.' Ze glimlachte. 'En na dat gesprek heeft u uw vader niet meer gezien?'

'Dat klopt ook.'

'Gesproken over de telefoon?'

'Nee.'

'E-mail, Facebook, WhatsApp of enige andere vorm van communicatie?'

'Nee. Maar mijn vader had wel veel chatcontacten. Misschien moet u in zijn computer kijken om te zien wanneer hij voor het laatst online is geweest.'

'Op dit moment zijn we nog aan het onderzoeken of het noodzakelijk is dat we poolshoogte gaan nemen. We zullen alleen in zijn computer kijken wanneer we sterke aanwijzingen hebben voor een misdrijf. Tot die tijd ligt het meer voor de hand dat u als familie onderzoek verricht. Heeft u toegang tot zijn computer?'

Ze schudde haar hoofd.

De agent leunde voorover en zei: 'Maakt u zich geen zorgen over uw vader? Vindt u het niet raar dat u hem al een tijdje niet meer heeft gezien? Het is toch al een wat oudere man.'

'Ik nam gewoon aan dat hij het druk had met andere dingen.'

'Waarom nam u dat aan?'

'Waarom zou ik dat niet aannemen? Het ligt meer voor de hand dat er niets aan de hand is dan dat er wel wat aan de hand is, toch? Bovendien had ik even wat andere dingen aan mijn hoofd. Privézaken. Vervelende privézaken. Goed, huwelijksproblemen, als u het echt wilt weten.'

De agent glimlachte alsof ze oprecht met haar meeleefde en haar oprecht aardig vond. 'Dan is er nog iets anders wat ik met u wil bespreken.'

'O ja?' Hoe vriendelijker deze vrouw deed, hoe ongemakkelijker Lot zich voelde.

De agent glimlachte nog een keer en zei toen op een bijzonder aardige en niet-bedreigende toon: 'Klopt het dat u met uw vader een conflict had over de koers van de zaak? U wilde een andere richting inslaan dan hij?'

'Wat heeft dat ermee te maken?'

Onverstoorbaar ging de agent verder: 'En klopt het dat u tijdens een gesprek met uw halfbroer en halfzuster heeft gezegd dat het tijd wordt dat' – ze keek op haar notitieblok – 'dat het "tijd wordt dat pa gaat hemelen"?'

Lot staarde haar een tijd verbijsterd aan.

'Komt deze uitspraak u bekend voor?'

'Ja,' zei Lot, 'maar wat zegt dat nou? U trekt het helemaal uit z'n verband.' Ze probeerde niet te laten merken dat ze woedend was. Haar hele leven was ze al door Marloes en Willem getreiterd en nu haalden ze het ook nog in hun hoofd om haar te beschuldigen?

'Had u een goede relatie met uw vader?'

'Uitstekend.'

'En daarin past een opmerking als "het wordt tijd dat pa gaat hemelen"?'

'Dat was sarcastisch bedoeld.' Ze overwoog om te vertellen dat Marloes in hetzelfde gesprek hun vader dement wilde laten verklaren, maar ze was bang dat ze hier dan nog langer zou zitten. Rustig blijven, dacht ze. Het niet erger maken dan het al is.

'Klopt het dat u geen aangifte wilde doen van vermissing?'

'Dat heb ik nooit gezegd.'

'Maar u was gisteren niet aanwezig toen uw broer en zus aangifte kwamen doen.'

'Probeert u mij ergens van te beschuldigen?'

'Waarvan zou ik u willen beschuldigen, mevrouw Staverman?'

'Dat ik iets te maken heb met de verdwijning van mijn vader.'

Weer die glimlach. Bij lachrimpels was er sprake van een cutane breuk veroorzaakt door het verzakken van de huidstructuur, wat weer ontstond door een vermindering van collageen en elastine. Maar wat had Lot nu aan al deze kennis? Ze wenste dat ze Ruben had meegenomen. Ruben zou weten wat hij moest zeggen. Ruben, de marketeer.

'Heeft u daar iets mee te maken?' vroeg de agent onverstoorbaar.

Lot was zich ervan bewust dat het er nu op aankwam hoe geloofwaardig ze het woord 'nee' over haar lippen zou krijgen. Ze keek de agent recht aan en zei zonder met haar ogen te knipperen, luid en duidelijk: 'Nee.'

Toen ze thuiskwam, zat Ruben aan de keukentafel. Zonder iets te vragen schonk hij haar een wijntje in.

Ze ging zitten. 'Waar zijn de kinderen?'

'Die heb ik naar mijn ouders gebracht. Ik dacht: dan kunnen we even rustig praten. Hoe is het gegaan? Waarom had je me niet eerder verteld dat je vader werd vermist?'

'Ze denken dat ik er wat mee te maken heb. Marloes en Willem.' Haar stem klonk huilerig, al wilde ze niet zwak zijn tegenover hem. Niet nu.

'Idioot,' zei hij. 'Belachelijk gewoon.'

'Ik realiseerde me tot voor kort niet eens dat pa echt verdwenen was. Ja, ik had hem niet meer gezien, maar wat zegt dat nou? En nu is hij misschien wel dood en word ik ondervraagd alsof ik een crimineel ben.'

Hij keek haar zo warm en meelevend aan, dat ze begon te huilen. Hij haastte zich naar haar toe en sloeg van achteren zijn armen om haar heen. 'Och, schatje toch,' zei hij een paar keer terwijl hij haar in haar haren kuste. 'Lieverd, wat is dit naar allemaal.'

Ze ging tegen hem aan staan en verborg haar gezicht in zijn warme nek. Ze snoof zijn geur op. Zijn heerlijke, vertrouwde geur. Hij liet haar helemaal in zich kruipen, zijn armen stevig om haar heen. Ze kusten elkaar op de mond, iets wat ze normaal zelden deden. Daarna kusten ze nog een keer en nog een keer. Ze proefde het zout van haar tranen op zijn lippen.

Het moment duurde maar even. In plaats van dat Lot zich eindelijk over kon geven, moest ze aan Yo denken. Zou Ruben haar gisteren net zo hartstochtelijk hebben gekust als hij haar nu kuste? Ze kon niet meer doen alsof er niets aan de hand was. Ze moest het weten.

Ze liet hem los en keek hem doordringend aan. 'Ruben, mag ik je iets vragen?'

'Natuurlijk,' zei hij.

'En ga je me dan eerlijk antwoord geven?'

'Uiteraard.'

'Heb jij...' Ze kreeg de woorden bijna niet uit haar strot. 'Heb jij een ander?'

Ze meende dat hij zijn adem even inhield. Ze meende een schrikreactie in zijn ogen te zien. Daarna zei hij heel rustig: 'Nee, Lot. Hoe kom je erbij?'

'Ik vraag het...' Ze voelde dat ze weer bijna moest huilen. 'Ik vraag het omdat ik dat heel erg zou vinden. Ik zou niet weten wat ik moest zonder jou. Zonder jou heb ik helemaal niemand.'

'Och, lieve schat toch. Ik hou toch van je?' Hij pakte haar weer vast en begon haar overal te zoenen. 'Ik zou toch nooit bij je weggaan?'

'Echt niet?'

'Wij blijven altijd bij elkaar. Echt.'

Ze wist niet wat ze moest doen. Hoe kon hij zo lief tegen haar praten en tegelijkertijd zo tegen haar liegen? Zou ze het verkeerd hebben gezien? Kon ze zich op een of andere manier vergist hebben? Misschien was een deluxe wel een vorm van yoga. Of had Yo een bijbaantje als drukwerkbegeleider en was deluxe een papiersoort. Of waren ze echt gewoon goede vrienden die diepe gesprekken met elkaar voerden en had Ruben het niet aan haar verteld omdat hij niet wilde dat ze zich bedreigd zou voelen.

'Toe, schat,' zei Ruben. Hij streek over haar gezicht. 'Kom nou bij me.'

Ze liet zich tegen hem aan drukken en zuchtte diep. Hij kuste haar in haar nek. Ze meende te voelen dat hij een erectie had. Ze wilde hem zo graag geloven, ze wilde zo graag dat ze het al die tijd bij het verkeerde eind had gehad. Misschien zou ze zich dit keer wel kunnen laten gaan. Misschien zou ze zelfs kunnen klaarkomen.

Hij streelde over haar billen terwijl hij in haar nek mompelde dat ze mooi was en sexy, en dat hij zo naar haar verlangde en al zo lang.

Ze was zo uitgeput van haar eigen achterdocht, haar drang om hem te controleren en haar onzekerheid. Ze drukte haar lichaam tegen het zijne en fluisterde in zijn oor: 'Ga je mee naar boven?'

Hij pakte haar hand en nam haar mee.

Hoe kan ik een lijk masseren dat in een archiefkast ligt?

28

'Je krijgt zo toch op geen enkele manier het gevoel dat ze hun best doen?' Hanneke beschouwde zichzelf inmiddels als leider van het 'Waar is Ron Casper'-team, aangezien niemand anders het voortouw leek te willen nemen. Ze had zojuist met hun contactpersoon van de politie gesproken. 'Ze hebben met Lot gepraat, maar zien vooralsnog geen redenen om haar in staat van beschuldiging te stellen. Het enige wat ze nu gaan doen is proberen zijn telefoon te traceren. Maar dat is het dan.'

Willem zat moe op de bank. Moe van Ron Casper, moe van zichzelf, moe van Marloes die opeens deed alsof hij een verdachte was, maar bovenal moe van zijn vrouw die opgewonden door de huiskamer liep. 'Ze hebben natuurlijk allerlei procedures, schat. Ze kunnen niet overal meteen een heel rechercheteam op zetten. Dat begrijp je toch wel?'

'Maar ze zien toch wel in dat dit een heel rare situatie is. Een man van zesenzeventig die al bijna een week niet meer is gezien. Zijn dochter die heeft gezegd dat hij maar eens moet gaan hemelen. Dat Chinese meisje in zijn huis.'

'Het Chinese meisje van wie wij ook niet meer weten waar ze is,' vulde Willem aan. 'Daar kunnen ze toch helemaal niets mee?'

Hanneke zuchtte en keek uit het raam. 'Wat moeten we nou doen?'

'Wat?'

'Om je vader terug te vinden?'

Willem haalde zijn schouders op. 'Misschien moeten we social media inschakelen?'

'Of briefjes ophangen in de buurt,' zei Hanneke.

'Ik ga zéker geen briefjes ophangen,' zei Willem.

'Hoezo niet?'

'Dat is toch meer iets voor als je hond is weggelopen? Of je kat? Daar kunnen we pa toch niet tussen hangen?'

Maar Hanneke liep al naar de computer.

Even later reden ze samen naar de buurt waar Ron Casper woonde. Hanneke had een foto van zijn vader uitgeprint met grote letters VERMIST erboven. Eronder stond: *Wie heeft Ron Casper sinds maandagavond gezien?* Met haar telefoonnummer erbij.

'Moeten we niet een beloning uitloven?' had ze nog gevraagd.

'Doe niet zo raar,' had hij gezegd. Hij stoorde zich aan haar enthousiasme. Alsof ze blij was dat ze eindelijk iets te doen had.

Toch had hij braaf samen met haar de honderd aanplakbiljetten in de buurt rondgebracht. Hij had zelfs op haar aanwijzing een paar op lantaarnpalen geplakt.

'Toch fijn dat we iets hebben kunnen doen,' zei Hanneke toen ze samen na afloop gingen eten in hun favoriete bistro. 'Je voelt je anders zo machteloos, hè?'

'Hmm,' bromde Willem. Hij nam afwezig een slok wijn.

'Wat is er, schat? Maak je je zorgen over pa?'

'Ja,' zei Willem snel. 'Het gaat je toch niet in je kouwe kleren zitten.'

Hanneke legde begripvol haar hand op de zijne. 'Hij komt heus wel weer terug. Denk je niet?'

'Vast.' Willem dacht aan die trut van een Mirjam. Hij kon zich er niet eens toe zetten om aan Ron te denken, terwijl er God mocht weten wat met die man gebeurd kon zijn. Hij moest los zien te komen van zijn oude meesteres. De controle terug zien te krijgen. Maar hoe?

'Hij is vast even op reis,' begon Hanneke weer op die manische toon die ze de laatste vierentwintig uur continu aansloeg. 'Of hij is ergens in zo'n bordeel blijven hangen. Ik heb weleens gelezen dat er van die eh... seksfeesten zijn die dagen doorgaan. Misschien is je vader daar nu beland.'

Willem zei niets terug. Gelukkig kwam de ober hun steak-frites brengen, zodat de stilte natuurlijk overkwam. Lusteloos begon hij zijn vlees te snijden.

'Je eet slecht,' zei Hanneke. 'Volgens mij ben je ook afgevallen.'

Weer zei hij niets.

'Het komt heus wel goed,' zei Hanneke weer. 'Je maakt je veel te veel zorgen.'

'Ja, ja,' bromde Willem.

'Of denk je dat pa dood is?'

Willem spuugde de hap die hij net had genomen terug op zijn bord. 'En nu hou je op,' zei hij. 'Ik krijg geen hap meer door m'n keel door dat geleuter van jou.'

Hanneke keek gekwetst naar haar bord en begon toen haar vlees te zagen. Met veel te kleine, krachteloze bewegingen.

'Kom maar hier,' zei Willem geërgerd. Hij trok haar bord naar zich toe en sneed met enkele grote halen haar biefstuk in stukken. 'Zo doe je dat.'

Zwijgend aten ze hun bord leeg. Pas toen Willem om de rekening had gevraagd, kon hij het opbrengen om weer iets tegen haar te zeggen. 'Echt heel aardig dat je die briefjes hebt gemaakt voor pa.'

Dankbaar keek ze hem aan.

Ze reden de oprit van hun huis op. Het hele huis was donker, behalve Max' slaapkamer aan de voorkant. 'Hij zal ook werkelijk nooit eens gezellig de lichtjes aandoen,' zei Willem. 'Of even de vaatwasser inruimen.'

'Hij is moe,' zei Hanneke.

'Waarvan? Van het apestoned op de bank liggen in pa's huis?' Willem parkeerde op het grind en stapte uit. 'Het wordt tijd dat er een andere wind gaat waaien, Hanneke.'

Binnen liep hij meteen de trap op.

'Wat ga je doen?' riep Hanneke. 'Wat heb je nou weer?'

'Met mijn zoon praten.'

'Wat ga je tegen hem zeggen dan?'

'Wat gaat jou dat nou aan?'

'Het is ook mijn zoon.'

'Leg jij aan mij verantwoording af over ieder woord dat je met hem wisselt?'

'Nee, maar...'

'Precies.' Hij klopte kort op de deur van zijn zoon en deed die open zonder een antwoord af te wachten.

Max lag op zijn rug op bed. Toen hij zijn vader zag, maakte hij snel zijn joint uit. 'Wat doe jij hier? Had ik gezegd dat je binnen mocht komen?'

'Dit is mijn huis.' Willem hijgde nog lichtjes van het traplopen. 'Ik heb jouw toestemming niet nodig om ergens naar binnen te gaan.' Hij keek nadrukkelijk naar de asbak waar de uitgedrukte joint in lag. 'Heb je nou niet genoeg van die rommel gehad?'

Max keek hem met lodderogen aan. 'Waar bemoei je je mee?'

'Waar ik me mee bemoei?' schreeuwde Willem. 'Dit is mijn huis, godverdomme. Als het je niet bevalt, ga dan lekker op jezelf wonen.'

'Willem, Willem,' zei Hanneke op sussende toon. Ze had het niet kunnen laten en was achter hem aan gekomen. 'Denk je nou echt dat dit het moment is om dit te bespreken? Het zijn emotionele tijden, we zijn allemaal moe, laten we dit parkeren tot morgen.'

Willem deed net of hij haar niet hoorde. 'En waar ik nou ook weleens een fatsoenlijk antwoord op wil hebben, is wat je deed in het huis van opa.'

'Dat heb ik al gezegd,' zei Max. 'Gewoon chillen.'

'Dat is toch geen antwoord. Waarom was je daar? Had opa je uitgenodigd?'

'Nee.'

'Je bent zomaar naar hem toe gegaan?'

Max haalde zijn schouders op. 'Doe ik wel vaker, hoor.'

Willem moest zich inhouden om hem niet door elkaar te rammelen. 'Hoe vaak dan?'

'Bijna elke week wel een keer. Vindt opa gezellig. Even een blowtje doen samen.'

Willem liet zich in de stoel zakken die naast Max' bed stond. Hij kon gewoon niet geloven wat hij hoorde. 'En waar praten jullie dan over?'

‘Niks. Niks bijzonders. We chillen gewoon.’

‘Wil je dat woord alsjeblieft niet meer gebruiken? Dat “chillen”?’

‘Wat jij wilt. Mag ik nou door met mijn leven?’

Willem wreef over zijn kin. ‘Dus jij zit iedere week in opa’s huis te blowen. Met opa.’

‘Dat zei ik toch. En soms met een paar chicks erbij.’

‘Wat?’

Max keek hem aan alsof hij het de normaalste zaak van de wereld vond.

‘Wie zijn die meisjes dan, Max?’ vroeg Hanneke voorzichtig.

‘Gewoon. Vriendinnetjes van opa. Of hij belt voor een paar meisjes.’

Willem voelde zijn maag bijna omdraaien. Waarom had hij niet beter opgelet? Waarom had hij alles klakkeloos aan zijn vrouw overgelaten? ‘Wist jij dat?’ vroeg hij aan Hanneke.

‘Nee,’ zei die. ‘Echt niet. Je moet me geloven, Willem.’

Willem verborg zijn hoofd in zijn handen. ‘Ongelofelijk,’ zei hij. ‘Niet te geloven wat een zootje. Hoelang is dit al gaande?’

Omdat niemand iets zei, haalde hij zijn handen weg en keek Max doordringend aan. ‘Hoelang kom jij al bij opa? Met dat blowen en die meisjes en zo.’

‘Jaartje of drie, vier. Opa belde een keer of ik langskwam uit school. En zo is het gekomen.’

‘Om te chillen?’ vroeg Willem sarcastisch.

‘Dat ja.’

‘En te blowen? En wijven te neuken?’

‘Willem!’ zei Hanneke. ‘Dat zeg je toch niet zo?’

‘Geef antwoord,’ zei Willem tegen Max.

‘Eh… nou, ja dus. Ik moest het toch ooit een keer leren, zei die.’

‘Godverdomme!’ brulde Willem. ‘Wel godverdomme!’ Hij sloeg met zijn vuist tegen de muur. ‘Ik maak hem af. Die vuile vieze klootzak!’

‘Rustig nou,’ zei Hanneke. ‘Doe nou even rustig. Ik weet zeker dat het allemaal wel meevalt.’

‘Dan ken je mijn vader niet,’ schreeuwde Willem. ‘Bij hem valt het nooit mee. En nou heeft hij ook nog onze zoon kapotgemaakt!’

‘Doe effe normaal,’ zei Max. ‘Wat is nou je probleem? Ben je jaloers of zo?’

‘Jij hebt geen idee, hè? Je denkt dat alles leuk is en chill en cool, totdat je erachter komt dat je hele leven naar de kloten is.’

‘Dat valt toch wel mee,’ zei Hanneke. ‘Heus, Willem, je moet niet zo overdrijven.’

‘Mens! Je snapt er niets van. Je hebt geen idee wat voor ellende die man aanricht.’ Hij besloot dat hij uitgepraat was en liep de kamer uit.

Hanneke kwam weer achter hem aan. ‘Waar ga je naartoe? Wat is er toch met je?’

‘Laat me met rust,’ schreeuwde hij. ‘Laat me nou godverdomme eens met rust, mens! Let liever wat beter op je zoon in plaats van als een moederkloek boven op mij te zitten!’

Hij startte de auto. Weer reed hij naar het huis van die trut van een Mirjam. Hij wist zelf ook niet waarom. Het was de enige plek die hij kon bedenken. Waar moest hij anders naartoe? Naar zijn keurige golfvrienden? Naar Marloes?

Hij parkeerde op dezelfde plek als de vorige keren tegenover haar huis. Deze keer waren de gordijnen nog open. Hij zag het blauw flikkerende licht van de televisie. Ze was thuis. Ze zat vast op de bank met die vriend van haar.

Zou ze enig idee hebben wat ze hem had aangedaan? Het was ook de manier waaróp die hem zo kwaad maakte. Had ze hem niet eerder kunnen waarschuwen? Kunnen zeggen: ‘Hé Willem, er is een kleine kans dat ik er binnen afzienbare tijd mee ophoud.’ Dan had hij er rekening mee kunnen houden. Nu was het zo rauw op z’n dak gevallen dat hij geen idee had hoe hij de klap moest incasseren.

Hij stapte uit de auto en besloot de straat over te steken. Gewoon, om haar even te zien. Misschien dat hij zich dan beter zou voelen. Niemand die er last van zou hebben.

Hij keek even om zich heen. Het was weer wat kouder geworden, de meeste mensen bleven nu liever binnen. Toen stak hij de straat over.

Hij besloot langs haar huis te lopen alsof hij een willekeurige voorbijganger was en dan gewoon een snelle blik naar binnen te werpen. Waarschijnlijk was die trut van een Mirjam zo verdiept in de televisie of in die achterlijke vriend van d'r dat ze niks door zou hebben.

Hij liep volgens plan met grote, langzame passen langs haar huis. Als eerste zag hij de televisie. Het was een enorm apparaat, veel te groot voor de kleine woonkamer. De tv was afgestemd op een talentenshow. Hij keek opzij en zag haar op de bank zitten met haar vriend. Voeten op de salontafel. Een beetje onderuitgezakt. Zijn arm om haar heen. Beiden zaten gebiologeerd naar het scherm te staren. Op tafel stonden een bak chips en een biertje.

Als hij niet had geweten welke meesteres er achter deze vrouw schuilging, had hij nooit naar haar omgekeken, zoals ze daar zat in een joggingbroek en slobbertrui. Een beetje huisje-boompje-beestje te spelen op de zondagavond. Trut. Ongelofelijke trut dat je er bent.

Hij moest geen tijd meer aan haar verspillen. Ze verdiende het niet. Toen hij wilde oversteken om terug te gaan naar zijn auto, zag hij weer die oude buurvrouw voor het raam staan. Ze had haar handen in haar zij en keek hem doordringend aan.

Aarzelend stak hij zijn hand op, alsof het de normaalste zaak van de wereld was dat hij daar liep. En dat was het toch ook? Hij bevond zich toch op de openbare weg?

De vrouw gaf geen krimp. Strak bleef ze hem aankijken.

Willem maakte een handbeweging, als in 'wat moet je nou?', en stak alsnog over naar zijn auto.

Hij startte en reed weg.

Hij kon niet naar huis gaan. Hij kon niet terug naar Hanneke en al helemaal niet naar zijn zoon, nu hij wist dat ook die was vergiftigd door Ron Casper. Hoe had zijn vader het in zijn hoofd gehaald om de onschuld van zijn enige zoon weg te nemen? Max was altijd wat verlegen geweest. Maakte niet makkelijk vrienden en keek de kat uit de boom. Gelukkig haalde hij wel goede cijfers op school, dus had Willem zich nooit echt zorgen gemaakt. Nu hij eraan terugdacht, was het moment dat hij was begonnen met zijn bezoekjes aan Ron Casper duidelijk te herleiden. Zijn cijfers waren gekelderd, hij versliep zich ineens regelmatig en had een ongeïnteresseerde, asociale houding ontwikkeld. Hanneke met haar achterlijke 'geef het tijd'-gedoe. Hij had keihard moeten ingrijpen. Dat had hij moeten doen. Hij had zich niet in de luren moeten laten leggen door haar slappe gepraat. Maar nu was het allemaal te laat.

Hij was de deur uit gelopen zonder portemonnee. Een hotel zat er dus niet in. Waar moest hij slapen vannacht?

29

Die avond rond elf uur ging de telefoon. Marloes keek op het schermpje. Hanneke. Hanneke belde nooit zo laat, tenzij er iets ergs aan de hand was. Pa, schoot er door haar heen. Hij is dood. Het kan niet anders.

'Is er nieuws?' vroeg Marloes nerveus.

Hanneke huilde overduidelijk weer.

Marloes voelde hoe haar keel dik werd. Ze ging op de rand van het bad zitten. 'Hebben ze hem gevonden?' fluisterde ze.

Hanneke was niet in staat om iets terug te zeggen.

Marloes voelde een traan over haar wang glijden. Al die jaren had ze niet gehuild. Maar nu ze de foto's van Harm-Jan weer had gezien, leek het of ze emotioneel incontinent was geworden.

'Willem is weg,' zei Hanneke toen. 'Hij is boos weggereden.'

'Wát!' Marloes kon er niets aan doen dat ze schreeuwde. 'Mens, ik schrik me helemaal wild dat je zo laat belt. Ik dacht dat er iets met pa was. Wil je dat echt nooit meer doen?'

'Sorry,' hijgde Hanneke in de hoorn. 'Sorry. Ik had beter moeten nadenken, maar...'

'Het is oké,' zei Marloes. Ze ging weer staan en liep de badkamer uit. Dit gesprek zou zomaar even kunnen gaan duren. Ze ging op de bank zitten met haar benen voor zich uitgestrekt op de salontafel. 'Vertel.'

'Hij heeft ruziegemaakt met Max en is boos weggereden. En nu kreeg ik net een sms dat hij niet thuiskomt vannacht.' Hanneke begon weer te huilen.

'Dat is nou precies waar ik het vanmiddag met je over wilde hebben,' zei Marloes. 'Willem doet raar. Waar is hij naartoe dan?'

'Dat weet ik niet. Alles ligt nog hier. Zijn portemonnee, zijn jasje, alles. Hij heeft een ander. Ik weet het zeker.'

Zie je nou wel, dacht Marloes. Willem verbergt iets. Maar het is geen andere vrouw. Tegen Hanneke zei ze: 'Hij heeft geen ander. Echt niet. Zo is Willem niet. Vertrouw me nou maar. Hij is vast pa aan het zoeken. Je weet hoe dol hij is op Ron.'

'Zou het?' vroeg Hanneke met een bibberige stem.

'Je kent hem toch? Hij maakt zich enorme zorgen. Neem een slaappil en ga naar bed. Morgen ziet alles er weer anders uit. Echt.'

'Moet ik de politie bellen, denk je?'

'Natuurlijk niet. Hij heeft je toch zelf verteld dat hij niet thuiskomt?'

'Ja, maar... zo doet hij anders nooit.'

'We zijn allemaal wat van slag.'

'Maar als hij morgen nou nog niet thuis is, wat dan?'

'Dan bel je morgen de politie. Goed?'

Ze drukte Hanneke weg voordat die de kans had om nog iets te zeggen en toetste meteen Willems nummer in. Na drie keer overgaan werd ze weggedrukt. Ze belde hem nog een paar keer. Deze keer ging de telefoon meteen over op voicemail. Daarna stuurde ze hem een sms: HANNEKE IS HELEMAAL OVERSTUUR. GA IN GODSNAAM NAAR HUIS. WAAR BEN JE MEE BEZIG?

Meteen na het versturen bedacht ze dat dit waarschijnlijk niet de juiste toon was. Ze stuurde de volgende sms erachteraan: ALS JE WILT PRATEN, LAAT HET ME DAN WETEN. IK BEN ER.

Ron is klaar voor zijn een-na-laatste reis. De achtenveertig uur zijn voorbij, de afbraak van spieren is begonnen. Hij is weer soepel.

Ik betrap mezelf erop dat ik aan het fluiten ben terwijl ik naar Ron Caspers huis rijd. Nog even en het is voorbij. Ja, de komende dagen zullen spannend worden. Wanneer zullen ze hem vinden? Zal de arts alarm slaan? Zullen er vragen gesteld worden?

Ik heb het verhaal al helemaal in mijn hoofd zitten. Ik zal hem op bed neerleggen met viagra op het nachtkastje. Waarschijnlijk zit zijn hele slaapkamer onder het DNA *van de juffrouw met het roze koffertje, dus mocht er onderzoek plaatsvinden, dan zullen ze concluderen dat zij er iets mee te maken heeft gehad.*

Vlak bij het huis van Ron Casper zie ik zijn gezicht me aanstaren vanaf een lantaarnpaal. VERMIST, *staat er met grote letters boven.*

Ik trap op de rem en stap uit om het van dichtbij te bekijken.

Een telefoonnummer dat ik niet ken en het nummer van de politie.

Alles is te laat nu.

30

Hij kreeg een ingeving. Hij zou naar Rons huis gaan. Daar was toch niemand. En mocht zijn vader er onverwachts wel zijn, dan kon hij hem meteen eens vertellen wat hij ervan vond. Daar inbreken stelde niets voor. Hij had het als kind zo vaak moeten doen, als Marloes en hij bij het huis aankwamen en er niemand thuis bleek te zijn.

Hij liep om het huis heen. Alle lichten waren uit, zelfs de buitenlampen die normaal op een timer stonden. Opeens wist hij niet meer zo zeker of hij wel in dit huis wilde zijn. Er was nog steeds een weg terug. Hij kon nog steeds naar huis rijden, tegen Hanneke zeggen dat het hem speet, voor de zoveelste keer. Jarenlang had hij zich nooit hoeven verontschuldigen en sinds die trut van een Mirjam deed hij niet anders. Hij verlangde er opeens hevig naar om tegen het vertrouwde lichaam van zijn vrouw aan te kruipen. Die Mirjam kon erin zakken. Hij had haar helemaal niet nodig. Wat had ze nou eigenlijk al die jaren gedaan, behalve geld uit zijn zak kloppen voor een uurtje in een kooi en een paar slagen met de zweep? Hij leek verdomme wel gek.

De achterdeur zat niet eens op slot. Hij kon zo naar binnen gaan. Even aarzelde hij. Dit klopte natuurlijk niet. Ron zou toch niet de achterdeur open laten staan?

Hij overwoog weer om rechtsomkeert te maken. Hij hoefde hier niet te zijn, Hanneke zou hem met open armen terugnemen.

Hij liep het donkere huis binnen. Er hing een drukkende stilte. Een doodse stilte, schoot er door Willem heen.

Het huis was keurig opgeruimd. Laat dat maar aan zijn moeder en zijn vrouw over.

'Pa?' riep hij voor de zekerheid. 'Pa, ben je daar?'

Er kwam geen antwoord.

Onwillekeurig trok er een rilling over zijn ruggengraat. Willem kon zich de laatste keer niet herinneren dat hij alleen in het huis van zijn vader was geweest. Sowieso kwam hij er niet vaak. Als ze wat te bespreken hadden, deden ze dat op de zaak. Hij had altijd de indruk dat Ron er niet op zat te wachten dat hij ook nog eens privé langs zou komen. Kerstmis vierden ze meestal bij hem of Marloes thuis. Als Ron daar zin in had tenminste. De eerste paar jaren na de dood van Giovanca was hij nog wel trouw op komen dagen, de laatste paar jaren had hij het laten afweten. Sentimenteel gedoe, had hij gezegd. Wie zat daar nou op te wachten?

Willem keek om zich heen. Alles leek keurig op orde, als het huis van iemand die grondig heeft opgeruimd voordat hij op vakantie gaat. En misschien was dat ook wel gewoon zo. Misschien had Hanneke gelijk met haar manische gebabbel, had Ron zich door een taxi laten ophalen en was hij in een vliegtuig gesprongen.

Maar dat had hij dan op zijn creditcardafschriften moeten zien. En wat deed die Mei Wei in zijn huis als Ron met de noorderzon was vertrokken?

Toen dacht hij pas aan de bankpas. Daarmee zou Ron een ticket gekocht kunnen hebben. In dat geval zou hij het op zijn bankafschriften moeten kunnen zien.

Willem liep naar het bureau dat in een hoek van de kamer stond. Het was niet zijn stijl om in andermans spullen te snuffelen, maar in dit geval leek het hem gerechtvaardigd.

In een van de lades trof hij stapels ongeopende enveloppen aan. Bankafschriften, rekeningen, mailingen, betalingsherinneringen. Hij had niet veel beter verwacht, maar toch ergerde het hem. Kon Ron dan niet eens de moeite nemen om de enveloppen te openen en de post te sorteren? Afschriften in een mapje, facturen betalen en archiveren, gewoon zoals ieder fatsoenlijk mens dat deed.

Hij wilde beginnen met de enveloppen openmaken toen hij bedacht dat hij niets zou kunnen vinden op deze oude afschriften. De recente afschriften, die moest hij hebben.

Even later vond hij inderdaad een stapel post op de keukentafel.

Hij opende enkele bankafschriften. Ron stond drieduizend euro rood op zijn betaalrekening, had de afgelopen maand een paar keer boodschappen gedaan met zijn pinpas en twee keer geld opgenomen. Zijn laatste opname was op Schiphol geweest. Op zaterdagochtend, nu alweer meer dan een week geleden. Dus toch. Hij was misschien toch op vakantie gegaan.

Toen herinnerde Willem zich dat Ron maandagavond in een sterrenrestaurant had gegeten. Zou hij dan zaterdag naar Schiphol zijn gegaan om tweehonderd euro te pinnen en daarvan een ticket gekocht hebben voor de dinsdagochtend? Het leek hem sterk. Bovendien was er geen enkel land met goedkope hoeren waar je voor zo'n laag bedrag naartoe kon vliegen. Ook geen land met dure hoeren, overigens.

Hij kon niet zien of er daarna nog activiteit was geweest, simpelweg omdat het allerlaatste bankafschrift nog niet binnen was. Maar nu hij toch bezig was, kon hij net zo goed de rest van het stapeltje doornemen.

Een rekening van het energiebedrijf, een mailing van de Postcodeloterij, een aankondiging van de uitverkoop bij een herenmodezaak. Twee verkeersboetes, een voor te hard rijden en een voor foutparkeren. Driehonderd euro in totaal. Maar ook daar had Ron Casper ongetwijfeld schijt aan.

Onder aan de stapel trof Willem een envelop aan van het gemeentehuis. Hij maakte hem open. Er zat een brief in gedrukt op dik geschept papier. Een akte, dacht Willem meteen. Hij vouwde hem open en moest twee keer kijken om te kunnen geloven wat er stond: op maandagochtend waren Ron Casper, geboren 3 juni 1938 te Hillegom en Mei Wei Soon, geboren 16 januari 1990 te Shanghai, met elkaar getrouwd.

'Verdomme,' zei Willem hardop. 'Wel godverdomme.'

Hij ging even zitten om de ontdekking op zich in te laten werken. Weer las hij de akte. Het stond er toch echt. Ron was getrouwd, 's avonds uit eten gegaan en de dag erna van de aardbodem verdwenen. Even verbeeldde hij zich dat hij zijn vader hoorde lachen. 'Doe normaal,' zei hij tegen zichzelf. 'Doe normaal,' echode de stem van Ron Casper in zijn hoofd. 'Burgerlul.'

Willem schudde zijn hoofd om de stem van zijn vader kwijt te raken. Het duurde even voordat het hem lukte. Ron bleef hem maar uitlachen. De nare, zelfingenomen lach van iemand die het allemaal niets kan schelen.

Denk na, zei hij tegen zichzelf. Denk nou even rustig na. Dit zou zomaar eens een totaal ander licht op de zaak kunnen werpen. Hij durfde niet eens aan de consequenties te denken als zijn vader in gemeenschap van goederen getrouwd zou zijn. Stel, Ron was – hij wilde er niet aan denken, maar deed het toch – stel dat Ron dood was. En getrouwd, in gemeenschap van goederen, met deze Mei Wei. Dan zou zij...

Nee, dat kon niet waar zijn. Hij nam de stapel nog een keer door om te kijken of er ergens een envelop van een notaris tussen zat.

'Verdomme,' zei hij nog maar een paar keer hardop.

Hoe haalde die ouwe lul het in zijn hoofd om zonder Willem te consulteren te trouwen met de eerste de beste internetbruid? Had hij dan werkelijk geen idee welke fatale consequenties dit zou kunnen hebben voor het bedrijf?

Het was precies gegaan zoals het altijd ging. Ron deed maar wat en Willem moest de rotzooi zien op te ruimen. Hij keek op zijn horloge. Het was één uur. Hij was klaarwakker. Hij besloot het hele huis te doorzoeken tot werkelijk ieder verrot detail uit het leven van zijn vader boven tafel zou zijn. Te beginnen met zijn bureau.

Hij wilde de woonkamer binnenlopen toen hij meende iemand op de trap te horen. Een behoedzaam kraken van de onderste trede. Hij bleef staan luisteren, terwijl zijn hart paniekerig tegen zijn ribbenkast bonsde.

Hij dacht weer aan de achterdeur die had opengestaan. Hoe naief was hij geweest om te denken dat dat toeval was? Opeens drong het tot hem door: zijn vader was getrouwd en vervolgens spoorloos verdwenen. Lot had hier helemaal niets mee te maken. Die Mei Wei was gewoon een keiharde crimineel die zijn vader in een huwelijk had gelokt, hem had omgelegd en nu klaarstond om de erfenis op te strijken. Ze had zo onschuldig geleken, maar in werkelijkheid ging er een gewetenloze moordenares in haar schuil.

Hanneke had gelijk gehad. Ze waren veel te nonchalant geweest tot nu toe. Het idee dat die Mei Wei door Marloes en zijn moeder zelfs naar huis was meegenomen. Er had wel van alles kunnen gebeuren. Hoe had hij over het hoofd kunnen zien dat niet alleen Ron, maar ook hijzelf en zijn familie in groot gevaar waren?

Hij keek om zich heen op zoek naar iets om zich mee te verdedigen. Op het aanrecht stond een messenblok waar enkele vlijmscherpe Global-messen uit staken. Het type messen dat sushichefs gebruikten om enorme zalmen en tonijnen in flinterdunne plakjes te snijden. Zo stil als mogelijk voor een man van zijn postuur zette hij twee stappen naar het aanrecht en trok een van de messen uit het blok. Daarna bleef hij een tijdje luisteren.

Na een minuut stond hij daar nog steeds met dat mes in zijn hand. Hij had het zich verbeeld, prentte hij zichzelf in. Al dat gedoe begon zijn gezond verstand aan te tasten.

Hij duwde de deur open naar de woonkamer. 'Is er iemand?' Er zat een trilling in zijn stem die hij niet kende. 'Is daar iemand?' Hij hoorde alleen het tikken van de klok als antwoord. In de verte reed een auto. Waarom was hij niet gewoon naar huis gegaan? Naar het warme, zachte lichaam van Hanneke?

'Is er verdomme iemand?' schreeuwde hij met overslaande stem. 'Is hier nou iemand of niet?'

Waarom rijdt Willem langs?

Hij heeft me niet gezien, tenminste, dat denk ik niet. Het kan niet anders of hij is onderweg naar Rons huis. Ik rijd hem achterna. Wat moet ik anders?

MAANDAG

31

Willem legde het mes naast zich neer. Hij had een kwartier voor lul gestaan, als een krankzinnige met dat mes in de aanslag. Inmiddels had hij zichzelf ervan overtuigd dat er niemand in het huis was. Hij voelde zich een beetje belachelijk, zoals hij in paniek was geraakt. Zijn vader zou hem keihard hebben uitgelachen als hij hem had gezien. In gedachten hoorde hij Rons spottende stem: 'Wat ben je nou voor mietje, Willem? Wat denk je nou eigenlijk met dat mes te beginnen? Jij slaat nog geen deuk in een pakje boter.'

'Hou je kop,' zei Willem hardop. Hij schrok van zijn eigen stem in de verlaten woonkamer. Normaal was hij niet zo bangig. Misschien moest hij meer lichten aandoen. Met het mes in de hand maakte hij een ronde langs alle lichtschakelaars.

Toen er geen enkele donkere hoek meer over was, kwam Willem iets meer tot rust. Hij ging weer op de grond voor het bureau zitten en werkte zich systematisch door alle paperassen heen.

Na een halfuur was hij tot de conclusie gekomen dat Ron Casper weliswaar nooit een rekening op tijd betaalde en bijna wekelijks een verkeersboete kreeg, maar dat er verder niets vreemds te ontdekken viel. Het was inmiddels twee uur 's nachts. Hij was moe. Doodmoe. Hij had al de hele week niet goed kunnen slapen. Hij besloot dat het beter was om naar huis te gaan. Hanneke zou een kopje thee voor hem zetten en tegenover hem gaan zitten aan de keukentafel, en hij zou haar vertellen dat het gedoe met zijn vader hem gespannen maakte (al nam in werkelijkheid die trut van een Mirjam minstens driekwart van zijn slechte humeur voor haar rekening), maar dat hij zielsveel van haar hield en haar nooit pijn had willen doen. Ze zou hem vergeven en hij zou voor het eerst in dagen weer lekker kunnen slapen.

Hij kwam moeizaam overeind. Zijn benen waren stijf van de lange tijd dat hij op de grond had gezeten. Hij moest meer gaan bewegen. Dat, en afvallen. Hij leek wel een oude man. Morgen zou hij terugkomen en de bovenverdieping doorzoeken. Misschien had Ron wel een kluis op zijn slaapkamer. Die had hij zelf immers ook.

Toen hoorde hij weer een geluid. Het leek van boven te komen. Weer voelde hij hoe zijn lichaam meteen helemaal strak stond. Hij moest weg hier, de politie bellen.

'Wat ben je voor een sukkel?' hoorde hij zijn vaders stem in zijn hoofd. 'Ben je een vechter, of ren je weg als het eerste het beste meisje?'

Hij hoorde nu duidelijk voetstappen boven zich. Mei Wei, schoot er door hem heen. Ze is teruggekomen om de kluis leeg te halen. En wie zegt dat ze alleen is deze keer?

'Hallo?' riep hij. 'Mei Wei?'

De voetstappen stokten. Hij beeldde zich in dat de persoon op de bovenverdieping, wie het ook maar was, zijn – of beter haar – adem inhield. Net zoals hij dat deed.

'Kom op,' hoorde hij Rons stem in zijn hoofd. 'Ga eropaf. Laat zien wie hier de baas is.'

Met het mes in zijn hand liep hij de trap op. 'Ik kom eraan,' schreeuwde hij. 'Wie je ook bent, ik kom je halen.'

Toen hij op de overloop stond, zag hij een streepje licht onder de slaapkamerdeur vandaan komen. Even aarzelde hij. 'Kom op, lul,' hoorde hij zijn vader zeggen. 'Kom op, dikke klootzak, wanneer ga je eens een keer staan voor jezelf?'

Hij ramde de deur open en bleef even in de opening staan, woest snuivend als een holbewoner. Hij scande snel de slaapkamer. Het bed leek beslapen. Ernaast zag hij een roze koffertje staan. Dus toch. De vuile slet die zijn vader had ingepalmd en er nu met de erfenis vandoor probeerde te gaan, was terug. Hij zette een stap naar voren. Het mes stevig in zijn hand geklemd.

Alles ging heel snel. Hij voelde de lucht zich verplaatsen, zo schuin achter hem, draaide zich om, uithalend met het mes, een doffe dreun en vanaf dat moment was alles zwart.

Hij werd wakker. Het eerste waarvan hij zich bewust werd, was een stekende pijn in zijn hoofd. Hij bracht zijn hand aan zijn slaap en voelde een bult ter grootte van een ei. Daarna voelde hij het hoogpolige tapijt van zijn vader onder zich.

Met een schok kwam hij overeind. Even zag hij zwarte vlekken voor zijn ogen en moest hij vechten tegen de zwaartekracht. Na een tijdje kon hij scherpstellen. In zijn ooghoek zag hij iets liggen. Een meisjesvoet. Hij knipperde met zijn ogen, en toen nog een keer. Moeizaam draaide hij zijn hoofd, waarin de pijn dreunde als een kudde bizons, ernaartoe.

Mei Wei lag op haar buik op de grond. Om haar heen was een grote donkere vlek ontstaan. Nu rook Willem het ook. Een aardse, doordringende geur. Hij had er nooit bij stilgestaan dat het zo sterk rook, bloed. Het maakte hem misselijk.

Hij kroop naar haar lichaam toe, niet in staat om overeind te komen. Niet in staat om de volle omvang van de situatie te bevatten. Haar hoofd was opzij gedraaid, haar nek lag in een vreemde knik. Hij zag meteen dat ze niet meer leefde.

Verdwaasd bleef hij naar haar gezichtje staren. De doffe ogen, de mond die in een schreeuw was blijven steken. Ze droeg weer een van haar kleine jurkjes. Een zachtgele dit keer. Op haar onderrug, links van het midden, was een klein rood vlekje te zien waar een zilverkleurig puntje uit stak. Willems hersenen begonnen steeds meer op gang te komen. Naast Mei Wei, half op het donkere gedeelte, half op het lichte, lag een zwaar bronzen object. Hij herkende het als de voet van een van de dure Italiaanse lampen waar Ron zo trots op was.

Pas toen drong het tot hem door: hij had dit zelf gedaan.

Ze moest recht in het mes zijn gelopen terwijl ze hem te lijf was gegaan met de bronzen voet. Het mes was op z'n ongenaakbaar Japans dwars door haar heen gegleden. Dit was nooit zijn bedoeling geweest. Hij had haar bang willen maken. Maar dood? Hoe moest hij dit ooit aan Hanneke vertellen?

'Ben je nu tevreden, pa?' hijgde Willem.

Maar Ron liet niets meer van zich horen.

'Ben je nu tevreden, pa?' schreeuwde Willem toen. Het deed pijn aan zijn eigen hoofd. 'Ben je nu tevreden, jij oude klootzak, jij nietsnut van een vader, ben je nu tevreden?' herhaalde hij net zolang tot zijn stem oversloeg en hij begon te janken als een kind.

Hij keek op en zag Herman naast zich staan. 'Christus te paard,' zei die. 'Wat een ongelofelijke klotezooi.' Hij schudde zijn hoofd. 'Hoe gaan we dit nou weer oplossen?'

Willem probeerde te bedenken waarom Herman hier in godsnaam was, en waarom nu. Tegelijkertijd was hij hem er dankbaar voor. Misschien was Herman wel de enige die hij wilde zien. De enige die hem zou kunnen helpen. De enige die hem nog nooit in de steek had gelaten.

'Het is niet wat je denkt,' zei Willem snel. 'Alles is één groot ongeluk. Ik wilde haar alleen maar bang maken.'

'Nou, dat is je goed gelukt dan.'

Willem keek hem hulpeloos aan. 'Mijn leven is voorbij, Herman.'

'Het is een nog grotere klotezooi dan ik al dacht,' zei Herman. 'Maar we bedenken wel iets.'

'Ik wil jou er natuurlijk niet bij betrekken,' zei Willem. 'Maar je bent al hier, dus... Wat doe je hier eigenlijk?'

'Ga jij eerst douchen. Je zit helemaal te trillen en je hebt bloed aan je handen. Daarna kom je naar beneden. Zorg ik dat ik koffie klaar heb staan. Dan hebben we het erover.'

Toen hij even later beneden kwam, schoon en gekleed in de badjas van zijn vader aangezien diens normale kleding hem niet paste, zat Herman klaar met twee mokken. Het was inmiddels vier uur 's ochtends. Afgezien van de periode dat hij buiten bewustzijn was geweest, had Willem niet geslapen. Maar hij voelde zich klaarwakker. Gespannen als een snaar.

'Zij is niet ons enige probleem,' begon Herman. 'Maar wel het grootste.'

'Hoe bedoel je?' vroeg Willem.

Herman zuchtte diep. 'Ik moet je iets vertellen.'

Willem nam een grote slok van zijn koffie. Door Hermans aanwezigheid en de douche begon hij zich al wat beter te voelen. Ook de hoofdpijn was nu minder.

'Het gaat over Ron.' Herman keek hem indringend aan met zijn bleekgrijze ogen. 'Ron is dood.'

'Hoe weet jij dat?'

'Dat weet ik...' Herman slikte moeizaam. 'Dat weet ik omdat ik hem achter in een busje heb liggen.'

Willem kon niet bevatten wat hij hoorde. 'Pa ligt bij jou in een busje? Hoe kan dat nou weer?'

'Omdat ik hem een handje heb geholpen.'

'Wát? Wat zeg je me nou? Jij hebt pa een handje geholpen? Hoe bedoel je dat? Bedoel je dat je hem vermóórd hebt?'

'Zo zit het niet helemaal,' zei Herman. 'Ik was absoluut niet van plan om hem te vermoorden. We hebben het natuurlijk wel over een man van zesenzeventig. Je zou hooguit kunnen zeggen dat ik hem het laatste zetje heb gegeven.'

'Maar waarom?' schreeuwde Willem. 'Ben je helemaal gek geworden?' Hij sprong overeind en begon door de kamer te lopen. 'En wat dóé je hier?'

'Rustig nou,' zei Herman. 'Laat me het uitleggen. Ik heb het voor jou gedaan. Voor jou en voor Lot en voor Marloes.'

'Je hebt onze vader vermoord en nu wil je beweren dat je dat voor óns hebt gedaan?' Willem had het gevoel dat zijn hoofd bijna ontplofte. Onwillekeurig pakte hij een vaas op en smeet hem op de grond.

'Ik heb hem niet vermoord,' zei Herman. 'Luister nou even naar me. Ga zitten.' Toen Willem niet reageerde, schreeuwde Herman: 'Zit!'

Zodra Willem weer zat, bevend over zijn hele lichaam, zei Herman: 'Weet je wat Ron wilde doen?'

Willem schudde zijn hoofd.

'Hij wilde de tent helemaal leegtrekken. Hij heeft letterlijk tegen mij gezegd dat hij niet wilde dat er iets voor zijn ontevreden, verwende kinderen over zou blijven. In plaats van met pensioen te gaan en de aandelen aan jullie over te dragen zoals afgesproken, of de tent te verkopen zoals jij graag wilde, had hij besloten al het bedrijfsgeld uit te geven aan hoeren.'

'En die feromonenlotion dan?'

'Bullshit. Heeft hij gewoon verzonnen om jullie gek te maken.'

Willem dacht even na. 'Maar jij zei in de vergadering dat pa jou opdracht had gegeven om dat ene hormoon...'

'Androsteron,' vulde Herman aan.

'Dat dus te bestellen,' zei Willem.

'Klopt, dat zei ik ook. Maar dat was dus niet waar. Dat zei ik alleen om de indruk te wekken dat Ron nog leefde. Wat hij ook nog deed, op dat moment.'

'Maar dat was woensdag,' zei Willem. 'Waar was pa toen dan?'

'Het is ingewikkeld,' zei Herman. 'Laten we ons niet verliezen in details. We moeten snel schakelen, voor het te laat is. Ik wil een deal met je maken. Ik zorg dat Mei Wei verdwijnt en dat de kamer helemaal schoon wordt opgeleverd. Jij helpt mij met Ron.'

'Wat wilde je doen met Ron?'

'Dat is het probleem. Ik had hem hier neer willen leggen, maar jullie zijn al naar de politie geweest. Hebben ze gevraagd of jullie hier in huis hebben gezocht?'

'Natuurlijk,' zei Willem. 'Dat ligt toch het meest voor de hand als iemand vermist is.'

Een zweetdruppel liep over Hermans voorhoofd. Willem kon zich niet herinneren dat hij hem ooit eerder zo had gezien. Dat zelfs Herman niet meer wist wat hij moest doen, bracht zijn eigen paniek weer helemaal terug.

'Ik wilde hem neerleggen, maar dat meisje zat hier! Als ik had geweten dat jij haar alsnog zou omleggen, ja, dan...' Herman verborg zijn hoofd in zijn handen. 'Wat een totale ramp,' zei hij. 'Wat een absolute, totale ramp.'

'We moeten het land uit,' zei Willem. 'Gewoon naar Spanje rijden. Daar oversteken naar Marokko. Misschien nog verder naar het zuiden. Senegal. Ze mogen ons nooit vinden.'

Herman schudde zijn hoofd. Zijn huid was grauw. 'We moeten dit oplossen, Willem. We kunnen niet de rest van ons leven op de vlucht zijn. Dan is alles voor niets geweest. We moeten Ron ergens neerleggen zodat het nog steeds lijkt of hij een natuurlijke dood is gestorven. En wie is dat meisje eigenlijk?'

'Zijn nieuwe vrouw. Ze zijn afgelopen maandag met elkaar getrouwd.'

Herman sloeg zijn handen weer voor zijn gezicht. 'Hij zei dat hij die ochtend damesbezoek had gehad. Hoe kon ik weten dat... Hij is gek. Wás gek.'

'Heeft hij echt gezegd dat hij de tent wilde leegtrekken?' vroeg Willem. 'Weet je dat zeker?'

'Hij was al een behoorlijk eindje op streek, zoals je weet.'

Willem wilde zeggen dat dat niets voor zijn vader was, dat Ron nooit zoiets zou doen, dat hij echt van zijn kinderen hield en altijd het beste voor hen had gewild. Maar hij wist dat dat allemaal niet waar was. En dat Herman gelijk had. Ron Casper was een klootzak. Altijd al geweest.

Vreemd genoeg gaf die gedachte hem rust. Controle misschien zelfs. 'We moeten dit aan Marloes vertellen. En aan Lot.'

'Is dat wel een goed idee?' vroeg Herman.

'Marloes denkt nu dat ik wat met de verdwijning van pa te maken heb. En Lot? Je zult zien dat als zij gaat optellen en aftrekken, zij mij ook zal verdenken. Bovendien, we zitten allemaal in hetzelfde schuitje. We zijn alle drie ons hele leven gebukt gegaan onder de grillen van die oude gek.'

'Ik weet het niet, hoor,' zei Herman. 'Het is een gok.'

'Ze moeten weten wat er gebeurd is.' Willem voelde zich steeds zekerder van zijn zaak. 'We moeten dit als kinderen samen oplossen.'

32

Het was zes uur 's ochtends toen Marloes bij Ron Caspers huis arriveerde. Ze belde kort aan en haalde toen de sleutel uit haar tasje. Terwijl ze de deur van het slot haalde, zag ze de zware gestalte van haar broer door het matglas. Hij liep langzamer dan normaal en had moeite om het nachtslot open te maken. Toen eindelijk de deur openzwaaide, schrok ze. Willems gezicht was grauw. Op zijn voorhoofd, half verborgen onder zijn haar, zat een enorme bloeduitstorting. Hij droeg een van pa's badjassen die met moeite zijn lichaam bedekte.

'Jezus, Willem, wat is er gebeurd?' vroeg ze.

'Kom gauw binnen. Heeft iemand je gezien?'

'Ik denk het niet. Wat is er aan de hand? Ben je aangevallen?'

'Kom nou naar binnen. Doe de deur achter je dicht.'

Marloes liep naar binnen. Tot haar verbazing trof ze Herman op de bank aan. Hij was ouder geworden sinds de laatste keer dat ze hem had gezien. Was hij niet op de begrafenis van Harm-Jan geweest? Hij ging staan en gaf haar een warme omhelzing. Meteen voelde ze zich weer emotioneel worden.

'Ga zitten,' zei haar broer. 'We moeten nog even op Lot wachten.'

'Lot?' Marloes veegde gauw een verdwaalde traan weg en deed haar best haar stem normaal te laten klinken.

'Ja, we hebben iets te bespreken wat ons alle drie aangaat.'

'Is pa gevonden?'

'Wacht nou even.'

'Hanneke is helemaal overstuur,' zei Marloes terwijl ze plaatsnam op de bank. 'Het mens heeft de hele nacht naast de telefoon gezeten. Wat bezielt je, Willem? Ik herken je helemaal niet meer. En wat doet Herman hier?'

Nog voordat Willem antwoord kon geven, ging de deurbel. 'Ik vertel het je zo,' zei hij en hij stond op om open te doen.

Even later kwam Lot de woonkamer binnen, gekleed in een vlekkerige joggingbroek. Ook zij zag eruit alsof ze de hele nacht niet had geslapen, vond Marloes. Ze had een bleek gezicht met koortsachtige blossen op haar wangen.

'Hebben ze pa gevonden?' vroeg Lot met schrille stem. 'Is dat waarom we hier zijn?' Ze plofte naast Marloes op de bank.

'We weten waar pa is,' bevestigde Willem. Hij zuchtte nog een keer diep en keek zijn zussen een voor een aan. Daarna zei hij op plechtige toon: 'Pa is niet meer.'

'Wát?' zei Lot, die het niet leek te bevatten. 'Waar is hij dan?'

'Hij is dood,' zei Willem. 'Of, om jouw eigen uitdrukking aan te halen: hij is aan het hemelen.'

'Hoe weet jij dat nou?' vroeg Lot scherp. 'Heb jij daar wat mee te maken? En waarom kijk je nu naar Herman?'

Herman schraapte zijn keel. 'Misschien moeten we bij het begin beginnen.'

Ze stonden rondom het busje. De zon scheen al voluit. Het beloofde een prachtige zomerdag te worden. Herman deed een van de achterportieren open. 'Weten jullie zeker dat jullie dit willen zien?'

De meisjes en Willem knikten.

Ze keken naar de oude archiefkast die in de bus geschoven was.

Herman opende een van de deurtjes. Er sloeg een koude damp uit de kast. 'Ik heb hem telkens op ijs gehouden,' zei Herman een beetje schaapachtig. 'Om hem goed te houden.'

Marloes zette een stap dichterbij. Ron lag op zijn rug, zijn gezicht net iets naar hen toe gedraaid. Zijn ogen waren opengesperd en zijn mond was vertrokken in een soort grimas. Zijn gezichtshuid stond strak om zijn jukbeenderen en had een lichtgrijzige kleur. Harm-Jan had eruitgezien alsof hij sliep. Al was hij zomaar dood neergevallen, hij had iets vredigs over zich gehad. Er was binnen vijf minuten een ambulance gearriveerd en de broeders hadden nog geprobeerd hem te reanimeren, maar na een halfuur hadden ze het opgegeven en zijn ogen en mond gesloten. De eerstvolgende keer dat ze hem had gezien, zat er een dikke laag foundation over hem heen gesmeerd en waren zijn handen waardig over elkaar op zijn buik gevouwen.

Ron daarentegen zag eruit alsof hij woedend was. Al waren zijn ogen dof, zijn pupillen waren groot en knalden bijna uit het blauw van zijn irissen.

Ze voelde Hermans hand op haar schouder. 'Ik kon zijn ogen natuurlijk niet dichtdoen. En nu is het te laat. Het spijt me echt heel erg.'

'Dit is wel onze vader, hè,' zei Lot op haar bekende bitse toon. 'Je hebt onze vader vermoord en nu doe je of we nog blij moeten zijn ook.'

'Niemand zegt dat je blij moet zijn,' zei Willem sussend. 'We vinden dit allemaal net zo erg als jij. Maar pa heeft ons geen keus gelaten, dat snap je toch wel?'

'Het spijt me echt dat het zo is gegaan. Ik had dit natuurlijk heel anders gewild,' zei Herman nog een keer. Zijn stem klonk broos. Marloes hoefde niet naar hem te kijken om te weten dat hij het meende. Het rare was dat ze medelijden met hem voelde. Veel meer dan met de woedende man in de archiefkast die zogenaamd een vader moest voorstellen.

'Doe alsjeblieft die kast weer dicht,' zei Lot. 'Ik kan hier niet meer tegen.'

'Ik ook niet,' zei Marloes.

'Het rare is dat ik niet boos ben,' doorbrak Marloes de stilte, nadat ze weer binnen waren gaan zitten. 'Niet op jou, Herman, en niet op jou, Willem. Misschien alleen op pa. Al kun je moeilijk boos zijn op iemand die dood is.'

Lot staarde wezenloos voor zich uit. Ze leek opeens erg op haar moeder. Marloes had Nana precies zo voor zich uit zien staren als zij zich weer eens onmogelijk tegenover haar had gedragen. Ik hoef je eten niet, ik hoef je aandacht niet, je stinkt, je bent lelijk, je bent een heks, je hebt mijn vader afgepakt. Er was geen weekend voorbijgegaan of ze had dit bij Nana ingepeperd. En tegen Lot had ze nog veel ergere dingen gezegd.

'Lot?' vroeg Herman. 'Gaat het?'

'Ik ben mijn sigaretten vergeten.' Haar stem klonk ijl.

'Ik draai wel een sjekkie voor je.' Herman haalde zijn pakje Drum uit zijn achterzak.

Nadat ze een trekje had genomen, zei Lot: 'Ongelofelijk dat pa liever zijn geld naar de hoeren brengt dan aan ons nalaat.'

Herman knikte. 'Het is behoorlijk pijnlijk allemaal.'

Marloes stond snel op om een asbakje te halen.

'Hij verdient het.' Lots stem klonk vastberaden. 'Dat meisje niet, maar pa verdient het.'

'Wat nu?' vroeg Willem. 'We moeten snel handelen. Om te beginnen moeten we een plek bedenken waar pa een natuurlijke dood gestorven kan zijn. Het huis valt af, want we hebben de politie verteld dat we hier overal al gekeken hebben.'

'En dat meisje dan?' vroeg Lot. 'Wat doen we dan met haar?'

'Onze nieuwe stiefmoeder, zul je bedoelen,' zei Marloes droog.

Ondanks alles schoten ze alle vier in de lach.

'Ik denk dat zij gewoon moet verdwijnen,' zei Herman. 'Het moet misschien wel lijken of zij op de een of andere manier betrokken is bij Rons dood, daarvan is geschrokken en zich uit de voeten heeft gemaakt.'

'Waar laat je haar dan?' vroeg Lot.

'In het kanaal met een loodgordel om,' zei Herman.

'Wat afschuwelijk,' zei Marloes. 'Was ze nou maar gewoon...' Ze dacht aan de slaappillen die ze achteraf gezien tóch had moeten geven. Misschien werd het tijd dat ze naar haar moeder ging luisteren.

'We zoeken dus een plek waar pa dood neergevallen zou kunnen zijn,' zei Willem.

'Náákt dood neergevallen zou kunnen zijn,' zei Herman. 'Sorry. We kunnen hem nu niet meer aankleden. Dat zien ze.'

Marloes voelde zich onpasselijk worden. 'Dus het moet lijken of pa ergens… seks heeft gehad? Maar niet in zijn eigen huis?'

'Wat dachten jullie van de schuur?' vroeg Willem.

'Waarom zou pa in de schuur zijn?'

'Misschien heeft hij daar wel een leuke speelkamer waar wij niet van wisten.'

'Als in *Vijftig tinten*, bedoel je?' vroeg Marloes verbaasd. 'Wat weet jij daar nou weer van?'

Willems gezicht was ondertussen wat rood aangelopen. 'We zetten daar wat attributen neer, zorgen dat pa onder het DNA van die Mei Wei zit en leggen hem daar neer. Dan kunnen we tegen de politie zeggen dat we hem daar hebben gevonden.'

'Ik weet het niet, hoor,' zei Lot. 'Kunnen we hem niet laten verdwijnen?'

'Daar heb ik natuurlijk ook aan gedacht,' zei Willem. 'Maar als we dat doen, hebben we twee problemen. We zullen voortdurend in angst leven dat het lichaam wordt gevonden en de politie alsnog de waarheid ontdekt. En zo niet, dan gaat het zeker een jaar duren voordat we pa dood kunnen laten verklaren. Tot die tijd kunnen we helemaal niets doen.'

'Maar Lot is toch directeur?' vroeg Marloes. 'Zij kan toch beslissingen nemen?'

'Ik kan helemaal niets,' zei Lot. 'Ik mag nog niet eens beslissen of we een nieuw espressoapparaat kopen of niet. Die ouwe heeft mij nooit ergens voor gemachtigd.'

Marloes moest toegeven dat ze een vleugje leedvermaak door zich heen voelde gaan. Toch zei ze heel meelevend: 'Dat meen je niet.'

Herman was al die tijd stil geweest. 'Ik vind het nog niet eens zo'n slecht plan, Willem,' zei hij toen langzaam. 'Maar hoe komen we zo snel aan al die spullen?'

'Als jij de slaapkamer van pa doet, dan regel ik de spullen.'

'Carpetright heeft tapijt op voorraad,' zei Lot. 'Kun jij tapijt leggen, Herman?'

'Ik kan alles,' zei hij.

'Ik kan Ruben vragen of hij komt helpen,' zei Lot.

'Doe maar niet,' zei Marloes snel.

'Waarom niet?'

Marloes keek haar halfzusje aan. Ze kon haar moeilijk vertellen dat Ruben niet zo betrouwbaar was als hij leek. Ze nam zich voor om met hem af te spreken en hem eens goed de waarheid te vertellen. Hij zou zijn affaire moeten afbreken en eens wat meer aandacht aan Lot moeten geven, daar zou Marloes wel voor zorgen. Maar Lot zelf hoefde hier niets van te weten. Zij had haar portie al gehad met een vader als Ron Casper.

'We doen dit samen,' zei Marloes.

33

Hij wist zeker dat ze thuis was, die trut van een Mirjam. Toen hij zijn auto aan het parkeren was, had hij haar al achter het raam zien staan. Mijmerend over het moederschap, dacht Willem met afschuw. Hij moest niet meer zo over haar denken. Miriana bestond niet meer. Het was voorbij.

Hij kamde met zijn vingers nog even zijn haar op zijn plaats en stapte uit. Hij was zich ervan bewust hoe belachelijk hij eruitzag in een sportbroek en T-shirt van Ron Casper die hem veel te strak zaten. Hij nam kleine stappen omdat hij bang was dat hij uit het kruis zou scheuren. Toen hij Mirjams tuinpaadje op liep, zag hij dat de oude buurvrouw weer achter het raam stond te kijken. Hij stak even zijn hand op. De vrouw keek verontwaardigd terug. Kutwijf.

Hij belde aan, maar er werd niet opengedaan.

Hij belde nog een keer aan. Deze keer langer, indringender. Weer was er geen beweging in het huis te zien. Hij keek op zijn horloge. Het was nog vroeg. Halfnegen. Maar hij had haar zien staan, en ze moest niet denken dat ze hem zomaar kon negeren. Hij gluurde door het raam naar binnen. Ze moest weggevlucht zijn zodra ze hem zag. Waar was ze anders gebleven?

Hij deed de brievenbus open en riep erdoorheen: 'Miriana, ik moet je even spreken!' Hij besefte dat hij een fout had gemaakt. 'Mirjam, bedoel ik. Mirjam.'

Omdat er nog steeds geen reactie kwam, deed hij de brievenbus weer open. 'Mirjam, ik kom niet om je lastig te vallen. Ik kom…'

De deur werd opengerukt en voor hem stond Mirjams vriend.

Hij had zich nooit eerder gerealiseerd hoe groot de man was. Willem moest zijn nek strekken om hem aan te kunnen kijken. Over zijn voorhoofd liep een groot litteken tot halverwege zijn rechteroogkas. Hij had de neus van een bokser.

'Wat moet je van mijn vrouw?' vroeg hij.

'Ik kom haar een voorstel doen. Een zakelijk voorstel.'

'Mijn vrouw is gestopt met werken, lul. En nou opzouten!'

Willem haalde de tweehonderd euro uit zijn broekzak tevoorschijn die hij zojuist van Marloes en Lot had gekregen. Zijn portemonnee lag nog steeds bij Hanneke thuis.

Mirjams vriend haalde vol uit. Willems hoofd werd naar achteren geworpen. Een krakend geluid in zijn neus. Een felle pijn. Het eerste wat Willem zag toen hij op de grond lag, waren de pantoffels van de buurvrouw die naar buiten was gestoven.

'Hij is het,' zei de vrouw. 'Ik heb hem nou al een paar keer voor de deur zien staan, de viezerik.'

'Is dat zo?' vroeg de vriend op een dreigende toon. 'Is dat zo, jij gore klootzak?'

Willem probeerde overeind te komen, maar het geluid van scheurende stof in zijn kruis hield hem tegen. Dus bleef hij op de grond liggen, zijn handen afwerend voor zijn gezicht voor het geval de vriend van die trut van een Mirjam nog een keer uit zou halen.

'Geef je nog antwoord?'

'Nee,' zei hij. 'Nee, echt niet.'

'Hij liegt,' zei de buurvrouw. 'Ik heb hem hier zelf zien staan.'

'Ik wil jou hier nooit meer zien,' onderbrak de vriend haar. 'Nooit meer, heb je dat begrepen?' Hij gaf Willem een harde trap in zijn zij.

'Wij moeten geen smeerlapperij in de straat,' voegde de buurvrouw eraan toe. 'Je ken wel in een mooie grote auto rijden, maar dan heb je je nog steeds te gedragen!' Ook zij trapte met haar pantoffel in Willems zij.

'De volgende keer dat ik je hier zie, ruk ik je kop eraf. Heb je dat begrepen?'

'Hou op!' Willem herkende de strenge stem van Miriana. Een stem als een zweepslag. Scherp en zoet tegelijkertijd. Een rilling trok over zijn ruggengraat. 'Laat mij met hem praten. Buurvrouw?'

Zonder dat Miriana nog iets hoefde te zeggen, trippelde de buurvrouw gehoorzaam het tuinpad af. Willem haalde zijn handen voor zijn gezicht weg en keek omhoog. Miriana stond wijdbeens voor hem. Gekleed in een gebloemde tuniek en een legging. Maar ze keek met een ijskoude blik op hem neer, zoals ze altijd naar hem had gekeken als hij in de kooi zat. Haar vriend stond schuin achter haar.

'Je hebt een minuut om uit te leggen wat je hier komt doen,' zei ze vol minachting. 'En wat zie je er vreselijk uit.'

Hij voelde ondanks alles een scheut opwinding door zijn lendenen trekken. Snel dacht hij aan Hanneke en aan zijn moeder om te voorkomen dat hij een erectie kreeg. 'Ik wilde je een voorstel doen.' Hij hield de tweehonderd euro omhoog. 'Ik wil je spullen overnemen.'

'Je wilt m'n wát?'

'Het is mooi geweest,' zei haar vriend achter haar. 'En nou oprotten met die vetklep.'

'Wacht,' zei Miriana streng. 'Je wilt m'n spullen overkopen? De kooi of ook de rest?'

'Alles,' zei Willem. 'De handboeien, de zweep, de touwen, alles.'

'Dat spul heeft natuurlijk veel meer gekost dan die twee meier van jou,' begon de vriend meteen. 'Minimaal vijf, zou ik zeggen.'

'Dat heb ik nou niet bij me,' zei Willem. 'Maar ik kan die andere driehonderd later nog wel langs brengen.' Hij krabbelde overeind, waarbij hij de hand met de honderdjes erin voor zijn kruis wist te houden.

'Tering.' Opeens klonk ze weer als die trut van een Mirjam. 'Wat heb jij met je gezicht gedaan?'

'Dat kan ik niet vertellen,' zei Willem. 'Wil je me alsjeblieft helpen? Ik beloof je dat je me hierna nooit meer ziet.'

'Vier meier dan,' zei Mirjams vriend. 'En geen cent minder.'

'Het is oké,' zei Mirjam. 'Je mag alles meenemen. Voor die tweehonderd.'

'Je bent d'r gek ook,' zei haar vriend. 'Die spullen zijn veel meer...'

'Hou je bek,' snauwde Miriana. 'En ga 's een shortje voor Willem hier halen. Eentje die hem past. Willem, jij mag in de gang komen staan. Maar geen stap verder. En kijk me niet aan!'

Met gebogen hoofd betrad Willem de gang. Hij voelde een diepe rust over zich heen komen, al was dat nergens op gebaseerd. Het liefst had hij zich op de grond laten vallen en haar voeten gekust. Al zou ze hem daar genadeloos voor afstraffen.

Even later kwam de vriend de trap af. 'Hier,' zei hij en hij wierp Willem wat kleding toe.

'Omkleden in de wc,' zei Miriana. 'Ik hoef dat vieze lijf van jou niet te zien.'

Dankbaar kleedde Willem zich om. En toen hij even later de straat uit reed met Miriana's gehele uitrusting in de achterbak, voelde hij zich zelfs heel even gelukkig.

PROCES-VERBAAL VAN RELAAS

Concluderend kan worden samengevat:

Door collega's van de uniformdienst is het slachtoffer R. Casper op 4 september jl. aangetroffen, liggend op een massagebank in de schuur, behorende bij de woning van het slachtoffer. Het slachtoffer was inmiddels overleden. Collega's waarschuwden de schouwarts en de recherche, die vervolgens ter plaatse een onderzoek heeft ingesteld.

Door de schouwarts werd na de schouw geen verklaring van een natuurlijke dood afgegeven.

In de schuur werden de volgende goederen aangetroffen en voor onderzoek in beslag genomen:

1 een kooi
2 een leren gezichtsmasker
3 een zweep
4 een paar handboeien

Aangezien de doodsoorzaak nog niet met zekerheid kon worden vastgesteld, heeft de afdeling Forensische Opsporing een onderzoek ingesteld.

Op de penis van het slachtoffer, op het masker en de zweep werden door de FO DNA-sporen veiliggesteld. Ook werden DNA-sporen veiliggesteld in de badkamer, de slaapkamer (bed) en de keuken, alles in de woning van het slachtoffer.

Na analyse bij het Nederlands Forensisch Instituut, bleek dat de aangetroffen sporen alle een identiek DNA-profiel opleverden, toebehorend aan een vooralsnog onbekende vrouw, hoogstwaarschijnlijk van Aziatische afkomst. Het DNA-profiel leverde geen hits op in de databank van verdachte of vermiste personen.

Mogelijk is dit het DNA-profiel behorend bij Mei Wei Soon, een Aziatische vrouw die getrouwd was met het slachtoffer Casper. In dat geval zou de aanwezigheid van haar DNA te verklaren zijn.

Mei Wei Soon is door collega's niet aangetroffen in de woning en kon tot op heden nog niet getraceerd worden.

Bij het forensisch onderzoek zijn enkele microdeeltjes ijzer aangetroffen, die door het NFI met aan zekerheid grenzende waarschijnlijkheid te herleiden zijn naar een in de schuur aanwezige ijzeren archiefkast.

Aangezien de schouwarts geen verklaring van natuurlijke dood kon afgeven, is door haar een artikel 10-formulier opgemaakt, dat bij dit proces-verbaal zal worden gevoegd. Op last van de officier van justitie heeft vervolgens in het NFI een gerechtelijke sectie plaatsgevonden.

Uit de sectie, uitgevoerd door patholoog-anatoom Van Gorcum, bleek dat het slachtoffer Casper met aan zekerheid grenzende waarschijnlijkheid een natuurlijke dood is gestorven, met als doodsoorzaak: hartstilstand ten gevolge van uitputting en uitdroging. In het bloed van Casper werd een concentratie gevonden te herleiden tot het middel viagra.

Op 12 september jl. heeft officier van justitie Ramsberger het lichaam van Casper vrijgegeven, en is het overgedragen aan de uitvaartvereniging. Tevens is op 12 september jl. op last van officier van justitie Ramsberger een internationale OVP uitgevaardigd ter zake opsporing verblijfplaats.

Bij aantreffen gaarne overleg met officier van justitie, aangezien er nog niet genoeg gronden zijn voor aanhouding buiten heterdaad, maar Mei Wei Soon wel verhoord dient te worden ter zake artikel 300 lid 3 (eenvoudige mishandeling, de dood ten gevolge hebbend).

Gezien de bevindingen tijdens de gerechtelijke sectie is echter vooralsnog van enig misdrijf NIET gebleken.

Opgemaakt te Heemstede op ambtsbelofte,

De rechercheur,

S. de Waal